Kaum ein Buch hat die deutsche literarische Öffentlichkeit so sehr begeistert wie ›In der Erinnerung‹, dem letzten Band von Dieter Fortes Trilogie ›Das Haus auf meinen Schultern‹.

Sommer 1945: Ein zehnjähriger Junge schaut aus einem Kellerloch. In dem Trümmermeer vor seinem Fenster ist die deutsche Großstadt, in der er aufgewachsen ist, kaum wieder zu erkennen. Zwischen den Ruinen leben die Menschen als Widergänger ihrer Ängste. Mit illusionslosem Blick registriert der Junge die Folgen der Zerstörung und die verzweifelten Versuche, sich in eine Ordnung zurückzutasten.

Es ist eine auf sich selbst zurückgeworfene Welt, die langsam in etwas hineinstolpert, was man als Wiederaufbau feiern wird. Dieter Forte hat den bitteren Geschmack der ersten Jahre nicht verloren, er kennt die Verzweiflung, aber auch das Groteske. Und er liebt das schillernde Personal seiner groß angelegten Familiengeschichte, die sich hier in ein schwarzes Rondo, zu einem Totentanz steigert – »ein weises, geheimnisvolles Werk« (›Frankfurter Allgemeine Zeitung‹).

Dieter Forte, 1935 in Düsseldorf geboren, lebt in Basel. Berühmtheit erlangte er als Dramatiker und Drehbuchautor, das Theaterstück ›Martin Luther & Thomas Münzer oder die Einführung der Buchhaltung‹ (Fischer Taschenbuch Bd. 7065) wurde zum Welterfolg. Der Roman ›Das Muster‹ (Bd. 12373) – der erste Band der Trilogie – erschien 1992 und wurde mit dem Basler Literaturpreis ausgezeichnet, ihm folgte ›Der Junge mit den blutigen Schuhen‹ (Bd. 13793). Für ›In der Erinnerung‹ erhielt Forte den Bremer Literaturpreis. 1999 erschien die Trilogie unter dem Titel ›Das Haus auf meinen Schultern‹ in einem Band.

Unsere Adresse im Internet: www.fischer-tb.de

Dieter Forte

In der Erinnerung

Roman

Fischer Taschenbuch Verlag

Mit Dank für die Unterstützung durch den
Deutschen Literaturfonds und das Land Nordrhein-
Westfalen

2. Auflage: Oktober 2003

Veröffentlicht im Fischer Taschenbuch Verlag GmbH,
Frankfurt am Main, Januar 2001

Lizenzausgabe mit freundlicher Genehmigung
des S. Fischer Verlags, Frankfurt am Main
© 1998 S. Fischer Verlag, Frankfurt am Main
Gesamtherstellung: Clausen & Bosse, Leck
Printed in Germany
ISBN 3-596-14932-0

Für Marianne

I

Es müßte *gleichzeitig* die Geschichte
des Endes einer Welt sein – durchzogen von
der Sehnsucht nach jenen Lichtjahren.
Der erste Mensch
ALBERT CAMUS

In der Erinnerung war das Fenster viel größer, so groß wie die Welt, die er durch das Fenster sah, in den vielen Tagen und Nächten, die in der Erinnerung zu einem Bild wurden, zu einer unbewegten, atemlosen Zeit, lautlose Nächte und stumme Tage, die vergingen, wie sie erschaffen wurden, unter einer kalten Sonne, die vom Morgen bis zum Abend die Erde mit ihrem Licht überzog, versteinerte Überreste einer versunkenen Welt unter weiß leuchtenden Sternbildern, stumpfe Mauern, zerstörte Häuser, verschüttete Straßen, verglühte Kirchenschiffe, die Silhouette einer untergegangenen Stadt mit ihren schroffen Konturen im Mondlicht.

Wieder ein Sonnenaufgang, wieder ein Hoffnungsschimmer, obwohl sich doch nur die Erde nach den Gesetzen der Natur um die Sonne drehte, aber alle klammerten sich an das alte Bild vom neuen Tag, der aus der Nacht heraufsteigt; an das verheißungsvolle Licht, das auf die zerbröckelnden Mauerreste eingestürzter Häuser, auf den Schutt in unpassierbaren Straßen, auf die Ruinen einer Trümmerlandschaft schien, eine vergessene Wüstenstadt, vor langer Zeit zerstört und von den Menschen aufgegeben.

Staubwolken erhoben sich aus dem Geröll, zogen über die versteinerte Wüste, in der es keine Bäume und keine Gärten, keine Seen und keine Parkanlagen mehr gab, so daß man kein Blätterrauschen hörte, kein Plätschern der Wellen, kein Rascheln in den Sträuchern und im Gras, nur ein monotones an- und abschwellendes Sausen, verbunden mit dem dumpfen Poltern abstürzender Mauerteile, dem hohlen Klappern von Heizungskörpern an verbrannten Wänden, dem Flattern einer Gardine in einem leeren Fenster.

Staubwolken, die den Mund austrockneten, ihn verschlossen zu einer wortlosen Todesstille, in der kein Vogelschrei zu hören war, kein Flügelschlag; es gab keine Vögel mehr, wie es keine Hunde und Katzen mehr gab, deren Gebell und Geschrei schon vergessen war, erstorben zwischen den Grabhügeln aus grauem Gestein, verkohlten Balken, zerbrochenen Ziegeln, rostigen Eisenträgern. Eine erkaltete Welt im verwirrenden Flimmern aufleuchtender Glassplitter, nur belebt durch die Explosionen von Blindgängern, das morsche unheimliche Grummeln in sich versinkender Keller, aus denen Verwesungsdünste aufstiegen, die mit dem Wind zogen, verendete Tiere, erstickte, zerstückelte, aufgedunsene Menschen, ein süßlicher Gestank, der sich klebrig auf die Haut legte, anders als der scharfe Geruch der verbrannten Leichen, der die Augen tränen ließ. Und auf den eingestürzten Kellern, zwischen den in der Feuerluft versteinerten Bäumen, standen Blumen in exotischen Farben, Pflanzen, die man nicht berühren durfte, weil sie giftig waren, gedüngt mit Phosphor und Leichengift.

Eine von den Menschen erschaffene zweite Natur, von Feuerstürmen durchgeschüttelt, von Explosionen zerfetzt, mit einer aufgerissenen schorfigen Erdkruste, nackt und erstarrt im Licht der Sonne.

Das Drahtgestell, das sein Bett war, schwebte fast frei in der Luft zwischen den nach Rauch stinkenden, eingestürzten Mauern eines ehemals fünfstöckigen Miethauses. Geschützt durch eine Mauerecke, sah er aus dem Erdgeschoß, durch verbogene dunkle Eisenträger und abgeknickte Gas- und Wasserleitungen, senkrecht in den freigelegten Himmel, wartete auf die Stunden der Sonne, die ungehindert durch Stockwerke und Dächer direkt auf sein Bett schien, wartete geduldig, auch wenn es Tage und Nächte regnete und er in seinen Kleidern naß unter der durch die Nässe immer schwerer werdenden Pferdedecke lag.

Vor einem Mauerloch links vom Bett hingen offene Wohnungen, die er vom Morgen bis zum Abend im wechselnden Licht betrachtete wie die wertvollen Schätze eines Museums. Sie erinnerten an die zur Straße offenen Stadtbilder mittelalterlicher Maler, die die Dinge nicht nach einer kunstvoll ausgeklügelten Perspektive, sondern nach ihrer Bedeutung darstellten. Sich dem Sonnenlicht öffnende Zimmer mit gestreiften, karierten, geblümten Tapeten, ornamentale Muster in verblichenen Farben, Lindgrün, Altrosa, Preußischblau, angebrannt und verrußt; Feuerbilder zwischen geborstenen Balken, die schwarz wie ausgetrocknete Mumien in den Himmel ragten. Auf den zersplitterten Möbelstücken und den zerrissenen Teppich- und Stoffresten lag in dicken Schichten bräunlicher Mörtel, so daß selbst die Sonne diese blinden Bilder nur mit einem ganz fahlen grauen Licht streifte.

An klaren Abenden hatte er bei Sonnenuntergang einen weiten Blick durch die Skelette der Häuser in den goldfarbenen Himmel, der die Bilder einrahmte, ehe die Nacht in der lichtlosen Stadt schnell hereinbrach, plötzlich da war mit ihrer frostigen Härte, die Welt in eine Gruft verwandelte, in Todesangst, die man ertragen mußte. Manchmal, eine aufatmende Erleichterung, Schüsse in der Ferne oder auch ganz nah, das Brummen eines Motors, der Jeep der Militärpolizei, Menschen, die sich etwas zuriefen. Dann wieder die Stille, nur noch der Schrei eines im Schlaf Erschreckten, das mühevolle, quälende Röcheln eines Sterbenden, das auch verstummte. Später, nach Mitternacht, das schleichende Tappen und verlorene Piepsen der Ratten, die einem ins Gesicht sprangen, huschende Geräusche zwischen den knisternden Mauern. In der tiefen Nacht nur noch die Stimmen der Toten.

Wartend auf den Tag, wartend auf den neuen Atem, eingesponnen in seine Tag- und Nachtgeschichten, die die Zeit auslöschten, die zwischen der Realität und seiner Gedankenwelt nicht mehr unterschieden, mußte er doch auch immer hellwach sein, falls Steine aus den abbröckelnden Mauern auf sein Bett fielen, ein Eisenträger wummernd tiefer rutschte, Risse im Boden sich erweiterten, zu gefährlichen Löchern wurden, eine halblaute Stimme auf der Straße etwas von Brot oder Kartoffeln rief. Wenn er aus dem Bett stieg, mußte er genau auf den mittleren Balken treten, mit beiden Füßen sicher auf dem verbrannten Holz stehen, das über den Steinen der löcherigen Kellerdecke lag, und so, Schritt für Schritt, die andere Hälfte des Zimmers erreichen, in der auf einigen quergelegten Brettern die Familie hauste, die ihm das rostige Drahtgestell und die braune Roßhaardecke mit den zwei breiten roten Streifen überlassen hatte.

Das Bett stand unter dem Fenster, das eigentlich kein Fenster war, sondern ein Mauerloch zur Straße, das auch als Ein- und Ausgang zu dem Raum diente. Die kleineren Löcher im Mauerwerk, von den Bombensplittern, waren mit Steinen zugestellt, auf Steinen ruhte auch das Bett, das keine Beine hatte, das nur ein scharfkantiger Rahmen war, mit einem verbrannten Kopfende aus Eisen.

Der Raum lag offen in einer Hügellandschaft aus Schutt, direkt neben dem zerborstenen Giebel des Nachbarhauses, in dessen Spalten ein Dornengestrüpp wucherte. Kopflose Putten, mit den Resten eines Wappens in den Händen, versanken im staubigen Unkraut. Das Portal, von den Schuttmassen hochgedrückt, ragte in den Himmel wie ein ausgegrabener Tempel.

Das Rechteck zwischen den Hügeln, von der Familie als Glückstreffer bezeichnet, das sie einfach in Besitz nahmen und nicht wieder hergaben, das auch sofort gegen andere verteidigt werden mußte, war der vordere zur Straße gelegene Raum einer ehemaligen Zweizimmerwohnung.

Der Keller unter diesem Raum war verschüttet, die Kellerdecke aber stabil, den daraufliegenden Schutt schoben sie mit Blechen auf die umliegenden Hügel, so hatten sie einen festen Untergrund, den sie mit halbverbrannten Balken auslegen und verstärken konnten. Die Brandmauer zum anderen Nebenhaus stand bis zum zweiten Stock sehr stabil, die Wand zur Straße mit dem

Fensterloch hielt bis zum ersten Stock, so daß sie zwei Mauern mit einem festen Boden hatten und das Bett, das sie aus den Trümmern herauszogen. Sie nannten den Raum von nun an ihr Zuhause.

Die fünf Stockwerke über ihnen, die einmal das Haus darstellten, waren wie weggeblasen, waren einfach auseinandergeflogen und hatten das Dach mitgenommen. Die Familie lag an der Brandmauer auf einigen Brettern, aneinandergedrückte, gestrandete, dick aufgeplusterte Vögel unter ziehenden Wolken. Wenn man lange nach oben starrte, hatte man den Eindruck, der Raum fliege wie eine gekenterte Arche Noah durch das Weltall.

Die Mauer zum Hausflur war weggedrückt, da lag der Schuttberg der Nachbarwohnung, über den man direkt auf den Giebel des Nebenhauses gelangte. Auch die Mauer zum hinteren Zimmer hatte sich in Staub aufgelöst, eine Artilleriegranate hatte ein tiefes Loch bis zum Fundament des Hauses gerissen, ein Schritt genügte, um in eine Schlucht zu stürzen.

Von seinem Bett aus hatte er daher einen freien Blick auf die hinter dem Haus liegende Trümmerlandschaft, die mehrere Häuserblöcke und Straßen umfaßte, erst am Horizont sah man wieder löcherige Fassaden. Davor lag ein flaches, unbegrenztes Feld mit vielen Trampelpfaden, teilweise ausgehöhlt, Ofenrohre ragten wie Wegmarken in einem unbekannten Gelände aus dieser Steinlandschaft hervor. Jedes Rohr bezeichnete die Lage einer Höhle, dickvermummte Menschen krabbelten daraus hervor, krochen mühsam wie unbeholfene Käfer mit Balken, Wellblech oder Säcken über das Feld.

Nachts sah er Feuer brennen, sie flackerten im Freien,

zwischen den versteinerten Baumresten eines alten Obstgartens, drum herum die Schatten von Menschen, hochspringend und mit den Armen um sich schlagend, Menschen, die aus ihren Höhlen herauskletterten, sich um das Feuer lagerten, ihre hell angestrahlten Gesichter leuchteten im Dunkel. Mit dem kalten Nachtwind roch man den Rauch des Holzfeuers, unbestimmbares Fleisch und den herben Duft gerösteter Kartoffeln.

Am Tag näherten sich diese Menschen mißtrauisch und vorsichtig wie Tiere der Wohnung, standen am Kraterrand des hinteren Zimmers, als nähmen sie Witterung auf, oder starrten durch das Mauerloch von der Straße in den vorderen Raum. Gesichter, grau wie die Steine der Stadt, verwittert, mit zersprungenen Lippen, aufgerissener Haut, wirren, staubigen Haaren und tiefliegenden Augen, eingehüllt in Decken, Planen, Zeltbahnen. Überhänge in Tarnfarben bedeckten Uniformreste sämtlicher bestehender und nicht mehr bestehender Armeen, Männer und Frauen waren nicht zu unterscheiden. Perfekt an ihre Umgebung angepaßte Lebewesen, man bemerkte sie erst, wenn sie losrannten, mit ihren Umhängen wie ein Vogelschwarm flatternd, von einem zerstörten Haus zum anderen jagten, sie verschwanden in Mauerspalten, hockten auf den Steinhügeln, von den Steinen nicht mehr zu unterscheiden.

Die Familie, das waren einige kleine Erdhügel im Schutz der kahlen Brandmauer, bedeckt mit dunklem Ziegelstaub und weißgrauem Mörtel, der von der Mauer herabrieselte. Es fehlten eigentlich nur noch die Kreuze.

Zuweilen bewegte sich einer dieser Hügel, nahm eine andere Stellung ein, sackte wieder zusammen wie ein frischaufgeschüttetes Grab. Von seinem Bett aus hörte er gedämpfte Stimmen, die aber rasch verstummten, sich undeutlich verloren in dem offenen Raum.

Gelegentlich regte sich etwas, schob die Lumpen von sich, kroch schnaufend und stöhnend zum Loch des hinteren Zimmers, verrichtete seine Notdurft, kroch in die wärmenden Lumpen zurück.

Morgens schälten sich alle aus ihren löcherigen Decken und Militärmänteln, einer ging mit einem Blecheimer zu einem Hydranten am Ende der Straße, wo alle ihr Wasser holen mußten, ein anderer zu einem offenen Feuer im Trümmerfeld, kochte dort mit den Essensresten des Vortages eine Wassersuppe, die Übriggebliebenen verschwanden, um etwas Eßbares aufzutreiben, meist kamen sie mit Steckrüben zurück, die an einer Sammelstelle ausgegeben wurden.

Maria, seine Mutter, mit der er den Bombenkrieg und eine barbarische Flucht durch Deutschland überlebt hatte, kletterte auf die Trümmerberge und versuchte, aus zerstörten fremden Haushalten halbwegs brauchbare Dinge auszugraben, eine Schöpfkelle war eine seltene Trophäe, ein zerbeulter Kochtopf eine Sensation, ein Sieb etwas Unerhörtes.

Am Nachmittag legten sich alle, um Kalorien zu sparen, wieder an die Brandmauer, wickelten sich in ihre Lumpen ein, schwiegen, führten schon mal Selbstgespräche, erzählten unvermittelt grausige Details, ernüchternde Erkenntnisse, die der Sprechende sich selbst klarzumachen versuchte. Keiner achtete darauf, ob einer zuhörte, ob die anderen wach lagen oder schliefen, es ging nur darum, die eigene Stimme zu hören in der Stille, während die anderen, in einem Dämmerzustand liegend, im Unterbewußtsein ihre Erinnerungen dazutaten, manchmal auch ins Erzählen kamen, dann aber wieder abrupt schwiegen, als könnten sie ihre Erinnerungen, von denen ihre eigene Stimme erzählte, nicht ertragen, als sei die unmenschliche Stille das geringere Übel.

Oft waren da auch fremde Stimmen, Menschen, die hereinkamen, weil sie sonst auf der Straße liegen müßten, wie sie sagten, obwohl das angesichts des Zustands der Wohnung keinen Unterschied machte, man hätte genausogut auf der Straße liegen können, aber vielleicht suchten sie nur die Nähe von Menschen, das Atmen eines Schlafenden in der Nacht, in der kein Licht war. Sie saßen aufrecht an der Brandmauer, weil sie nicht wußten, wo sie waren, Angst hatten, beraubt oder erschlagen zu werden; sie rauchten Zigarettenstummel, die im Dunkel mit jedem Zug aufleuchteten, erzählten zusammenhanglose Geschichten, die sich ständig wiederholten, keinen Anfang und kein Ende hatten, mit irgendeinem Befehl, den irgendein Oberleutnant gegeben hatte, begannen oder mit einem Granateneinschlag dicht neben ihnen oder mit einer Frau in einem anderen Ort; Geschichten, die sich im Kreis drehten, ohne Ausweg immer wieder dasselbe Geschehen. Überlebensgeschichten, die nur berichten sollten, daß sie durch einen grotesken Zufall noch lebten, ohne zu wissen wo und warum und wozu, sie redeten sich durch die Nacht, nahmen am Morgen ihren mit Bindfaden verschnürten Pappkarton, verschwanden ohne Gruß.

Er lag in dem engen Raum, in einem Ort ohne Zeit, wie vor der Erschaffung der Welt, ohne Aussicht, ins Leben zu finden, wären da nicht die Stimmen von Menschen gewesen, die wie ausgesetzte Lichter auf einem dunklen Fluß dahintrieben. Die Stimmen der Lebenden, die Stimmen der Toten. Er hörte sie, er vergaß sie nie. Die Stimmen der Lebenden übertönten bald die Stimmen der Toten, aber die Toten hatten recht, weil sie tot waren, und die Lebenden wußten sich nicht zu rechtfertigen, denn sie hatten nur durch Zufall überlebt. Die Gerechtigkeit hätte alle töten müssen, sagten die Toten. Die Lebenden sagten, die Gerechtigkeit hätte keinen töten dürfen. Einig waren sie sich darin, daß man auch die Gerechtigkeit getötet habe, daß die Ungerechtigkeit überlebt habe und daß alle, die nach der Nacht den Tag sehen würden, im ungerechten lebten.

Das Morgenlicht erwachte in einem zersplitterten Spiegel, der auf der Straße lag, warf seinen hellen Schein auf einen verschütteten Hauseingang direkt gegenüber seinem Mauerloch, auf die stehengebliebenen Quader voller Zeichen und Namen und unverständlicher Abkürzungen; Hieroglyphen, dick mit Kreide aufgetragen, mit Nägeln und Messern eingeritzt, Familiennamen, Straßennamen, ineinandergeschrieben, über ältere Schriften hinweggeschrieben, verwaschen, schwer entzifferbar, Schriftzeichen an den Mauern einer versunkenen Stadt. Aber jeder beschriebene Stein bedeutete, ich lebe, bedeutete dem, der suchte, such mich da oder dort, ich lebe, frag die oder den nach mir, ich lebe, hoffte darauf, daß ein Mensch zu den beschriebenen Steinen kam, um die Lebenszeichen zu enträtseln, und immer wieder erneuerten Männer und Frauen die Inschriften, kratzten ihre Namen in die Mauersteine.

Die Sonne schien in den Spiegel, blendete ihn mit ihrem Feuer, erinnerte ihn an die Brandnacht in der Stadt, in der ein Mann das Feuer durch die Straßen trug, in einem Spiegel, den er retten wollte; während die Spiegelsplitter auf der Straße jetzt die offenen, schräg herabhängenden Wohnungen durch die heraufziehenden Wolken segeln ließen, ein harmonisches Bild in der kunstvollen Ordnung der Splitter, für ihn das natürliche Bild seiner Welt.

Die eingebrannten Lackreste am Kopfende des Bettes erglühten im Sonnenlicht in allen Farben des Regenbogens, Leuchtzeichen einer Ordnung hoch über dieser Welt, von der keiner mehr träumte. Farbige Punkte, die vor den Augen verschwammen, Irrlichter einer vergangenen Zeit.

Er lehnte sich aus dem Mauerloch und sah die lange Straße, die sich unregelmäßig durch das Quartier schlängelte, die Schutthaufen der eingestürzten Häuser, die geschwärzten Fassaden der ausgebrannten Ruinen, und inmitten der Straße, auf einem schmalen Pfad zwischen den Trümmerbergen, sah er Friedrich; sein Vater kam mit einem Brot unter dem Arm, als wäre es die selbstverständlichste Sache der Welt. Ihm wurde schwindlig, er hielt sich an den Steinen fest, er hatte seit Tagen nichts mehr gegessen, er hatte nur noch das Gefühl des Hungers, diese Betäubung des Körpers, die in ein schwereloses Dahindämmern übergeht. Er roch den unvergleichlichen Duft des frischen Brotes, das in den

Dörfern gebacken wurde, in die man sie evakuiert hatte, er schmeckte die frische Butter, er spürte zum Greifen nah die Scheibe Brot mit Butter und Salz. Aber er halluzinierte das in einer so ohnmächtigen Lage, daß er das Bild nicht mehr mit seinem Zustand in Zusammenhang bringen konnte. Er sah wieder auf die Straße, da war kein Mensch, kein Vater, kein Brot, in dem zersplitterten Spiegel verblaßte die Sonne.

Gustav, sein Großvater, stand breitbeinig über ihm auf der Mauer zur Straße, stand zwischen Himmel und Erde und schrie, die Erschaffung der Welt sei bitte schön nichts gegen ihre ständige Restaurierung, Gott, falls es ihn gäbe, in dubio pro reo, wie der tolerante Mensch sage, hätte sich nie mit altem Krempel abgegeben, hätte nie etwas wegräumen müssen, hätte wie ein berühmter Architekt nur mit niet- und nagelneuem Material gearbeitet und sei nach dem Richtfest mit unbekanntem Ziel verreist, ohne sich jemals um die Schäden der Zeit zu kümmern.

Maria rief von unten, er solle Gott aus dem Spiel lassen. Gustav konzentrierte sich schweißüberströmt auf einen verkohlten Balken, auf der gegenüberliegenden Mauer von Friedrich gehalten, der ebenfalls breitbeinig balancierend den Dialog mit seinen aus dem Krieg mitgebrachten deutsch-italienischen Flüchen begleitete: »Porca miseria. Mamma mia, papa roma, mio grande casa kaputt.«

Friedrich jonglierte mit Todesverachtung auf der von allen gemeinsam zum hinteren Zimmer hin errichteten neuen Mauer. Sie hatten die verschiedensten Steine herangeschleppt, den Mörtel mit anderen Steinen weggeschlagen, bis ihre Hände bluteten, denn sie besaßen keine Handschuhe und kein Werkzeug, sie legten die Steine so aufeinander, daß sie sich zusammenfügten, da sie aber nicht genau paßten, war eine Mauer mit vielen Unebenheiten, Vorsprüngen und Ritzen entstanden, durch die man immer noch das Trümmerfeld sehen konnte.

»Gebaut für die Ewigkeit wie die Pyramiden«, sagte Gustav. Fin rief beschwörend: »Das hält nie, das hält nie, das hält nie!« Elisabeth meinte, das wäre dann ja auch egal, dann wäre eben alles wieder wie vorher.

Eine zweite Mauer entstand zum ehemaligen Hausflur hin, so daß sie nun vier Mauern hatten, auf die sie ein Dach setzen konnten. Gustav und Friedrich schoben die Balken, die sie aus den Trümmerhaufen gezogen hatten, auf die neuerrichteten Mauern, es knisterte gewaltig und furchterregend, allen stockte der Atem, die Steine drückten sich nach unten, Maria sandte ein Stoßgebet in den immer noch freien Himmel über ihnen, aber zur Überraschung aller ruhten die Balken, hielten die Mauern.

Wären sie zusammengebrochen, hätten sie Friedrich in das Granatloch gestürzt, in dem man ihn dann auch gleich hätte beerdigen können, tief genug war es. Aber daran mochte keiner denken, und Friedrich dachte sowieso nie an solche Schreckensbilder.

Alle krochen über die Balken und bedeckten sie mit verschieden langen Brettern, Wellblechstücken und Resten von Teerpappe, die er, auf seinem Bett stehend, hochreichte. Sie beschwerten das Sammelsurium mit

Steinen, das einzige Material, das im Überfluß vorhanden war, und nannten es von nun an ihr Dach.

Auf der schmalen, sich nur langsam durch das Gescharre der vielen Füße verbreiternden Straße zogen von Sonnenauf- bis Sonnenuntergang Menschen an seinem Fenster vorbei. Sie kamen von weit her, eine Handbewegung zeigte in eine unbestimmte, hinter ihnen liegende Richtung, und zogen in eine ebenso unbestimmte Ferne, die sich auch nur vage andeuten ließ. Oft waren sie auch ohne Ziel unterwegs, weil es einfacher war, weiterzuziehen, wo sollte man anhalten, wo sollte man bleiben?

Erst waren es einzelne, dann Gruppen, dann ganze Kolonnen, die in einem gleichbleibenden Tempo, wie schlafend, durch die Straße gingen, über Steine stolperten, sich wieder auffingen, weitergingen, überladene Holzwägelchen hinter sich herziehend, deren Räder über den Boden schleiften, aneinandergebunden, um sich nicht zu verlieren.

Da sie aus beiden Richtungen aufeinander zuliefen, die einen hoffnungsvoll dahin wollten, woher die anderen verzweifelt kamen, verhedderten sie sich oft, stritten sich um den schmalen Weg zwischen den Trümmern, blieben zu Knäueln geballt stehen, entwirrten sich nur mühsam.

Manchmal fiel einer schweigend um, blieb liegen, gehörte er zu einer Gruppe, wurde er auf irgendeine Weise mitgeschleppt, war er alleine, wurde er zur Seite geschoben, von den Füßen in die Trümmer gestoßen, dort lag er, bis eine Streife der Militärpolizei ihn fand.

Treibgut eines müden Stromes, der in seinen Wirbeln alle gegeneinandertrieb und langsam weiterzog, eines Stromes, der sein Flußbett verlassen hatte und sich mäanderhaft immer neue Wege suchte, in immer neuen Schleifen und Kehren das mitgeführte Geschiebe ablagerte, schließlich irgendwo versickerte, mit dem Geräusch der scharrenden Füße spurlos im Erdboden versank.

Da alle das, was sie an Kleidung besaßen, übereinandergezogen hatten, Jacken, Hosen, Röcke, Mäntel, sahen sie aus wie ausgestopfte Puppen, die sich mit ihren nun seltsam kleinen Köpfen und Händen kaum umdrehen konnten, gravitätisch einherschritten, sich feierlich bewegten; Verhungerte, die als Übergewichtige daherkamen, Taube, die mit ihren unverständlichen Stimmen Lieder grölten, Blinde, die sich gegenseitig umrannten, Kinder wie kleine Stoffbälle, die hin und her trudelten oder als aufgedunsene Prinzen auf den Holzwägelchen wie auf einem Thron lagen, ein Totentanz als Kostümball.

Erst jetzt, nachdem sie einen Raum besaßen, weil es vorher doch wie ein Leben auf der Straße gewesen war, fiel ihnen auf, daß auch sie verkleidet herumliefen. In ihrer Wohnhöhle, zwischen den archaisch gebauten Mauern unter einem tropfenden Dach, wirkte ihre Kleidung unnatürlicher als auf der Straße.

Maria, die auf dem Rückweg aus der ehemals amerikanischen, dann russischen, in die britische Zone, auf ihrer Odyssee durch Deutschland, im Schlamm der Lager ihre Schuhe verloren hatte, barfuß über schneebedeckte Erde lief, besaß ein Paar braune amerikanische Soldatenschuhe, die ihr ein Schwarzer unterwegs aus einem Jeep zugeworfen hatte; sie trug sie immer noch, weil amerikanische Soldatenschuhe im Gegensatz zu deutschen Schuhen ewig hielten. Da sie keinen Mantel hatte, zog sie zwei Steppjacken übereinander, eine blaue der deutschen Luftwaffe, die aus einem bei Kriegsende immer noch gut gefüllten Wehrmachtsdepot stammte, eine grüne aus den Beständen der Roten Armee, die sie an einem Kontrollpunkt ergattert hatte. So kletterte sie wie ein Bergsteiger durch die Trümmer.

Friedrich, in Italien durch eine polnische Einheit in amerikanische Gefangenschaft geraten, sprach zur Verwunderung der Familie fast nur noch Italienisch, das er gelegentlich, wenn er wollte, ins Deutsche übersetzte. Unter seinem deutschen Militärmantel und einer kanadischen Militärjacke schlotterte eine amerikanische Militärhose, er hatte seine Fallschirmjägerstiefel gerettet und schmückte sich mit einem Bersaglierehut, dessen abgebrochene Federn ihm etwas Kühnes gaben. Er besaß ein Militärbesteck und ein verkratztes grünes Kochgeschirr, das er seinem Sohn später für die Schulspeisung feierlich überreichte, und, wertvollste Kriegsbeute, ein großes, schweres Nachtglas, durch das er ihm die Sterne zeigen wollte, das aber dann gegen Konserven eingetauscht wurde. Er sah aus wie eine Landsknecht-Karikatur aus dem Dreißigjährigen Krieg, wie eine Vogelscheuche, maulte Maria, während er meinte, etwas Besseres habe er noch nie getragen, und er werde es sich sehr überlegen, jemals etwas anderes anzuziehen.

Gustav rettete sich in den letzten Kriegstagen mit

flüchtenden deutschen Soldaten in den Schwarzwald, in einen Ort, aus dem seine erste, früh verstorbene Frau stammte, war dort aber in die Hände der Franzosen gefallen, hatte sich wieder abgesetzt, war auf Umwegen, die er auch auf einer Landkarte nicht mehr rekonstruieren konnte, wieder zurückgekommen, hatte als Reisesouvenir einen dicken französischen Wollstoff mitgebracht, aus dem Elisabeth, Friedrichs Schwester, so etwas wie eine Mönchskutte schneiderte. Der Freigeist lief nun als Kapuzinermönch herum, da er auch noch bis zur Hüfte reichende Anglerstiefel trug, konnte er als biblischer Prophet auftreten. Er verteidigte diesen Aufzug als warm und wasserdicht, nahm den Zuschnitt aber trotzdem übel, denn Elisabeth hatte ihm einen Mantel versprochen, doch ohne Nähmaschine, ohne Garn, ohne Knöpfe könne man nur etwas Traditionelles herstellen, meinte sie und grinste dabei.

Nun war es wirklich egal, was man trug, keiner kümmerte sich um Kleidungsfragen, Hauptsache, man hatte etwas, das vor Kälte, Regen und Wind schützte. Viele mußten die wenigen Kleidungsstücke, die sie besaßen, noch mit einem anderen teilen, so daß nur einer auf die Straße gehen konnte, der andere im Bett bleiben mußte. Jedes Stückchen Stoff war unglaublich wertvoll.

Elisabeth meinte, wenn sie die Familie anschaue, wäre es die interessanteste Kollektion, die sie je gesehen habe, sich damit an ihre Zeit als Direktrice eines Modehauses erinnernd. Diese Beurteilung traf zumindest auf ihre Garderobe zu, sie hatte sich aus mehreren angebrannten und zerrissenen Gardinen eine Art Hochzeitskleid einer Kronprinzessin umgebunden, das sie mit farbigen Stoffbahnen zusammenhielt, dazu trug sie Stoffschuhe mit Holzsohlen, wie man sie zu Kriegsende bekam, sie saß wie ein unausgewickelter Kokon in der Ecke und wartete entschlossen auf bessere Zeiten.

Fin, die nun schon lange mit Gustav zusammenlebte, besaß eine Uniform der Deutschen Reichsbahn, eine Uniform, die in dieser Zeit ihre Vorteile hatte, denn mit den passenden Passierscheinen, und Fin machte sie sich immer passend, überwand man sogar die Sperrstunden.

Sie unterschieden sich also nicht von dem Maskenball, der sich durch die Straße wälzte, diesem verkappten Totentanz, der sich im Kreis drehte, denn oft kamen Menschen durch die Straße, die schon einmal nach dem Weg gefragt hatten, die aus unbekannten Gründen wieder zurückgeschickt worden waren, nun auf einem zweiten Weg erneut in dieselbe Richtung wollten; während andere ihr ursprüngliches Ziel aufgegeben hatten, zurückströmten, um irgendwo, wo war ihnen inzwischen ganz egal, einen Platz zum Sterben zu finden.

Einzelne Gruppen lagerten manchmal vor dem Fenster, zeigten ein krankes schreiendes Baby, fragten höflich nach Wasser und Feuer, man zeigte ihnen die Wasser- und die Feuerstelle, sie bedankten sich, sagten, sie seien ehrbare und anständige Menschen, man könne ihnen die Hand abhacken, wenn sie stehlen würden.

Eine Frau stillte das Baby, das zuckende Bündel beruhigte sich, die anderen schlürften ihre Wassersuppe, die sie mit fast zeremonieller Umständlichkeit an der Feuerstelle zubereitet hatten; sie saßen noch eine Weile im Kreis, stumm, rauchten, tranken, sahen sich nicht an, blickten auf die Erde, rückten sich dann ein paar Ziegelsteine als Kopfkissen zurecht und legten sich auf die Straße zum Schlafen.

Immer wieder stellte sich auch ein Mann oder eine Frau vor sein Fenster, begannen zu erzählen, woher und wohin, erzählten ausführlich, waren froh darüber, daß er so geduldig zuhörte, daß sie das Durcheinander der Zeit und den Wirrwarr ihrer Gedanken in einer Geschichte einmal ordnen konnten, sich dadurch wieder in ihrem eigenen Leben zurechtfanden, das ihnen abhanden gekommen war und das sie nun wieder zusammenfügten, zumindest solange sie erzählten.

Die Männer kramten dabei alle Papiere aus, die sie besaßen, Berufszeugnisse, Diplome, Meldescheine, Militärpapiere, dokumentierten bürgerliche Existenzen, ein Haus mit Vorgarten, Direktor einer großen Firma, Inhaber eines Ladens, zum Militär eingezogen, da und dort in Europa gekämpft; ratlos falteten sie wieder die Papiere, die sich von selbst zusammenlegten, immer in denselben Knick, der schon zur Bruchstelle wurde und einriß. Auch die Fotos, die einen stämmigen, selbstbewußten, lachenden Mann vor seinem Haus oder seinem Geschäft zeigten, paßten nicht mehr zu dem ausgehungerten, leicht vornübergebeugten, weißhaarigen Mann, der sein Leben nicht mehr mit seinen Papieren und seinen Fotos in Einklang bringen konnte, der mit seinem hageren, zerfurchten Gesicht verwundert auf den lachenden Mann sah, zwei Existenzen, die nichts mehr miteinander gemein hatten.

Die Frauen zeigten die Fotos uniformierter Männer, Dienstgrad, Feldpostnummer, Kompanie, Bataillon, Regiment, Division, Armee, sie leierten diese Angaben herunter wie eine Litanei. Angaben, die die größtmögliche Ordnung suggerierten, eigentlich hätte man den Gesuchten und so perfekt Eingeordneten auf Anhieb finden müssen, aber all die Nummern und Namen und Bezeichnungen endeten in den alten chaotischen Fragen: »Haben Sie diesen Mann gesehen? Haben Sie von ihm gehört? Kennen Sie einen von seiner Einheit?« Fragen, wie man sie vor Hunderten von Jahren schon gestellt hat, wenn man die Hafenstädte nach Schiffbrüchigen abfragte, die Oasen nach verschollenen Karawanen, wenn man den Gestrandeten die Vermißten beschrieb. Die größte Menschenorganisation, die es je gab, hatte so viele Menschen verschwinden lassen, daß jede Suche aussichtslos war, und doch suchten die Menschen noch viele Jahre lang, standen an Straßenkreuzungen und auf Bahnhöfen, zeigten ein verblaßtes Foto und fragten Fremde im Vorbeigehen: »Haben Sie ihn gesehen?«

In der Erinnerung war diese Zeit in einem gleichmäßigen, sich kaum verändernden Dämmerlicht länger als die wirkliche Zeit.

Er lag auf seinem Bett in diesem grauen, regungslosen Licht, lag wie in einem vergessenen Grab einer aufgegebenen Ruinenstadt, in einer sich immer mehr ausbreitenden Totenstarre. Lieber hätte er auf der Straße gesessen, wo Tag und Nacht war, Licht und Dunkelheit, das mit der Zeit ablaufende Leben, die Stimmen der Menschen.

Eine alte abgeblätterte Wohnungstür stand vor dem Fenster, sie wurde nur beiseite geschoben, wenn einer hinaus oder hinein wollte. Der Raum lag im Halbdunkel, das Tageslicht schien in schmalen Streifen durch die Mauerritzen, die Stimmen der Menschen waren undeutliche Geräusche. So wie er sich durch die Art der Lichtstreifen den hellen Tag vorzustellen versuchte, den Morgen, den Abend, so versuchte er die Herkunft der Stimmen zu deuten, die halbverstandenen Sätze, um gegen das fahle Licht und die Totenstarre anzukämpfen.

Als sie ein Fensterkreuz fanden, das sie einsetzen konnten, wurde der Raum wieder heller, aber sie hatten kein Fensterglas, nur eine Rolle fast undurchsichtigen Plastikdraht, die sie mit Heftzwecken an den Fensterrahmen anklemmten. Die Menschen auf der Straße schwammen daran wie Fische vorbei, näherten sie sich, bekamen sie aufgedunsene Gesichter, entfernten sie sich, liefen ihre Körper auseinander zu einem milchigen Schleim, aus dem sich neue Menschen formten. Sein größter Wunsch war eine Fensterscheibe, damit er, wenn er alleine war, durch das Fenster sehen konnte.

Wenn die Familie mit dem Tageslicht loszog, um auf unsicheren Pfaden, auf gefährlichen Wegen, durch eingestürzte Häuser und verlassene Stadtteile in dieser versteinerten Welt etwas Eßbares, etwas Brauchbares zu erjagen, mit dem Blick urzeitlicher Jäger alles als Beute ansah, was in ihre Reichweite kam, blieb meist nur Gustav zurück, um den Raum mit ihm gegen Fremde zu verteidigen, die ebenfalls auf der Suche nach Beute waren oder sich auf diesem Lagerplatz festsetzen wollten. Neben seinem Bett lagen immer einige Steine, die er sofort warf, wenn ein Unbekannter hereinkletterte, und auch Gustav hatte für solche Fälle eine Eisenstange in Griffnähe.

Meist rumorte Gustav, laut vor sich hin redend, in ihrer Wohnhöhle herum, inspizierte die Mauern und Balken, prüfte die Lage der Steine, füllte die Ritzen mit Erde, dichtete die sich immer wieder bildenden Löcher im Dach, versuchte, aus verschieden großen splitternden Brettern, die von Schränken und Betten zerstörter Wohnungen stammten, mit einer Handvoll rostiger Nägel ein Regal zu zimmern, in das sie Töpfe, Teller und Tassen stellen konnten. Da er nur wenige Nägel besaß und keine Säge hatte, um die Bretter anzupassen, rutschte das Regal, ohnehin schräg gebaut, immer wieder zur Seite, fiel zusammen, und Gustav fing von vorne an, versuchte das Gleichgewicht der Bretter zu erkunden, um seine kostbaren Nägel nicht zu vergeuden, sondern sie an den strategisch entscheidenden Punkten mit einem Stein einzuschlagen.

Gustav fand auch ein schmales Stück Fensterglas für ihn. Er kroch hinter ihrer Wohnhöhle in eine Waschküche, in der Hoffnung, einen Waschkessel zu finden, sah dabei ein zugemauertes Fenster, das so dem Luftdruck der Bomben widerstanden hatte, baute es mitsamt dem Rahmen aus und setzte es in das Plastikdrahtfenster ein. Das war nun seine Luke zur Welt, sie ließ sich sogar öffnen, und er sah jetzt die Bewegungen der Menschen, ihre Gesten durch sein kleines Fenster wie unter einer Lupe. Er konnte wieder ihre Worte hören, nicht mehr nur ihre undeutlichen gedämpften Stimmen. Er sah auch wieder die Galerie der zerstörten Wohnungen, die in ihrer fortschreitenden Verwitterung und Auflösung sich ganz unnatürlich entblößten. Das Private und Intime persönlicher Räume, in denen man sich ungeniert bewegte, in denen man seine Besitztümer nach seinem Geschmack arrangierte, in denen der Fremde höflich und vorsichtig, um nicht als Eindringling zu gelten, in einem Wohnzimmersessel Platz nahm; all das lag jetzt für jedermann sichtbar da, wurde überwuchert von Holundersträuchern, junge Bäume schlugen Wurzeln, erste Mauersegler jagten kreischend durch die Wohnungen, bauten ihre Nester.

Offene Gräber mit anonymen Totengeschichten, leere Gehäuse, die er in Gedanken wieder mit Menschen bevölkerte, denen er ihre Geschichte erfand: Geboren, gestorben, Kinder gezeugt und großgezogen. Dreißig Jahre hier gewohnt. Die Möbel auf Raten gekauft, für die Wäscheaussteuer gespart, alles für später geschont. Sonntags Kaffee und Kuchen. Werktags um sechs aufstehen, Ofen heizen, Betten machen, kochen. Nach Feierabend die Nachrichten, das Wunschkonzert im Radio, Zeitungsabonnement, Lesezirkel, Sterbeversicherung. Dunkle Flecken um den Lichtschalter einer Lampe, Spuren von suchenden Händen. Die eingedrückten Kissen eines Sofas vor einem Mauerloch. Die kostbare Nachttischlampe kopfüber an der zerrissenen Tapete. Der Schatten einer verkohlten Wanduhr mit den Umrissen des Perpendikels. Ein verbrannter Rahmen, in dem einmal ein Bild hing. Ein aufgeplatzter Kachelofen, zersplitterte Ehebetten, Reste eines Spiegelschrankes, in den sich ein Laufgitter gebohrt hatte. Alles bewahrt und geputzt und aufgehoben und gepflegt, und oft eine Ohrfeige: »Warum hast du wieder mit den Händen an den Spiegel – Warum tobst du auf dem Bett – Warum putzt du dir nicht die Schuhe ab – «

Eine Leiter stand vor den Wohnungen, die man für jetzige Begriffe als gut erhalten ansehen konnte, neue Besitzer kletterten hinein, warfen auf die Straße, was nicht mehr zu gebrauchen war, richteten sich in dem Rest ein, gingen vorsichtig an der Rückwand entlang, denn man konnte nicht wissen, ob der Raum nicht doch noch abstürzen würde.

Das Trümmerfeld hinter dem zerstörten zweiten Zimmer belebte sich mit Notunterkünften: Hütten, Baracken, Schreberhäuschen aus Holz, Pappe, Blech und Sackleinen, je nach herangeschleppten Materialien, halbrunde Nissenhütten aus Wellblech, die schon fast komfortabel waren, wenigstens nach Meinung derer, die in zugigen Hütten zwischen Kleiderschränken, Pappwänden und angelehnten Türen hausten, während die aus den Nissenhütten antworteten, sie wären dafür zusammengepfercht wie die Lemminge und würden ihre Flöhe und Läuse und Wanzen und die verdammte Krätze nicht los, und die anderen meinten, lieber Flöhe, Läuse, Wanzen und Krätze, als morgens erfroren oder verhungert aus dem Schreberhäuschen getragen zu werden, worauf die Nissenhüttenbewohner zurückgaben, bei ihnen würde man mit Tuberkulose, Typhus und Ruhr hinausgetragen.

Auf der zerstörten Stadt entstand, wie nach jeder Katastrophe in der Menschheitsgeschichte, eine neue Stadt. Zunächst behelfsmäßig, jeder baute, wie er wollte und wo er wollte, Straßen gab es nicht, nur Pfade von Hütte zu Hütte, wie in einem Goldgräberdorf. Es gab keinen Bebauungsplan, keine Stromleitungen, keine Kanalisation, keinen Gas- oder Wasseranschluß. Es gab auch keine Polizei, kein Amt, keine Behörde, die etwas vorschrieb, jeder machte, was er wollte, tat in vollkommener Freiheit das, was ihm gerade einfiel, dachte nicht mehr an Vorschriften, denn keiner fragte danach, wirklich niemand kam daher, hatte eine Uniform an oder einen Ausweis bei sich und sagte: »Was machen Sie da?«

Vielleicht gab es noch Gesetze und Verordnungen, aber welche davon aufgehoben oder abgeändert worden waren, welche noch in Kraft waren, das wußte niemand. Für die Menschen existierten keine Gesetze und Verordnungen mehr, das war das herrschende Grundgesetz. Wer von Recht und Ordnung sprach, wurde ausgelacht. Wer nach dem Gesetz rief, wurde für verrückt erklärt. Die Staatsordnung war erloschen und mit ihr jede Autorität. Es herrschte das Chaos, und die Menschen fanden sich gut darin zurecht, sie bemerkten, daß das so verschriene Chaos auch seine Regeln hatte, die Unordnung wies im Gegensatz zu den mit ihrer Ordnung prunkenden Staatsgebilden ganz angenehme Seiten auf. Der Schwarzmarkt übernahm die Versorgung der Bevölkerung, die Banden den Schutz der Quartiere, oberste Staatsbehörde war die Militärpolizei. Wenn die Männer mit dem Jeep heranpreschten, scharf bremsten, in ihren braunen Uniformen mit den leuchtend roten Mützen und dem blendend weißen Koppelzeug betont lässig ausstiegen, sich mit schlendernden Schritten näherten und ihre Hände unmißverständlich auf die Pistolentaschen legten, herrschte Ruhe. Schuld und Unschuld wurden an Ort und Stelle entschieden, der Schuldige auf den Kühler des Jeeps gepackt und mit Vollgas abtransportiert.

Die Familie beschloß, auch den zweiten Raum wieder aufzubauen, das gut drei Meter tiefe, zimmergroße Loch mit den Trümmern des Hofes aufzufüllen.

Eine von der Militärregierung eingesetzte Notbehörde verteilte Schaufeln und Hacken, etwas anderes hatte sie nicht zu verteilen, es war wohl die stillschweigende Aufforderung, das Land wieder herzurichten, wobei zunächst jeder an seine Wohnung, sein Haus, seine Straße dachte.

Die Schaufel und die Hacke wurden von der Familie in einer harten Auseinandersetzung mit Mitbewerbern nach stundenlangem Anstehen erkämpft. Sie waren nicht im Überfluß vorhanden, waren zunächst nur ein Gerücht, das erst durch energisches Aufspüren der Ausgabestelle, durch hartnäckigen Einsatz im Verteilungskampf, bei dem Maria zum Schluß über vor ihr stehende Menschen einfach hinweggeklettert war, stolzer Besitz wurden. Diese Schaufeln und Hacken waren ein unerhörter Fortschritt in der gerade herrschenden Zivilisation, man mußte nicht mehr alles mit den Händen machen, man konnte an größere Projekte denken.

So stand Maria mit ihren festen Amischuhen und ihren zwei wattierten Jacken auf dem Trümmerberg des Hofes, schwang die Hacke, schlug sie in die Steine, schob das Geröll mit der Schaufel nach unten, übergab beides Friedrich, der auf halber Höhe unter ihr stand, sich immer wieder in seinen Militärmantel verheddernd, das Gemisch aus Mörtel und Gestein weiter nach unten schaufelte, wo der *Kapuziner* Gustav und die *Eisenbahnerin* Fin es mit Händen und Füßen verteilten und festtraten.

Elisabeth fiel bei solchen Arbeiten aus, sie sah überall nur Erdrisse und Erdspalten, hatte Angst, hockte in ihre Gardine eingepackt wie ein toter Schmetterling am Rand des Lochs und hielt sich an einer Mauer fest. Man konnte ihr nicht mal die Mäntel und Jacken anvertrauen, die hinderlich waren und in denen sie schwitzten, Elisabeth paßte nicht auf, sah gedankenverloren auf ihre Holzschuhe. Die Kleider hinter sich zu legen war zu gefährlich, sie wurden sofort gestohlen, selbst wenn man sie anhatte, mußte man sie noch verteidigen.

Sie füllten das Loch, legten dabei einen betonierten

Hinterhof frei, schoben Balken und Bretter auf die Trümmer, hatten einen Fußboden, mauerten wie beim ersten Zimmer ohne Mörtel und mit passenden Steinen, hatten nun mehr Routine, auch etwas Glück, daß sie für die Seitenmauer graue grobkörnige Schwemmsteine beschaffen konnten, Quader, die hohl und daher leicht aufeinanderzustellen waren.

Und während sie das Dach aus Teerpappe und Blechen errichteten, verschönerte Elisabeth den neuen Raum, indem sie aus einem aus den Trümmern herausgezogenen gebundenen Illustriertenjahrgang Blatt für Blatt rausriß und ganz abwesend und vollkommen in sich versunken mit Kleister an die Wände klebte: *Stukas über Warschau. Deutsche Truppen auf dem Vormarsch in Rußland. Siegesparade vor dem Arc de Triomphe. Deutsche Panzer in Afrika. U-Boote im Skagerrak.*

Gustav kam wie der Teufel vom Dach herab, riß die noch nassen Illustriertenblätter wieder von der Wand, schrie etwas von Krieg und Schnauze voll, Elisabeth weinte, weil sie die Sache nicht richtig verstand, Maria nahm sie in Schutz, sie wollte doch nur Papier gegen den Durchzug kleben, Friedrich war es mal wieder egal, Fin meinte, sie könnten ja die Engländer zur Besichtigung der Gedenkstätte rufen. Gustav, der sich die Finger beim Abreißen der Illustriertenblätter an den rauhen, unverputzten Steinen aufgerissen hatte, mit blutenden Händen dastand, schrie mehrmals: »Verdammte Hurenscheiße!«, das hatte er noch nie gesagt. Maria rief empört: »Vor dem Jungen!«, aber der hatte in dieser Zeit schon ganz andere Schimpfworte gehört.

Die Illustriertenseiten waren nicht mehr ganz zu entfernen, der Kleister hatte sich schon mit den Steinen verbunden, und so blieben überall Reste hängen, da ein Soldatenhelm, da das Rad eines Kübelwagens, da eine Panzerkette, da eine halbe Siegesparade, da der Flügel eines Stukas, eine gefleckte Wand mit den Versatzstücken des Krieges, das Unterste zuoberst gekehrt, den Arc de Triomphe über ein Cockpit geneigt, die Warschauer Altstadt unter einem U-Boot, Berlin im Fahnenschmuck.

Das Leben wurde vom Notwendigsten bestimmt und änderte sich täglich, keiner dachte an später, für nichts gab es einen Plan, ein Tag hatte vierundzwanzig Stunden, und damit mußte man zurechtkommen. Man lebte mit Sperrstunden, die bestimmten, wann man auf die Straße durfte und wann nicht, nach dem ersten Sirenenalarm hatte man noch zehn Minuten Zeit, nach dem zweiten Sirenenalarm hatte die Straße leer zu sein, oder es wurde scharf geschossen. Man lebte mit Stromsperren, mit Lebensmittelkarten, Bezugs- und Berechtigungsscheinen für minimalste Rationen, ein rein fiktives Ernährungs- und Bekleidungssystem, nur in Ausnahmefällen gab es auf irgendeine Karte irgendeine Zuteilung, die auf den bedruckten Papierschnitzeln angegebenen offiziellen Rationen organisierten nur das gleichmäßige Verhungern aller.

Auch die Geldscheine prunkten mit Zahlen, die so irreal waren wie die Welt, in der man lebte. Der untergegangene Staat existierte nur noch in diesen drohenden, düsteren Zahlen zwischen unheilvoll verschlungenen Ornamenten, schmuddeliges, hundertmal gefaltetes Altpapier, das keiner haben wollte. Das neue Geld nannte sich Ami-Zigaretten, es war die anerkannte Währung, ein Mann mit tausend Ami-Zigaretten war ein unvorstellbar reicher Mann.

Auch die Menschen erhielten neue Standesnamen, die für jeden Fragebogen wichtig waren und eine neue Gesellschaft bezeichneten, die mit den alten bürgerlichen Kategorien nicht mehr erfaßbar war. Es gab Kriegstote, Kriegerwitwen, Kriegsgefangene, Kriegswaisen, Vermißte, Gefallene, Spätheimkehrer, Flüchtlinge, Fremdarbeiter, Zwangsverpflichtete, KZ-Gefangene, Displaced Persons.

Sie lebten mit ihren neuen Namen und mit dem neuen Geld – keiner hätte sagen können, wie viele Währungen es in diesem Jahrhundert schon gegeben hatte – in einer Stadt, in der auch die meisten Straßen und Plätze mal wieder ihren Namen verloren hatten und auf eine neue Bezeichnung warteten – und keiner hätte sagen können, wie viele Namen die Straßen in diesem Jahrhundert schon getragen hatten –, in einer Stadt, in der die Denkmäler und die alten Häuser verschwunden waren, in der ganze Stadtteile nicht mehr existierten, so daß sogar die ältesten Straßen sich umorientierten und einen neuen Weg durch die Trümmer einschlugen; verwehte Wege, die ständig ihre Richtung änderten in dieser grauen, staubigen Landschaft, die zur Steppe wurde. Wer hoffte, mit einem wenige Jahre alten Stadtplan sich zurechtzufinden, der verlor sich in einem Labyrinth oder landete in einem Kellerloch.

Nur der große Fluß schob sich wie immer schwerfällig an der Stadt vorbei, umspülte die gesprengten vielnamigen Brücken, die gewaltigen Eisenträger, die, sich vergeblich aufbäumend, im Fluß lagen, und verschwand wie seit ewigen Zeiten im dunstigen Licht einer stillen Landschaft.

Etwas anderes als ein Leben im Chaos einer zerstörten Welt konnte sich keiner mehr vorstellen, auch er nicht. Es gab keine Wahl, keine andere Möglichkeit, so wie man es von früher her kannte, wo einer wie er andauernd gefragt wurde: »Na, was willst du denn mal werden?« So eine Frage war jetzt absolut lächerlich und überholt, und es stellte sie auch keiner. Diese Welt, so wie sie jetzt war, ungewiß und gefährlich, war auch sein Leben, etwas anderes, Träume von fernen Ländern, fremden Städten, von Universitäten und Berufen gab es nicht. Wer träumte, verhungerte oder erfror.

»Ich kann zaubern«, lachte das Pückelchen vor der Fensterluke und kugelte sich vor Freude im Dreck, ohne Rücksicht auf das Kleid, das es trug, denn das Pückelchen hatte nur ältere Schwestern, deren Kleider es auftragen mußte.

Das Pückelchen hatte rote Haare, einen Puckel hinter der linken Schulter, lachte ständig, zeigte seine vorstehenden Zähne und wurde von allen nur das *Pückelchen* genannt.

»Ich kann auch fliegen«, rief das Pückelchen, lachte laut, stampfte mit den Füßen, schlug mit den Armen wie ein Vogel und kletterte mit leichter Behendigkeit auf das Dach über ihm. Es tanzte auf den Blechplatten herum, schrie mit seiner hohen Vogelstimme und sprang zum Entsetzen aller auf die Straße, ohne sich weh zu tun, da es ja ein Vogel war.

Danach entschloß es sich, ein Käfer zu sein, kroch auf der Erde herum, bis ihm wieder einfiel, daß es ja ein Zauberer war, der alles konnte. Es zeigte auf die offenen Wohnungen der anderen Straßenseite, schrie: »Im dritten Stock links!«, verschwand in den Trümmern und stand darauf tatsächlich in der angegebenen Wohnung. Mit einem Taschenspiegel blendete es die Menschen auf der Straße, damit sie bewunderten, wie es da auf halber Höhe hing, blinkte ihm dann mit dem Spiegel die Nachricht zu, daß es sich auf einen freistehenden Giebel zaubern werde, erschien kurz darauf an der angegebenen Stelle, steckte sich ein Stück Blech in den Mund und spielte mit dem Finger darauf wie auf einer Maultrommel. Es begann zu tanzen, sprang wild auf der Mauer herum, rutschte ab, fing sich wieder, hing in einem leeren Fenster, denn es war ja ein Zauberer, die roten Haare leuchteten in der Sonne.

An Tagen, an denen er halbwegs atmen konnte, zog das Pückelchen ihn aus dem Bett, »Bergsteigen!« schrie es dann, »Bergsteigen!« Gemeinsam kletterten sie durch die Stockwerke der zerstörten Häuser, sprangen durch ein Fenster auf eine Steintreppe, von dort auf einen schräg liegenden Balkon, der zu einer Mauer führte, die wie ein Gletscher mit vielen Spalten steil nach oben reichte. Sie rutschten auf allen vieren über umgestürzte Wände, kamen zu einer Holztreppe, die wie eine verdrehte Girlande herabhing, auf ihr hangelten sie sich weiter aufwärts, bis sie in Dachhöhe auf einer schmalen Mauer saßen wie auf einem Berggipfel und einen herrlichen Ausblick auf das zerstörte Quartier hatten. Ein Alpenpanorama mit vielen steinernen Spitzen und der

Sonne über dem Horizont. Unter ihnen wuselten die Menschen im Zickzack durch die Trümmer, schleppten etwas von da nach da, dann wieder in eine andere Richtung, Ameisen, die einen zerstörten Ameisenhaufen wieder aufbauten. Sie warfen Steine hinab, die Ameisen blieben kurz stehen, rannten dann weiter, sahen nicht einmal nach oben, sie waren es gewohnt, daß von den Mauern Steine herabfielen. Sie riefen: »Juchhe!« und »Hallihallo!«, aber niemand hörte sie, und auch das Echo blieb aus.

Dann tanzte das Pückelchen immer noch seinen Mauertanz, entlockte seiner Maultrommel dumpfe Töne, stampfte mit den Füßen, schlug mit den Ellbogen, schrie: »Ich bin ein Vogel!«, hüpfte auf der zwei Backsteine breiten Mauer wie auf einem Felsgrat herum, passieren konnte nichts, denn das Pückelchen war ja ein Zauberer.

Auf dem Rückweg nahmen sie eine Abkürzung und rutschten auf einem Schuttkegel durch zwei, drei Stockwerke hinab. »Das war ein schöner Ausflug«, sagte das Pückelchen dann immer und lachte mit seiner blechernen Stimme und besah sich das schmutzige Kleid, das es anhatte.

Das letztemal sah er das Pückelchen auf einem Giebel in der Sonne stehen, die leuchtendroten Haare brannten im Sonnenlicht wie eine Fackel, dann sah er nur noch eine Staubwolke, die sich langsam vor die Sonne legte, als sie sich verzog, waren der Giebel und das Pückelchen für immer verschwunden, der Zauber vorbei.

So wie man früher wundersame Schätze aus der Erde grub, erst mit den Händen, dann mit primitivem, später mit besserem Werkzeug, erst nur der Nase nach, dann mit Kompaß und Metermaß, mit handgezeichneten Schatzgräberkarten: *Zweihundert Schritte vom Schornstein der Kesselwerke in Richtung Hochbunker*, so grub man planlos oder planvoll, je nach dem vermuteten Wert des vermuteten Schatzes, die Erde um.

Unter dem Gestein von Mietwohnungen fand man kleine Kohlenlager neben Wassereinbrüchen, wie in einem frühen Bergbaugebiet. Unter den eingebrochenen Dächern ehemaliger Lagerhäuser entdeckte man Schnapskanister, Dörrgemüse und Fleischkonserven. In den Parkanlagen grub man Baumstümpfe aus und angeblich eßbare Wurzeln. Überall wurde gegraben, Männer und Frauen gruben die Erde um, als wären sie von einem Fieber befallen, wer Pech hatte, stieß auf Munition und hatte den Traum vom großen Schatz für immer ausgeträumt. Rüben- und Kartoffelfelder, Traum aller Schatzsucher, lagen schon weiter weg, sie wurden bewacht wie Diamantenminen, wer sie betrat, auf den wurde geschossen. Selbst die Hungerlese, das Absuchen abgeernteter Stoppelfelder nach Kornresten, war lebensgefährlich, die Bauern warteten nur darauf, mit ihren meterlangen Holzprügeln jeden zu verdreschen, der sich ihren Feldern näherte, auch wenn die Menschen die Hungerlese abwarteten, sich danach noch einmal auf das Feld begaben, wurden sie verjagt.

So zogen die hungernden und frierenden Schatzsucher entlang den Gleisen und Straßen immer weiter, nachts brannten Feuer auf den Bahndämmen, tagsüber kroch der zerlumpte Haufen, von Hoffnung und Verzweiflung geleitet, quer über das Land, füllte seine Koffer und Rucksäcke mit dem, was man rechts und links der Straßen und der Nebenstraßen fand, sich erbettelte oder auch stahl.

Ein biblischer Elendszug, der das Recht und das Gesetz der Not auf seiner Seite sah, der den sich schon wieder anhäufenden Besitz anderer nicht als heilig betrachtete. Hatten in diesem Krieg alle alles verloren, wie es in den ersten zusammenfassenden Betrachtungen nun zu hören und zu lesen war, mußte man die übriggebliebenen Reste miteinander teilen. Gab es aber Unterschiede, waren viele in diesem Krieg sogar reich geworden, so mußte man erst recht das Vorhandene aufteilen, das war jedenfalls die Meinung derer, die nichts mehr besaßen als die Hoffnung auf einen Platz im Paradies. Die anderen standen entschlossen mit geladenen Gewehren hinter den schmiedeeisernen Fenstergittern unbeschädigter Villen, vor den großen Scheunentoren ausladender Bauernhöfe. Sie hatten ihr Recht, mit beiden Beinen auf ihrem Boden zu stehen und der Not gelassen ins Auge zu sehen, und die Vorbeiziehenden hatten lediglich ein Recht auf Hunger und Obdachlosigkeit. Und sie zogen weiter, wie sie es immer taten, zogen weiter über die Erde und in die Ferne, verloren sich aus den Augen derer, die ihnen verärgert nachsahen, und hofften auf eine Hungerlese im Nirgendwo.

Später, als die Züge mit ihren klagenden und jammernden Dampfpfeifen und ihrem stöhnenden Aufschnaufen wieder über die rostigen Schienen rumpelten, Schlag auf Schlag im Gleichmaß der Schienenstränge die in den Abteilen stehenden Menschen durchschüttelten, sie aneinanderpreßten, zusammendrückten zu einem Menschenknäuel; die Menschen auf den Trittbrettern, Puffern und Wagendächern ungeschützt durch Regen, Schnee und Sonnenschein schleuderten, den Fahrtwind in den flatternden Kleidern, kam man in Gegenden, wo man fern der Zeit lebte, wie man immer gelebt hatte, und wo die Schilderung der persönlichen Erlebnisse noch Entsetzen auslöste. Davon hatte man noch nie gehört, das hatte man nicht gewußt, das war ja grauenvoll, war das wirklich so schlimm gewesen?

Die Hamsterer mußten in Küchen Platz nehmen, den herbeigerufenen Nachbarn noch einmal alles erzählen, ihre Geschichten ersetzten die alten Gruselgeschichten, die man noch vom Urgroßvater kannte, sie saßen da wie Mißgeburten auf dem Jahrmarkt, wurden mißtrauisch belauert und mit prüfenden Blicken getestet, ob ihre Verkrüppelungen und Erfrierungen und ihre Narben auch echt waren, mußten ihre Leiden immer erneut vortragen, damit man sie nicht für Betrüger hielt. Ja, stimmt das denn tatsächlich? Ja, als der kleine Sohn auf die Straße ging, um die Weihnachtsbäume am Himmel zu sehen, krachte es gewaltig, und man konnte ihn nur noch mit dem Löffel von der Hauswand abkratzen, um etwas in den Sarg legen zu können. Ja, man habe drei Tage unter dem brennenden Haus im Keller gelegen, zwischen aufgequollenen, vom Löschwasser verbrühten Menschen. Ja, man habe... Für diese Schreckensgeschichten erhielt manch einer Kartoffeln, Speck und Mehl für einen Wintermonat, natürlich mußte er noch den Kuhstall ausmisten.

Ein seltsames Grummeln kam aus der Erde, verstärkte sich, wurde lauter, ein unheimliches Beben und Dröhnen wie die Ankündigung eines Erdbebens, was war da los? Schon rannten Menschen mit Eimern und Säcken durch die Straße, dann ein qualvoller Pfiff, das war eine Lokomotive, das war ein Zug, das war ein schwerer, endlos langer Güterzug, wieder ein heulender Pfiff, alles war auf den Beinen, als riefen die Trompeten von Jericho.

Der Güterzug brachte etwas, er war bis oben hin beladen, und schon war Maria in ihren Amischuhen und mit einem Sack in der Hand aus der Tür und kam nach einer bangen Stunde mit einem halben Zentner Kohlen auf dem Rücken wieder zurück, von den fahrenden Waggons heruntergeholt.

Das Geräusch wiederholte sich in unregelmäßigen Abständen, und die Menschen hatten ein Gefühl, als sei der erste Frühjahrsvogelschwarm über sie hinweggeflattert. Sie hatten das Dröhnen der Züge, das früher Tag und Nacht zum Quartier gehörte, vergessen, nicht mehr im Ohr gehabt, es erschien ihnen jetzt als verheißungsvolles Lebenszeichen.

Jeden Tag rannten sie zu den Bahndämmen, enterten die fahrenden Güterzüge wie früher die englischen Freibeuter die spanischen Galeonen, kamen nicht mit Gold und Silber, dafür mit Kohlen und Kartoffeln zurück, die natürlich viel wertvoller waren. Auch er mußte mit, schnaufend sammelte er die Kohlen ein, die Maria vom Zug warf, schnaufend schleppte er sie in die Wohnung.

Ehe die Güterzüge ausrollten, war ihre Fracht schon

bei denen, die sie dringend brauchten. Entgegen der Behördenmeinung war es das beste Verteilsystem aller Zeiten, es unterband jede Korruption.

Die Familie hatte in einer Ecke des hinteren Zimmers, neben dem Fenster zum Hof, das noch ein breites Loch war und jetzt als Wohnungseingang diente, einen Kohlenberg angehäuft, der im Licht einer Kerze stumpf glänzte, aber sie hatten keinen Herd. Wenn sie in einem Kellerloch einen entdeckt hatten, kam ihnen entweder einer zuvor, der ihn vor ihren Augen abschleppte, sich auch durch Beschimpfungen und Steinwürfe nicht zurückhalten ließ, oder der Herd war zu schwer, er zerbrach auf halber Höhe. Friedrich war Tag für Tag auf der Suche nach einem Herd, durchstreifte die Keller ganzer Straßenzüge, kletterte durch Häuser, die hinter ihm zusammenkrachten, so daß er sich nur mit einem Sprung retten konnte. Aber wo er auch hinkam, alles war schon ausgeplündert, nirgendwo ein Herd, hier waren schon Hunderte hindurchgekrochen.

Er robbte vorsichtig, um nicht gesehen zu werden, in die noch gesperrten Straßen, deren Häuser jeden Tag mehr in sich zusammenfielen, und er fand einen Herd, einen wunderbaren Nickelherd, fast neu, schon zum Abtransport bereitgestellt.

Diesmal waren sie schneller, während Gustav die Mauern beobachtete, Friedrich sich mit einem Strick an den Herd band, schaufelten Maria und Fin eine Schräge, Friedrich zog an, Maria und Fin schoben, gemeinsam zogen und schoben sie den Herd aus dem Keller die Schräge hinauf bis zum Trümmersockel über der Straße, und alle erzählten später, wie Friedrich sich unter den Herd stellte, der seine zwei, drei Zentner hatte, sich den Herd auf seine Schultern schieben ließ, mit starren Schritten breitbeinig losmarschierte, begleitet von der Familie. Und so erschien er auch im Fenster zum Hof, das zum Glück noch ein Loch war, stand mit dem Herd auf dem Rücken im Fenster; naßgeschwitzt, mit rotem Gesicht und dickgeschwollenen Halsadern stieg er in die Wohnung hinab, ließ den Herd abrutschen, der donnernd und staubend aufschlug, stützte sich mit beiden Händen auf die Herdplatte, strahlte ihn an und sagte triumphierend: »Feuer«.

Nie vergaß er das Bild, wie sein Vater, riesenhaft, die Welt hinter sich verdunkelnd, mit dem Herd auf den Schultern im Fenster stand, eine Statue, die das Gewicht der Welt trug, ein Götterbote, der das Feuer brachte.

Ein unveränderbares, ihn bestimmendes Bild wie das Bild im Fensterrahmen, gesehen durch das kleine Waschküchenfenster. Wenn er, den Kopf an das Bettgestell gelehnt, stundenlang unbeweglich durch das dicke schlierige Fensterglas blickte, fügte sich das Chaos der Zerstörung zu einem grausigschönen Bild. Hunderte ehemals wichtiger, wertvoller, geschmackvoller, schöner oder häßlicher Dinge, vom verzierten Messingperpendikel einer Standuhr bis zu den Resten eines in allen Farben funkelnden Kristalleuchters, vom beinlosen Schaukelpferd bis zum verbrannten Seidensessel, von einer Schranktür aus poliertem Holz bis zu den Scherben eines vergoldeten Porzellangeschirrs, lagen zerschmettert, zerstückelt, zerrissen, verstreut zwischen zersplitterten Steinen, Dachpfannen und verkohlten Holzbalken. Als hätte die Welt sich in tausend Facetten aufgelöst, die jeden bisherigen Sinn aufhoben, eine neue Ordnung der Sinnlosigkeit schufen, eine neue nie gesehene Harmonie von Farben und Formen, ein exakt gerahmtes Vexierbild hinter Glas, eine Welt hinter der Welt.

Die Straße vor dem Fenster, eine Straße ohne besonderen Namen, die sich wie eine verrutschte Linie quer durch Häuserblöcke schlängelte, den Rechtecken der Straßenkreuzungen zustrebte, belebte sich im trüben Licht des Morgens, nach einer langen toten Nacht. Menschen eilten ohne aufzusehen durch die Straße, liefen wie aufgezogen von einer Kreuzung zur anderen, rannten sich um, beschimpften einander, zankten sich wie Kinder um einen Haufen Ziegelsteine, stürzten sich wie zerfledderte Vögel auf jede weggeworfene Zigarettenkippe, schlugen sich um einen verbeulten Eimer, verschwanden schimpfend in ihren Kellerlöchern, für wenige Stunden des Lichts zum Leben erwachte Vogelscheuchen.

Suchende erschienen, die von einem Trümmerhaufen zum andern stolperten, von einem Kellerloch zum anderen, ratlos einen Zettel vorzeigten, immer wieder denselben Namen aufsagten, wie blind im Kreis herumliefen, jeden ansprachen, das Achselzucken der anderen nicht mehr wahrnahmen, so sehr waren sie daran gewöhnt, immer dieselbe Auskunft zu erhalten, denn keiner kannte den Namen, und keiner wußte, wer vorher in den Häusern gewohnt hatte.

Oft stürzte auch einer, schlug der Länge nach hin,

blieb liegen oder ging plötzlich ganz sanft in die Knie, saß wimmernd, sich den Bauch haltend, auf der Straße, lehnte die Hilfe Vorübergehender ab, sagte etwas vom Sterben und starb mitten auf der Straße liegend, fand keine Zeit mehr, sich in eine Ecke zurückzuziehen, legte sich auf die Seite, rollte sich ein wie ein krankes Tier, war nicht mehr zu bewegen aufzustehen.

Vor seinem Fenster knickte eine Frau ein, saß erschrocken mit weit geöffneten Augen auf der Straße, japste nach Luft, riß sich den Schal vom Hals, versuchte noch einmal, auf die Beine zu kommen, fiel wieder hin, übergab sich, zog sich, von oben bis unten verschmiert, an einer Mauer hoch, rutschte ab, drehte sich wie ein sterbender Vogel, der immer noch einmal mit den Flügeln zuckt, um sich selbst, lag dann ruhig.

Gestalten krochen aus den Kellerlöchern, hockten sich um die Frau, warteten ab, ob sie sich noch einmal bewegte, stießen sie mehrmals an, dann zogen sie ihr die Schuhe aus, zerrten ihr den Mantel vom Leib, verschwanden mit den Sachen, die Frau lag auf dem Rücken in einer weißen Bluse und einem schwarzen Rock, als käme sie von einer Beerdigung und wolle sich nun ausruhen.

Manchmal blieben Menschen vor dem Fenster wie erstarrt stehen, standen einige Meter voreinander, gingen langsam und zögernd aufeinander zu, schrien: »Nein!«, schrien noch einmal: »Nein!«, als wären sie mit der unerwarteten Wendung in ihrem Leben nicht einverstanden, schrien beide: »Ich dachte, du bist tot!«, fielen sich in die Arme, klammerten sich aneinander, lachten und weinten gleichzeitig, bejubelten ihre Wiederauferstehung von den Toten, schrien wild, wie in einem Theaterstück auf offener Szene, unverständliche, stammelnde Worte, so daß aus der Kulisse, aus den Kellerlöchern und den halbzerstörten Häusern, die Menschen diese Wiedersehensszene mitgenossen, voller Rührung und Anteilnahme weinten und applaudierten, als falle der Vorhang über ein Happy-End.

An gleicher Stelle konnte kurz darauf ein wütender, ganz wortlos ausgetragener Streit ausbrechen, ein Mann entriß einem Vorbeigehenden eine Tasche, der hob einen Stein auf und schlug ihn in das Gesicht des anderen, der trat, blutüberströmt, mit einem Fuß wuchtig in den Unterleib seines Feindes, sich krümmend vor Schmerz fielen beide übereinander her, stürzten auf die Straße, schlugen aufeinander ein, ein sich hin und her wälzendes Lumpenbündel, das sich wieder trennte, schnaufend und blutend saßen beide noch einen Augenblick nebeneinander, rappelten sich dann auf, entfernten sich, hinkten fast brüderlich davon, um etwas weiter weg erneut übereinander herzufallen.

Geisterhafte Umzüge waren die Auftritte der großen Banden, die kostümiert und herausgeputzt, als hätten sie ein historisches Museum geplündert, wie ein Rosenmontagszug der Bettler und Gauner an seinem Fenster vorbei durch die Straße zogen.

Ihre Heldentaten eilten ihnen voraus, gingen von Mund zu Mund, wurden, rasch weitererzählt und immer neu ausgeschmückt, zu balladenhaften Sagen, die jeder kannte, so daß jede Bande ihren Mythos hatte, der ihr viel Munition ersparte. Es genügte, daß einige Männer in einem Vorratslager erschienen, den Namen der Bande nannten, und sie erhielten, was sie wollten.

Flüsternd erfuhr man vom Feldzug einer Bande. Die Straße leerte sich, Stille breitete sich aus. Dann trotteten zwanzig, dreißig, manchmal auch fünfzig Mann in kleinen Gruppen durch die Straße, das dauerte unangenehm lange, denn sie gingen gemächlich, ihrer Macht bewußt, manche Gruppen schweigend, andere sich unterhaltend, lachend.

Es waren Privatarmeen, die immer noch Krieg führten, desertierte deutsche Soldaten, untergetauchte Hitlerjungen, die mit einer Panzerfaust noch in den Krieg gerieten und kein Zuhause mehr hatten, geflohene belgische und holländische SS-Männer, russische Kriegsgefangene, die nicht mehr nach Rußland zurückwollten, weil man sie dort wegen Fahnenflucht erschießen würde, polnische Zwangsarbeiter, die nicht wußten, in welches Polen sie gehörten, KZ-Gefangene, die sich vor Kriegsende in den Trümmern versteckt hatten, Displaced Persons, die sich an ein Leben in unumschränkter Freiheit gewöhnt hatten. Internationale Truppen, die sich wie Landsknechte Phantasie-Uniformen zulegten, KZ-Kleidung unter deutschen Offiziersmänteln, Gefangenenkleidung mit Pilotenjacken und Marinemützen, HJ-Uniformen mit breitkrempigen Damenhüten und im Straßendreck schleifenden Pelzmänteln, englische und amerikanische Uniformen mit Seidenschals und langen Samtvorhängen verziert, die pompös über den Rücken fielen. Phantasievoll waren auch die Namen der Anführer: der lahme Hans oder Bullekopp, Tante Nora oder Jan, der Feldmarschall. In den Wäldern an der

Grenze zur Stadt kampierte die *Polenbande*, im Hafen hatten die *Holländer* ihr Gebiet, die bei Kriegsende einige Waggons besten Rotweins erbeutet hatten und durch ständige Verlängerung und Veredelung mit Schnaps noch lange das Rotweinmonopol besaßen.

Zur Legende wurde Graf Mocca von Tonelli, der mit seinen Lastwagen und mit Maschinenpistolen bewaffnet eine elegante und schnelle Bande anführte, die auch schnell schoß. Bei einem Überfall auf ein Lebensmittellager nahm er nicht nur die Wachmannschaft gefangen, er entwaffnete auch die heranrasende Militärpolizei und sperrte alle zusammen in einen Raum ein. Die waffenlos auf Fahrrädern hinter der Bande herradelnden ersten deutschen Polizisten beschoß er von den Dächern aus unter dem Jubel der Bevölkerung. Graf Mocca von Tonelli verteilte wie Robin Hood seine Beute an Hungernde, an Alte und Kranke, die ihm dafür die Hände küßten und ihn gläubig in ihre Gebete einschlossen. Er war der unumschränkte Herrscher eines großen Gebiets, er war der edle Graf, vor dem die Leute ihren Hut zogen, wenn er ihnen gnädig zuwinkte.

Waffen kaufte man ungehindert in den Hauptquartieren der Banden, meist gut erhaltene, immer hell erleuchtete Villen, strahlende Inseln in der dunklen Stadt, die ihren Strom mit eigenen Aggregaten erzeugten, amerikanische Luxuswagen standen quer auf der Straße, die Tanks voll Benzin, während die übrige Bevölkerung zu Fuß ging. Die Musik aus den Villen dröhnte bis auf die Straße, betrunkene Männer und Frauen stürzten heraus, sprangen in die Wagen, jagten davon, kamen wieder angebraust, meldeten sich mit Schüssen in die

Luft zurück, verschwanden im Hauptquartier, in dem ein ununterbrochenes Fest tobte.

Manfredo war sein Freund. Sie kannten sich von der Straße, mochten sich, Manfredo hatte keine Eltern mehr, sie waren bei einem Bombenangriff umgekommen, die Großeltern konnte er noch ausgraben, aber sie waren verbrannt. Er schlief schon mal auf dem Boden hinter seinem Bett, war aber viel unterwegs, ein Kerl mit schwarzen, immer ungekämmten Haaren, schweigsam, schüchtern lächelnd.

Eines Abends erschien er vor seinem Fenster und hatte an einem Lederriemen zwei verschieden große Pistolen um den Hals hängen. Er vertraute ihm an, daß er von einem Matrosen eine Jugendbande übernommen hatte, nannte sich von da an auch Manfredo, denn eigentlich hieß er anders.

Es gab viele Jugendbanden im Quartier, die Grenzen waren klar abgesteckt, jeder wußte auf Anhieb, welche Straße zu welcher Bande gehörte. Manfredo beherrschte ein Gebiet vom Markt des Quartiers bis hin zum kleinen Flüßchen der Stadt, das direkt hinter den Bahngleisen an einem Park lag. Er hatte sein Hauptquartier in den Ruinen eines ausgebombten Krankenhauses und lebte mit seiner Bande, neben dem üblichen Schutz von Dollarwechslern, Zigarettenschmugglern und illegalen Boxkämpfen, vom Waffenhandel. Das Flüßchen war seine Goldgrube. Hier hinein warfen traditionsgemäß die Männer der Stadt nach jeder verlorenen Revolution und jedem verlorenen Krieg ihre Waffen, und Manfredos Bande tauchte den ganzen Tag und holte sie aus der dunklen Verschwiegenheit des Flüßchens wieder zurück ans Tageslicht.

Manfredo trug bald feine Herrenanzüge, die er mit Sicherheitsnadeln an den Armen und Beinen auf seine Größe verkürzte, kunstvoll gebundene Schlipse und einen englischen Trenchcoat. Er erschien mit immer dickeren Geldbündeln vor seinem Fenster, besprach mit ihm seine Sorgen als Geschäftsmann, beklagte sich über den Verfall der Sitten: »Du kannst einfach keinem mehr trauen. Die Erwachsenen sind die Schlimmsten.«

Er besorgte in Stunden, was es offiziell in der ganzen Stadt nicht gab, auch auf Jahre hinaus nicht geben würde, er besorgte ihm aus dem Nichts heraus eine sauber vernickelte Spritze und eine Handvoll Ampullen, die er dringend benötigte, warf sie im Vorbeigehen, mit einem Auge zwinkernd, durch das Fenster, winkte, war schon wieder weg.

Manfredo brachte es zu einem Motorrad mit Beiwagen der untergegangenen deutschen Wehrmacht, einem Ungetüm in braungrünen fleckigen Tarnfarben, auf dem er immer etwas vorgebeugt saß, wenn er den Lenker hielt, denn er war immer noch zu klein für das Gefährt. Oft holte er ihn damit ab: »Damit du mal rauskommst«, raste mit der Maschine und ihm im Seitenwagen wie ein Testfahrer durch seinen Herrschaftsbereich und träumte davon, wie Caracciola in einem Rennwagen über den Nürburgring zu jagen.

Die Fahrt endete immer am Bahndamm neben dem Park und dem Flüßchen. »Hier ist noch gute Luft«, sagte Manfredo und zog ihn auf den Bahndamm. Dort saßen sie neben der gesprengten Eisenbahnbrücke, neben verrosteten, in den Himmel ragenden Schienen, an umgestürzte und ausgebrannte Waggons gelehnt. Die Bande tobte unter ihnen durchs Wasser und häufte an der Uferböschung Pistolen, Revolver, Handgranaten, Gewehre, Maschinenpistolen, SA-Dolche, Leutnantsdolche, Lederkoppel, Helme, Offiziersabzeichen und Munition aller Art aufeinander, während Manfredo auf dem Bahndamm Zigaretten mit Goldmundstück rauchte und über die Führung einer Bande philosophierte. Härte war klar, aber gerecht müsse er auch sein, alle gleich behandeln, Extratouren sofort unterbinden und natürlich immer neue Aufträge heranschaffen. »Die Wölfe wollen fressen. Wenn nichts mehr da ist, fressen sie mich.«

Unten schmirgelte und ölte die Bande die Waffen, sortierte die Munition, fettete das Lederzeug wieder ein, schliff die SA-Dolche zu Brotmessern um, restaurierte beschädigte Leutnantsdolche für die Engländer. Erschien ein Käufer, mußte Manfredo nach unten, Verkaufsverhandlungen führte nur er.

Vom Bahndamm aus sah er weit über den Park, in dem Maria an den Sonntagen vor dem Krieg mit ihm und seinem jetzt toten Bruder spazierengegangen war. Ein Park, der nur noch aus Kratern und verkrüppelten Bäumen bestand. Vermummte Menschen krochen darin herum, gruben die von den Bäumen übriggebliebenen Wurzeln aus, hackten die Bombensplitter aus den Baumstümpfen. Links lagen die aufgegebenen Bunker und Laufgräben der Flakstellung, dahinter die zerfallenen Baracken und der niedergetretene Stacheldrahtzaun des Konzentrationslagers, seitlich der alte Friedhof mit den umgestürzten Grabsteinen, den vom Artilleriebeschuß aufgerissenen Gräbern und herumgewirbelten Knochen. Geradeaus die Schrebergärten mit den verbrannten kahlen Obstbäumen und den Splittergräben, auf der Zufahrtsstraße eine Kolonne ausgeglühter Lastwagen. Rechts von der gesprengten Eisenbahnbrücke der Fußballplatz, auf dem Displaced Persons vor ihren Baracken saßen, ihre Wäsche zum Trocknen aufhingen. Zu seinen Füßen der kleine See, auf dem er einmal Kahn gefahren war, jetzt nur noch eine trübe Lache neben einer zerschossenen Konzertmuschel, in der einige Kriegsverletzte aus einem Lazarett in der Sonne lagen. Das alles war mit einem Blick zu übersehen.

In der Erinnerung blieb das Gefühl von Hunger und Kälte, das sich mit dem unaufhaltsamen Wechsel von Hell und Dunkel zu einer ohnmächtigen Hilflosigkeit verband, ein Gefühl, das immer da war, in Halluzinationen überging, in ungeordnete und wahllos herandrängende Bilder, die sich nicht an Zeit und Ort hielten, so daß auch die Erinnerungsbilder in einem unwirklichen Licht erstarrten, rasch abbrechend wieder verschwanden und an anderer Stelle auftauchten, wie in einem Film, dessen einzelne Szenen und dessen Handlung für immer durcheinandergeraten waren; keine gelassene und wohlgeordnete Erinnerung an eine über viele Sommer und Winter am gleichen Ort ruhig dahinziehende Jugend, kalte Bilder eines erstarrten Gefühls, die sich wie Eisschollen übereinanderschoben.

War die Nacht überstanden, galt es den Tag zu besiegen, und im Morgengrauen fragte jeder jeden, der noch neben ihm aufwachte und sich nicht schweigend und endgültig aller Sorgen ledig dem Tod anvertraut hatte: »Und heute?«; und verließ die Höhle, in der er übernachtet hatte, zog los, einzeln oder in Rudeln, ein witterndes Jagen nach Beute in einem instinkthaften, kreatürlichen Reagieren, das die alten Lebensformen ersetzte, die zerfielen wie die repräsentativen Fassaden der Rathäuser, zerbröckelten wie die Türme der Dome.

Wenn man der Toten gedachte, die man liegenließ wo sie lagen, dann nur in resignierenden Nebensätzen:

»Der hat es hinter sich. Der hat es besser als wir«, und obwohl der Tod im Vergleich zum jetzigen Leben als paradiesischer Zustand angesehen wurde, viele sich daher das Leben nahmen, von Hunger und Kälte und der grauen Steinwüste zermürbt, so kämpften doch die meisten, entgegen ihrer Einsicht, jeden Tag und jede Nacht um ihr Leben, bereit, andere totzuschlagen, die ihnen das Leben nehmen wollten.

Eine Existenz von Stunde zu Stunde, ein zufälliges Überleben, das seinen Sinn ausschließlich darin fand, ein Stück Brot zu ergattern, eine Wassersuppe, ein Paar Schuhe, einen Mantel, nicht von herabfallenden Trümmern erschlagen zu werden oder auf eine noch nicht entschärfte Bombe zu treten.

Auch die Familie erwachte jeden Morgen von den Toten, stellte fest, daß sie noch lebte, daß sie in der Eiseskälte der ungeheizten Wohnung nicht erstarrt war, daß der Körper sich meldete, sie zwang aufzustehen, sich aus den alten Mänteln und Militärdecken, unter denen sie auf dem Boden oder in den beiden anderen Bettgestellen abwechselnd lagen, herauszuwinden, unansehnliche Lebewesen, die aus unansehnlichen Kokons krochen, erst auf allen vieren, dann stöhnend und sich ins Kreuz fassend, gebeugt, sich mit einer Hand an der Wand abstützend, dann aufrecht in ihren Kleidern, die sie immer anhatten, Gewohnheit aus Mangel und Fluchtinstinkt, geradestehend, wach genug, um Regen, Sonne, Wind des neuen Tages zu registrieren, die Überlebenspläne des Tages zu erfinden.

Ihr erster Blick galt immer ihm, der die Nacht über

meist wach lag, nur am Tag einige Stunden schlief, er signalisierte von seinem Bett aus, ob man sich um ihn kümmern müsse oder ob er alleine zurechtkomme.

Es wurde kaum gesprochen, manchmal brummelte einer vor sich hin, die anderen nickten, jeder wußte, was er zu tun hatte, es gab nichts zu besprechen, worüber sollte man reden. Sie schlürften den heißen Ersatzkaffee, den es aber nur gab, wenn man genug Holz oder Kohle für den Herd hatte und Zeit und Geduld, die Glut anzublasen, sie aßen im Stehen ein Stück Ersatzbrot mit Ersatzhonig, aber das waren geradezu Feiertage, in der Regel gab es nichts, das hätte auch zuviel Zeit gekostet, man mußte sehen, daß man auf die Beine kam, ins Laufen kam, um nicht als letzter irgendwo anzukommen, wo eventuell etwas zu haben war, um nicht als letzter von einem Gerücht zu hören, das von einem Lebensmitteltransport phantasierte, um nicht als letzter vor einem amtlichen Anschlag zu stehen, der besagte, daß auf Nummer X des Abschnitts Y der Bezugskarte Z eine Rolle Stopfgarn zu beziehen sei.

Sein Vater gab ihm noch eine Spritze, damit er über den Tag kam, seine Mutter stellte ihm etwas zu essen hin, dann war er allein, denn alle anderen rannten mit leeren Mägen wie hungrige Wölfe davon, stürzten sich in das Gewühl der durch die Trümmer hastenden Menschen, sahen sich um, aus welcher Richtung die in der Nacht Aufgebliebenen mit ihrer Beute kamen, liefen in die gleiche Richtung, um dort auch etwas zu ergattern, sahen oft genug, wie Menschen von anderen, kräftigeren, niedergeschlagen und beraubt wurden, oder von der nun vereinzelt wieder auftauchenden Polizei angehalten und unter dem Vorwand der Ordnung um ihre gerade eroberten Lebensmittel gebracht wurden.

Raubüberfälle oder Diebstähle galten als unvermeidbare Zwischenfälle, fanden unter viel Geschrei und Hilferufen auf offener Straße statt, aber man konnte sich wehren, warf mit Steinen und Sand, schlug mit der Unterstützung Herbeigeeilter den Angreifer in die Flucht; die Beschlagnahme durch die Polizei aber erzeugte Tränen der Wut, galt als unglaublicher, empörender, durch nichts zu rechtfertigender Übergriff des Staates, der an diesem Scheißelend ja nicht unbeteiligt war und nun wieder in Uniform vor einem stand und Menschen drangsalierte, die um ihr Überleben kämpften und gegen eine Uniform ohnmächtig waren.

Elisabeth stellte sich an jeder Schlange, vor jedem Vorratslager an, lief um jeden Behördenstempel, denn die Behörden waren erstaunlicherweise wieder da. Erbärmlich gekleidete, halbverhungerte Damen und Herren saßen mit verbitterten Gesichtern in einem fensterlosen Bunkerloch um einen vom Löschwasser aufgequollenen Schreibtisch, erlaubten mit einem Stempel dies, mit einem anderen Stempel das und verboten alles andere, und ihre Verbotsliste war so maßlos, daß sich der Ehrlichste nicht daran halten konnte. Viele besorgten sich gefälschte Stempel, gefälschte Lebensmittelkarten, gefälschte Bezugsscheine, Arbeitsbescheinigungen und Zuzugsgenehmigungen, um nicht als Tote in die Behördenstatistik einzugehen. Auch Elisabeth wußte, wo sie ihre Beglaubigungsstempel und Berechtigungsscheine herbekam, sie trug eine alte Schaffnertasche um den

Hals, in die sie die Papiere hineinstopfte wie Stoffreste in einen Flickbeutel, und konnte sich zuletzt wirklich nicht mehr erinnern, welche Papiere in diesem Wust falsch oder echt waren.

Gustav versuchte, aus der Stadt in ländliche Gebiete zu kommen, zu Menschen, die noch etwas besaßen, die aber das, was sie hatten, Gottes Wille geschehe, behalten wollten, absolut nichts hergeben wollten, schon gar nicht für Gottes Lohn, so daß man ihnen die Kartoffeln und das Mehl fast aus den Händen reißen mußte. Bedächtige Menschen mit ausgeruhten Nerven, die die angebotenen Eheringe, Broschen, Teppiche, Silberbestecke mißtrauisch, unentschlossen, um jedes Ei feilschend, in aller Ruhe betrachteten, als hätte der Tag 48 Stunden. »Menschen von einem anderen Stern!« schrie Gustav jedesmal, wenn er nach Hause kam.

Friedrich nutzte die Erfahrung seiner Jugend, in der die Stadt schon einmal von mehreren ausländischen Militärmächten besetzt gewesen war, und handelte mit der Besatzungsarmee überaus komplizierte Geschäfte aus, von denen man nie wußte, was dabei herauskam, ob überhaupt etwas dabei herauskam, was davon legal war, was nicht. Gegengeschäfte, Tauschgeschäfte, Interzonengeschäfte, Luftgeschäfte, Geschäfte um neun Ecken, unter der Hand, und eine Hand wäscht die andere, und »Ich weiß aber von nichts«, und »Wegsehen schadet nicht«, und oft genug von der Militärpolizei kurz vor dem erfolgreichen Abschluß verhindert. Da hatte wieder einer nicht den Mund gehalten und sich schon dicke getan mit zwei Tonnen Ölsardinen, und die Militärpolizei fuhr vor, und Friedrich verschwand in den Trümmern, und keiner hatte ihn gesehen, schon lange nicht mehr.

Maria übernahm die langen Touren, mit ihrer Kraft und ihrer Ausdauer, mit ihrer Zähigkeit und ihrem Überlebenswillen zog sie die ganze Familie mit. Maria mit den drei Pässen, wie sie genannt wurde, denn sie hatte gültige und garantiert echte, mit ihrem Foto und vielen Unterschriften und unzähligen Stempeln versehene Identitätskarten der britischen, amerikanischen und russischen Militärregierung, dazu noch eine Farbpostkarte der Heiligen Maria Mutter Gottes von Tschenstochau, genaugenommen also vier Pässe, und als Reserve einen vom Papst gesegneten kleinen Rosenkranz aus Korallenperlen.

Mit so viel irdischem und himmlischem Schutz versehen, reiste sie durch Deutschland, auf klapprigen, alten Lastwagen, auf den Puffern, Dächern und Trittbrettern der gelegentlich fahrenden Züge, durchquerte mit ihren Pässen wie ein Diplomat Zonengrenzen, überzeugte Grenzkontrollstellen, Militärpatrouillen und Ortskommandanten, genauso wie einmal einer ihrer Vorfahren durch Deutschland, Österreich, Rußland zur polnischen Madonna gepilgert war, zeigte daher bei Schwierigkeiten als letzte Identitätskarte die Maria von Tschenstochau, und die half immer, wie sie sagte, da mochte keiner nach Unterschriften und Stempeln fragen.

Sie reiste weit, war immer ein, zwei Wochen unterwegs, kam in Länder, die andere nicht erreichten, in Paradiese, in denen kleine Städte und Dörfer verschlafen und unbeschädigt dalagen, Felder bestellt wurden, Vieh im Stall stand, die Scheunen und die Vorratskeller gefüllt waren, die örtliche Zeitung sich über die Übergriffe einiger Soldaten der vermaledeiten Besatzungsmacht beklagte, die einem Bauern ein Schwein gestohlen hatten, also in Gegenden, in denen der Krieg vergessen war, weil er hier nicht stattgefunden hatte. Sie fragte herum, wer eine Hilfe gebrauchen konnte, ging von Hof zu Hof, bis sie einer nahm, arbeitete eine Woche bei einem Bauern auf dem Feld oder im Stall, ließ sich in Naturalien bezahlen, feilschte, bettelte, handelte um ein Ei mehr, einen Löffel Mehl mehr, um ein paar Kartoffeln, um ein größeres Stück Speck, reiste zurück, beladen mit ihrem gefüllten Rucksack, ihren zwei Koffern und den Stoffbeuteln, die sie um den Hals gehängt am Körper trug, so daß sie aussah, als sei sie im neunten Monat schwanger. Sie stieg vor der Stadt aus, um den Kontrollen zu entgehen, schlich sich, naßgeschwitzt vor Aufregung, durch nächtliche Sperrstunden, klopfte ans Fenster, kam herein, Triumph, Sieg, Gloria und Halleluja, es war überstanden, es hatte mal wieder geklappt, sie hatten zu essen, Maria zog sich aus, vorsichtig, vorsichtig, denn in dem Beutel vor dem Bauch, in dem prallen Mehlsack, waren Eier versteckt.

Die Wohnhöhle, in der mit ihm sechs Menschen lebten, meistens aber acht oder neun übernachteten, weil Vorbeiziehenden die Übernachtung nie abgeschlagen wurde, verfügte nun über zwei Zimmer, so daß jeder seine Schlafecke hatte, in der sogar das eine oder andere Bettgestell stand, sie wurde langsam zur Wohnung.

Immerzu wurde gehämmert und gesägt, die Wände mit Mörtel verputzt, das Dach dicht gemacht, eine

Sisyphusarbeit, deren Vergeblichkeit auf der Hand lag, die aber immer wieder neu angegangen werden mußte, weil der Putz wieder von den Wänden fiel, das Dach trotz aller Bemühungen immer irgendwo tropfte, die eingesetzten Türen und Fenster mitsamt den Rahmen aus der Mauer fielen.

Aus Trümmerholz wurden Möbel zusammengehauen, die man nicht anfassen durfte, denn das Holz war splittrig, einen Hobel besaßen sie noch nicht. In offenen Regalen lagen nun die Koffer mit der Wäsche, die Töpfe und das Porzellan, alles Sachen, die bisher auf dem Boden gestanden hatten und über die man wie bei einer Springprozession hinwegsteigen mußte. Damit war zwar Platz gewonnen, da sie nun aber neben dem Ofen noch einen Tisch und drei Stühle aufgestellt hatten, war der Platz durch das Aufstellen der neuen Möbel und der zusätzlichen Betten wieder verschwunden. Die Wohnung war enger als zuvor, zu eng, wie alle sagten, wer von einem Ende zum anderen wollte, mußte sich mit allen anderen vorher verständigen, ganz zu schweigen von der Reihenfolge des Aufstehens, des Waschens und des Kochens, der Reihenfolge der großen und kleinen Wäsche. »Mußt du gerade jetzt …«, »Warum soll ich denn …«, »Nun laß mich doch hier auch mal …«

Einer verlor immer die Nerven und schrie herum, und wenn ein anderer wieder etwas heranschleppte, schrien mindestens zwei, ob man das denn überhaupt brauche, wohin damit? Und Gustav meinte, Zivilisation habe immer etwas Beengendes, jeder Schloßherr könne ein Lied davon singen, je mehr Räume, je mehr trage man hinein.

Ein Teil der Familie weigerte sich sowieso, noch einmal neu anzufangen, alles noch einmal von vorne, nein danke! Wortführer dieser Richtung war Friedrich, sein Vater, der bei jeder Gelegenheit kundtat, für ihn sei jetzt alles gelaufen, er jedenfalls rühre keine Hand mehr, er habe es satt, endgültig satt, sein ganzes Leben lang habe er von vorne anfangen müssen, immer sei irgend etwas aus der Weltgeschichte dazwischengekommen. Er habe zwei Weltkriege hinter sich, dazu Inflation, Depression, Diktatur, wie viele Staatsformen, Regierungen und militärische Besatzungen er erlebt habe, könne er gar nicht mehr zählen. Wenn das Ganze als Perpetuum mobile ablaufe, dann ohne ihn, das sei sein Gesetz. Basta. Finita la musica.

Fin schlug sich auf Friedrichs Seite. Sie kaufe nie mehr etwas, sie schwöre es, nie mehr, nur noch so viel, wie sie tragen könne, der nächste Krieg sei sowieso schon in Sicht, sie wolle im Gegensatz zu anderen nie mehr etwas besitzen.

Das ging gegen seine Mutter. Maria schleppte von den umliegenden Trümmerhaufen alles an, was sie fand, auch absolut unbrauchbare Dinge, von denen sie sagte, man wisse nie, wozu man sie gebrauchen könne, zumindest könne man sie reparieren. Friedrich nahm das dann, warf es auf den Trümmerhügel des Nachbarhauses mit der Bemerkung, er repariere nichts mehr und schon gar nicht Dinge, von denen keiner wisse, wozu man sie brauche.

Er hatte einmal unter dem Beifall Fins einen dritten Kochtopf, über den er gestolpert war, in die Trümmerlandschaft befördert, weil er mit Fin der Meinung war, ein großer und ein kleiner Kochtopf genüge. Maria geriet in Jähzorn, holte den Kochtopf zurück, war bereit, mit dem Topf auf der Stelle ihren Mann zu erschlagen, die ganze Wohnung zu demolieren, ja, die ganze Welt zu vernichten, wenn noch einmal – sie bekam einen vulkanischen Wutausbruch und hatte damit den ersten Sieg errungen.

Maria war die Anführerin der Gegenpartei, die von einem schönen, gemütlichen Heim für die Familie träumte, und fand unerwartet Unterstützung in Friedrichs Schwester Elisabeth, die ein herrliches, ungebundenes Leben vor Augen hatte: »Stell dir vor, auf der anderen Seite der Erde wird gerade ein Sommerball im Garten gefeiert, Candlelight, ein kaltes Büfett, Kleider aus leichtem Leinen und Seide.«

Die Sache stand unentschieden, täglich wurden neue Kompromisse geschlossen, noch ein Bett, noch ein Schrank, obwohl Friedrich auch da während der Arbeit meuterte, die Bretter auf den Hof warf, maulend wieder alles zusammentrug, jeden zusätzlichen Pappkoffer, halbemaillierten Kochtopf und zerbeulten Waschzuber mißtrauisch ansah. Fin wehrte sich tapfer gegen halbverbrannte Tischdecken, zerrissene Bettlaken und Kaffeetassen ohne Henkel.

Es kam auf Gustav an, sein Großvater rieb mit einer Hand seine Glatze, fuhr mit der anderen bedeutungsschwer in der Luft herum und meinte, man brauche selbst als Neandertaler ein Dach über dem Kopf, Regen und Schnee seien in diesen Breiten Naturgegebenheiten. Man brauche Mauern mit Türen und Fenstern darin, der Wind sei eine Folge von Hochs und Tiefs, also ebenfalls ein Naturgesetz. Man brauche einen Ofen, um der in diesem Klima auftretenden Kälte zu begegnen. Möbel müßten nicht unbedingt aus Trümmerholz bestehen, Matratzen seien nicht unwichtig, ein Bett wäre angenehm. Auch einige Teller und Tassen aus Porzellan statt aus Blech, mit einem entsprechenden Eßbesteck und Trinkgefäßen aus Glas statt Bakelit seien keine Sünde. Seine persönlichen Wünsche gingen über einen kleinen Teppich mit einem Lesesessel und einer Leselampe vor einem Bücherregal und einem exzellenten Rotwein, den er aus einem schönen Glas trinken wolle, nicht hinaus. Auch der reine Geist schätze ein gewisses materielles Behagen. Wie weit man in diesen Dingen gehen wolle, müsse von Fall zu Fall geklärt werden, die Interessen seien da eben sehr verschieden.

Das waren, wie immer bei Gustav, wohlformulierte allgemeingültige Einsichten, deren Auslegung er gern anderen überließ, ihm genügte es, wenn er sie gekonnt vor einem aufmerksamen Auditorium vorgetragen hatte.

Der Streit schwelte weiter. Fin meinte bei jedem neuen Teil, so fange es an und höre nie wieder auf. Erst wolle jeder nur ein Dach über dem Kopf und später eine Villa mit drei Schlafzimmern. Erst wolle sich jeder nur satt essen, später müsse es Champagner, Trüffel und Kaviar sein.

Elisabeth konterte, sie habe nichts gegen natürliche Sachen. Kunstbrot, Kunsthonig, Kunstbutter und Kunstfisch habe sie lange genug gegessen, auch Trockenkartoffeln, Trockenmilch, Trockenei und Fleischersatz. Kunststoffe habe sie ebenfalls lange genug getragen, das sei hier schließlich mal eine Seidenweberfamilie gewesen.

Maria schleppte, um Gustav auf ihre Seite zu ziehen, aus einem der umliegenden Häuser einen verschmutzten Sessel an. Friedrich warf ihn umgehend wieder aus der Wohnung, weil dafür nun wirklich kein Platz war. So ging das täglich, es war ein erbitterter Kleinkrieg, den natürlich Maria gewann.

Sie beendete die Diskussion mit der ihr eigenen dramatischen Art. Sie kam schweigend an sein Bett, riß die Pferdedecke weg, unter der ihr Sohn lag, zog ihm seinen Mantel aus, den er immer anhatte, zog die zwei Pullover, die er immer trug, über seinen Kopf, auch sein Hemd und sein Unterhemd, und präsentierte ihn so der Familie. Gustav sagte noch in späteren Jahren, er habe ausgesehen wie ein aus dem Grabe gerissenes Skelett, das habe nicht nur ihn gerettet, das habe die Familie aus ihrer Apathie gerissen, denn eigentlich wäre ihnen damals alles egal gewesen, das müsse man zugeben. Ausgenommen natürlich Maria, die wollte leben und ihn durchbringen.

Am Abend, wenn die Sperrstunde sie einschloß und die Ruinen in einer dunklen Stille versanken, saßen sie bei Kerzenlicht in einem Raum. An diesen Abenden war für ihn Frieden oder das, was er sich darunter vorstellte, weil er mit dem Wort Frieden nicht viel anfangen konnte. Sein ganzer Erfahrungsschatz, sein ganzes bisheriges Leben hatte mit dem Wort Krieg zu tun, und so entnahm er das Friedensgefühl den von Gustav ausgebuddelten sandigen, dreckigen Abenteuerbüchern, in denen Forschungsreisende am Ende der Welt ihr Behagen beschrieben, das sie nach einem langen mühseligen Fußmarsch durch die Wildnis überfiel, als sie, endlich in einer Oase angekommen, sich in ihrem Zelt ausstreckten und der sie umgebenden nächtlichen Wüste den Rücken zukehrten.

Der Herd, am Tag ein kaltes Stück Eisen, das man nicht anfassen mochte, schien sich in der Hitze auszudehnen, die erkalteten Ofensteine knackten in der Glut, auch das rostige Ofenrohr, das sich durch ein Mauerloch in den Hof ringelte, bewegte sich knirschend in der aufsteigenden Wärme. Wenn sie genug Kohlen hatten, heizten sie schon am Nachmittag, vor allem, wenn Maria Rüben bekommen hatte. Maria verkochte dann die Rüben, die sie vorher in Schnitze zerteilt hatte, in einem großen braunen emaillierten Topf zu Rübensaft, das dauerte viele Stunden, und der schwere süße Duft des Saftes breitete sich langsam mit der Wärme aus, erfüllte die Wohnung mit einem betäubenden Geruch, der sich auf die Sinne legte. Er saß auf einem Küchenstuhl vor dem Ofen, hatte die Füße in die Backröhre gesteckt, der Topf mit den Rüben blubberte, der Deckel hob sich regelmäßig und spritzte Wassertropfen auf die rotglühende Herdplatte, die sich knallend und zischend in kleine Dampfsäulen auflösten.

Er sah in das ruhige Licht der Kerze, die den Raum zu sich heranzog, so daß in dieser Enge alles übereinanderzustürzen schien. Schränke, Regale, Wände, alles neigte sich zum Licht, wollte aus der Dunkelheit heraus, ließ die Schatten hinter sich, überließ sie der Nacht, die hinter dem Fenster lauerte. Da sich auch die Familie zum Licht hin gruppierte, sich vorbeugte, ihre Arbeit zur Kerze hielt, wirkte sie wie eine aneinandergedrängte, von einem Maler gestellte Gruppe. Die Schattennacht, die von der Kerze erhellte Wohnung, die Familie, das alles war wie auf einem Bild zu sehen.

Maria flickte entweder Kleidung mit der ständigen Bemerkung, sie wisse nicht, wie sie das noch einmal zusammenbekommen solle, oder stand im Halbdunkel an einem Waschbrett und rubbelte mit Kernseife, raz dwa, raz dwa, eins zwei, eins zwei, ein Wäschestück sauber, dazu sang sie meist raz dwa, raz dwa, ein polnisches Kinderlied, von dem sie aber nur noch die Worte und die Melodie kannte, den Inhalt verstand sie nicht mehr.

Friedrich versuchte am Tisch mit einer Serie italienischer Flüche, die er nie übersetzen wollte, aus seinen ersten selbstgezogenen Tabakpflanzen unter Verwendung immer neuer Ratschläge gieriger Raucher Zigaretten herzustellen. Er schnitt gekräuselte, trockene Blätter mit einem Gerät, das einem Fallbeil ähnlich sah, in schmale Streifen, die sich raschelnd wieder ausdehnten, durch erneute Häckseleien wurden sie gewaltsam in einen gelbgrünen Tabak verwandelt, den er mit Zeitungspapier in eine Zigarettendrehmaschine stopfte. Der Tabak fiel vorne und hinten wieder heraus, war nur in der Pfeife zu rauchen, aber wer hatte schon eine Pfeife, zumal jetzt auch viele Frauen rauchten, die Kundschaft verlangte Zigaretten.

Gustav schnitt aus einem Autoreifen handgroße Stücke heraus und besohlte damit, kunstvoll mit kleinen Nägeln und einem schmalen Hammer arbeitend, Schuhe, auf denen man hinterher hoch über der Erde schwebte. Er hämmerte mit seinen altgewohnten, zahlreichen c'est ça und comme ça so lange, bis Sohle und

Schuhe eins waren und nicht mehr getrennt werden konnten. Das Werkzeug hatte er der Witwe eines Schusters abgeschwatzt, die Reifen besorgte er sich bei englischen Wachtposten, die eigentlich den Wagenpark der Armee bewachen sollten, denen er aber damit imponierte, daß er die komplette Aufstellung aller Cup-Finalisten der Vorkriegszeit herunterrasselte. Die Namen hatte er aus einer von den Engländern verteilten Broschüre über Demokratie.

Elisabeth las abends in dicken Schwarten, auf denen bunte Kinobilder leuchteten, sie hießen *Vom Winde verweht* oder ähnlich, waren auf braunem holzigen Papier gedruckt, mit Genehmigung des Kontrolloffiziers der Militärregierung, gut frisierte Köpfe wie Clark Gable und Vivien Leigh schwebten vor einem Sternenhimmel und strahlten sich an.

Fin schrieb am Tisch Briefe an verschollene Männer und Frauen, mit denen sie im Krieg zusammengearbeitet hatte, die oft lange im Gefängnis waren, die Briefe gab sie anderen Männern und Frauen mit, in der Hoffnung auf Antwort, die sie aber selten erhielt. Kam ein Brief, las sie ihn immer wieder, jeden Abend, dann weinte sie, und Maria weinte dann auch. Da war der Frieden wieder vorbei.

Elisabeth sagte: »Wer lebt, der lebt, und tot ist tot.« Solche Sätze gab sie ganz ungerührt von sich. Es war das, was das Leben sie gelehrt hatte, und man konnte sehr wenig dagegen einwenden.

Es waren die nackten Sätze, die zu den Fontanas gehörten, die auch Friedrich beherrschte. Gustav war darin der Großmeister, seine Welt- und Menschenanalysen entstanden aus Sarkasmus und Ironie, wuchsen aus den Erfahrungen seiner italienisch-französischen Hugenotten-Herkunft. Klare Sätze gegen das verklärende Brimborium und Klickedida, mit dem die Welt illuminiert wurde.

Friedrich und Elisabeth hatten lange im Waisenhaus gelebt, bis Gustav sich nach dem Tod seiner ersten Frau mit Fin zusammentat, waren in der Zeit der Wirtschaftskrise groß geworden, hatten danach den Krieg erlebt, standen jetzt in einer zerstörten Welt. Hoffnungsvolle und beschönigende Wird-schon-wieder-gut-werden-Worte konnten sie unendlich amüsieren, lösten Kaskaden von Spott und Hohn aus.

Maria, Kind polnischer Bergarbeiter und Vollwaise, aus dem Kohlengebiet zufällig hierher verschlagen, hatte sich mit den tausend Geschichten ihrer Vorfahren ein märchenhaftes Verhältnis zur Welt bewahrt. Ihre Geschichten verwandelten die Welt in ein mythenreiches Geschehen, das durch beständige Wiederholung den dunklen, vergoldeten Schimmer einer Ikonenwand bekam, ihr die Kraft gab zu leben, ohne den Sinn des Lebens zu erforschen, des Lebens, das die Wahrheit an sich war, die einzig erfahrbare gültige Wahrheit.

So unterschiedlich und unverrückbar diese Gefühle und Denkweisen auch sein mochten, verschieden wie Tag und Nacht, so schlossen sie sich doch zu einem unauflösbaren Ring zusammen. Für Maria galt das Credo der Familie Lukacz, daß das Leben eine Tragödie mit schrecklichem Ausgang sei. Das Schicksal zog unentrinnbar seine Bahn, für alle Zeiten unveränderbar und daher geduldig zu ertragen. Die Fontanas sahen das Leben als Komödie, über die man lachen durfte. Sie erkannten die Welt als ein Uhrwerk, das unbegreiflicherweise immer neu aufgezogen wurde, und weigerten sich, die Sache ernster zu nehmen als unbedingt notwendig. »Wenn es nicht zum Lachen wär, wäre es zum Weinen«, oder umgekehrt: »Wenn es nicht zum Weinen wär, wäre es zum Lachen.« Das Leben blieb gleich, aber die Haltung dazu relativierte sich sehr. Für die Fontanas galt natürlich die erste Formulierung, für Maria, als eine geborene Lukacz, immer nur die zweite.

Die Stunde Null, wie alle diese Zeit nannten, Niemandszeit im Niemandsland, wurde geboren aus dem Gefühl der Menschen, daß das Leben sinnlos war. Stunden wie Tage und Tage wie Jahre, ohne daß man ihren Ablauf bemerkte, denn die Turmuhren waren mit den Türmen verschwunden und die Glocken abwesend stumm, als wäre da wirklich nur diese eine einzige Stunde, die nicht zählte, die keine Zeit war, die die Welt anhielt, entstanden aus der Angst, die man nicht los wurde, entstanden aus den Todesbildern, die jeder in sich trug.

Maria behauptete abends im Dämmerlicht der Wohnung, zwischen den sich zum Licht krümmenden Wänden, die sich bei jedem Luftzug im flackernden Kerzenlicht bewegten, die Toten hätten die Macht, die Zeit anzuhalten, sie beschweren das abgelaufene Gewicht der Zeit, bis sich kein Zeiger mehr rühre und den Lebenden keine Zeit mehr bliebe.

Gustav, den Kalender der Französischen Revolution

im Kopf, den er liebte und auswendig konnte, meinte ironisch, vielleicht beginne ja mal wieder eine neue Zeit und man fange demnächst mit dem Jahr 1 der neuen Zeitrechnung an, mit dem Jahre 1 nach dem letzten Krieg.

Fin sagte, das Jahr 1 werde nie eintreten, die Menschen würden einfach weiterzählen, als sei nichts geschehen. Er sah in die flackernde Kerze und stellte sich vor, daß die Stunde Null vielleicht nie vergehen werde, daß sie ein ganzes Leben lang andauern könne.

Auch die Jahreszeiten wurden nicht mehr wahrgenommen, die Erdkugel jagte wie ein erloschener Stern durch das Weltall. Sollten jetzt Bäume blühen, Vögel zwitschern, Schmetterlinge flattern? Man wußte es nicht mehr. War das jetzt die Hitze des Sommers, die man so herbeigesehnt hatte? Man wußte es nicht mehr. Müßte jetzt das Herbstlaub fallen, das einen stillen Schneefall ankündigte? Weihnachten, das neue Jahr, alles nur ein Schulterzucken. In dieser schattenlosen Steinlandschaft veränderte sich nichts, man verspürte keine großen Unterschiede. Man fror im Sommer wie im Winter, der Körper reagierte anders als früher. Es war mal wärmer, mal kälter, mal nasser, mal trockener, mal wehte ein ziegelroter Wind, mal rutschte man über zugefrorene Bombentrichter. Der nächtliche Wind wehte kalt und ungehindert durch Wohnungen, in die niemals die Sonne schien, jeder Sommerregen lief ungehindert in die Keller, in denen die meisten lebten, Sommer wie Winter naßkalte, dunkle, unbeheizte Löcher. Wer dachte schon an Jahreszeiten oder an die Feste, die den Ablauf des Jahres anzeigten, die alte und allen gemeinsame Zeit gab es nicht mehr. Er konnte sich nicht erinnern, jemals Weihnachten oder Ostern oder sonst ein Jahresfest gefeiert zu haben, weder im Krieg noch nach dem Krieg, selbst die Geburtstage fielen aus, es gab nichts zu feiern, es gab nichts zu schenken, es gab keinen Anlaß dazu, jeder Tag war wie der andere. Gefeiert wurde nur, wenn einer Alkohol aufgetrieben hatte, wüste Besäufnisse, um für kurze Zeit alles zu vergessen. Weihnachtsfeiern mit hellen Weihnachtsbäumen, Geburtstage mit überraschenden Geschenken, Sonntagsspaziergänge, Familienbesuche, das waren Rituale einer vergangenen Zeit, sie waren im Krieg untergegangen, keiner verspürte große Lust, sie wieder aufzunehmen, er kannte sie nur aus Erzählungen.

Das gleiche galt für die Nähe und die Ferne, die jetzt anders empfunden wurde. Man lebte enger zusammen als früher, oft qualvoll dicht aufeinander in wenigen Räumen, in wenigen Straßen eines Quartiers. Bis zu den bewohnten Straßen des nächsten Viertels war unsicheres Niemandsland zu durchqueren, halbwegs sicher war man nur in den Höhlen des eigenen Quartiers, des eigenen Clans. Und so gerieten die Entfernungen in Bewegung, nicht nur das Stadtzentrum der eigenen Stadt war nun weiter entfernt, eine Abenteuerreise für jeden, der dahin wollte, auch die Nachbarstädte drifteten auseinander, waren ohne Straßen, Gleise, Brücken, Bahnhöfe unerreichbare Ziele, lagen weiter auseinander als früher. Die Straßen, wenn überhaupt passierbar, wurden von Banden kontrolliert, Raubüberfälle waren zu erwarten, an jeder Ecke wurde ein anderer Passierschein verlangt, von dem man vorher keine Ahnung hatte. Jede Stadt hatte ihren Militärkommandanten, der je nach Laune sein Territorium regierte, seine Befehle ausgab, und jeder Militärpolizist konnte diese Befehle eng oder weitherzig auslegen, und so mußte man an jeder Straßensperre in einem internationalen Kauderwelsch darlegen, warum man überhaupt in die Stadt wollte. Die meisten sagten, zu einer Beerdigung, egal was sie wirklich wollten, und manchmal sagte der Militärpolizist, der genau wußte, daß ihn alle anlogen, »o.k.«, und manchmal sagte er »no«, und man durfte die Stadt nicht betreten und konnte wieder umkehren.

»Eine Fahrt durch Deutschland gleicht einer Reise wie im Dreißigjährigen Krieg«, sagten die Menschen, wenn sie von ihren Reisen zurückkamen. Mochten die Orte und auch die Länder auf der Karte immer noch ihren unverrückbaren Platz haben, versehen mit den alten Maßangaben, so waren sie jetzt weiter voneinander entfernt als früher China oder Indien oder Amerika. Die Fahrtroute war unbekannt und nicht zu planen, man konnte sich nur notdürftig nach den Himmelsrichtungen, nach der Sonne und den Sternen orientieren, man ging mutig und entschlossen los, verließ sich auf seine eigenen Füße, ein Zeitplan existierte nicht, wann und wo man ankam, wußte man nicht, und ob man zurückkehrte, wußte man erst recht nicht. Das Land war neu und unübersichtlich aufgeteilt, die frischgezogenen Grenzen, die sich rasch verändern konnten, unüberwindbar. Städte und Landstriche gehörten plötzlich zu fremden Staaten, deren Regierung weit weg war, sie wurden von Feldmarschällen und Generälen in ihrer Sprache nach ihren Gesetzen aus ihren Hauptquartieren regiert. Man lebte in einem fremden Land in einer unbekannten Zeit.

Wenn morgens alle den Raum verlassen hatten, schlief er ein, wachte nach kurzem unruhigem Schlaf wieder auf, schlief nie tief ein, war immer schnell wach.

Den engen Raum kannte er Stein für Stein, Balken für Balken, immer aus der Perspektive des Bettes am Fenster, die den quadratischen Raum in ein Rechteck verwandelte, die zwei anderen Betten an den Seitenwänden zu langgezogenen Gegenständen unter einem schrägen Dach auf spitzzulaufenden Fußbodenbrettern.

Genau gegenüber, in Augenhöhe, stand auf einem Küchenhocker neben Marias Bett in einem dunkelgrünen Pappr ahmen das letzte Foto seines in Verdun gefallenen Großvaters, aufgenommen und koloriert vom Fotografenatelier Hammerschlag in Gelsenkirchen, Bahnhofstr. 66, und vom selben Fotografen eine Fotopostkarte seiner Großmutter mit Maria und ihrer Schwester. Dieses Foto trug der Großvater bei sich, als er für Deutschland fiel, wie die zuständige Behörde seiner Großmutter in einem Formular mitteilte. Sie hatte in ihrer kleinen exakten Schrift die ganze Rückseite beschrieben, um auf dem dafür vorgesehenen Platz möglichst viel mitteilen zu können, ein Text in polnischer Sprache, den in der Familie keiner mehr lesen konnte, mit einem abschließenden Gruß in deutsch *Deine Marzurka*.

Der fremde Mann in der schlechtsitzenden Uniform sah ihn täglich an, als sei er bereit, sein Schweigen mit ihm zu teilen, von Grab zu Grab, von Krieg zu Krieg, als sei er jetzt gleichberechtigt.

Das Bild stand früher auf dem Küchenschrank ihrer ausgebombten Wohnung, aber da sah er doch mehr nach den Kinderbüchern, die direkt danebenlagen, sah ihn nur, wenn Maria die Kinderbücher herabholte, um ihm daraus vorzulesen. Er saß dann neben dem warmen Herd auf einer Fußbank, in der Stille war nur Marias ruhige melodiöse Stimme zu hören, den Kopf hatte er in Höhe der Bücher, die auf Marias Schoß lagen, er folgte ihren Worten anhand der Zeilen, lauschte dem gleichmäßigen, beruhigenden Fluß der Sätze, wenn sie ihm auf seinen Wunsch immer dieselben Geschichten vorlas, mit ihrer klangvollen Stimme, in der die Worte verführerisch aufleuchteten, eine Erzählung bildeten, in der die Welt geordnet vorbeifloß, immer wieder geduldig erklärt – so wie sie ihm Jahre später, als er stotterte, wieder das Sprechen beibrachte; mit ihren langsamen Worten, die er ihr vom Mund ablas, wieder zu sprechen begann.

Ihr Jugendfoto erinnerte ihn an diese Stunden. Aber da war auch der Großvater, der ihn mit starren fordernden Vogelaugen ansah, das sich langsam zersetzende Foto, das die ursprünglich weichen Gesichtszüge nun härter zeichnete. Die Glücksmomente waren aufgebraucht, die Toten herrschten mit ihrem endgültigen Schweigen, in dem alles Leben verstummte.

Die Erdkugel war ein fingergroßer Globus, in dem sich ein Bleistiftanspitzer verbarg, und stand in einem Mauerloch neben dem Fenster. Der Globus gehörte zu den wenigen Dingen, die Gustav aus seiner Bibliothek retten konnte, und das auch nur, weil er ihn zufälligerweise in der Hosentasche trug, als er mit dem brennenden Dachstuhl und der brennenden Treppe durch das brennende Haus segelte. Neben dem Globus lag immer der angesengte graublaue einbändige Volksbrockhaus, den Gustav zu seinem Ärger in den Händen hatte, als man ihn aus dem Feuer zog, er hatte blind in Richtung seiner alten Enzyclopädie gegriffen, sie aber leider verfehlt.

Globus und Brockhaus waren sein wertvollster Besitz, wenn auch die Kontinente und Meere auf dem Globus sehr klein und die Artikel im Brockhaus sehr kurz waren. Er hatte den Brockhaus schon mehrmals von A bis Z gelesen und fand, daß der Herr Brockhaus da einen bemerkenswerten und sehr intelligenten Roman geschrieben habe, man mußte sich natürlich aus den Fakten emportragen lassen in vielfach verflochtene Phantasiewelten, aus den unzähligen Stichworten, den Namen, Orten und Zeiten, die alles miteinander verknüpfende Handlung erkennen, denn alles hatte miteinander zu tun, alles war irgendwann entdeckt, erbaut, erforscht worden, war wieder vergessen, vernichtet oder als Irrtum erkannt worden, von Menschen, die zu Staub geworden waren und nur noch als Abbildung in einem Lexikon existierten. Ein monumentales Werk menschlicher Vergeblichkeit und Vergänglichkeit.

Schön waren die Stunden, wenn alle am Tag zu Hause bleiben mußten, weil ein Landregen herunterplatzte oder im Quartier mit Motorengeheul und mit Schüssen eine Razzia nach der anderen stattfand.

Gustav nahm dann gerne den Globus in die Hand,

um träumerisch eine den Hunger und die Kälte verdrängende Geschichte zu erzählen, während Maria mit den harten, knallenden Schlägen einer Schaufel auf Rattenjagd war. Ein Schlag, und die Ratte war hin. Gustav flüchtete sich nach Ägypten, wandelte unter den Rufen des Muezzins vorbei an Moscheen und Minaretten, durch die engen Gassen Alexandrias, deren Menschengedränge in der staubigen Hitze so fürchterlich war, daß er auf ein Nilboot stieg, nilaufwärts fuhr – Peng, die Schaufel –, seltsamerweise in Peking landete, wo Gustav ihn durch die Verbotene Stadt führte, die er als einer der wenigen Weißen genau kannte – Peng, die Schaufel –, und Gustav geriet endgültig aus dem Konzept, weil Maria erzählte, wie sie einmal mit einem Rucksack voller Kartoffeln von einem fahrenden Lastwagen abspringen mußte, weil eine fliegende Kontrollstelle in Sicht kam; seitwärts sich durch einen Wald schlagend hatte sie die Kontrollstelle umgehen und auf der Straße sogar noch einmal einen Lastwagen anhalten können, der aber in dieselbe Kontrolle geriet, irgendwelche Hilfspolizisten mit Armbinden, die sie zwangen, die Kartoffeln in eine Wiese zu werfen, heulend sei sie zu Fuß weitergegangen, und aus der Ferne habe sie gesehen, wie die Hilfspolizisten mit den Kartoffeln und dem Lastwagen davonfuhren.

Gustav wechselte erneut Zeit und Ort, lehnte sich mit dem Rücken an sein Bett, spielte mit dem Globus und erzählte die Geschichte von dem Pferdestriegel, den er gefunden hatte und den er jenseits des großes Flusses gegen Lebensmittel eintauschen wollte. Und er sah das Bild, das Gustav so gut beschreiben konnte, sah

Gustav auf seinem Damenfahrrad, in dem alten Hochzeitsanzug, den er einem Bauern abgeschwatzt hatte, sah ihn mit geblähtem Jackett und flatternden Hosenbeinen über das flache Land segeln, freihändig fahrend, laut singend, ein ganzes langes Leben schon hinter sich und immer noch auf der Welt, wer wollte ihm da noch etwas vormachen, wer wollte ihm noch erzählen, wie die Welt sich dreht. Er umkreiste die Bauernhöfe, fixierte den Bauer, fiel ein wie ein Habicht, lachend erzählte er ihm, ein Bein auf dem Fahrrad, ein Auge auf den Hofhund, die neusten Tommy-Witze, bis der Bauer in die Hocke ging, sich krümmte vor Lachen und der Hofhund sich wieder verkroch; bot ihm dann generös und ganz beiläufig den Pferdestriegel an, erhielt ein Stück Speck oder ein paar Eier oder eine Tüte Mehl, versenkte alles sorgfältig in seinen Rucksack, grüßte jovial, stieg aufs Rad, trat in die Pedale, sah, wie der Bauer den Pferdestriegel achtlos an das Stallfenster legte, umkreiste einmal den Bauernhof, rauschte heran, nahm im Vorbeifahren den Pferdestriegel wieder an sich, schließlich hatte er nichts anderes zum Tauschen, und radelte fröhlich pfeifend zum nächsten Bauernhof, wiederholte das Spiel; kam lachend an, erzählte seine Witze, merkte sich, wo der Pferdestriegel lag, kehrte zurück, nahm ihn im Fluge, strampelte weiter, enteilte mit dem Wind, zog mit den Wolken unter dem weiten Himmel der tiefliegenden Landschaft hinter dem Fluß, ein Mann auf einem Fahrrad, allein auf einer Straße zwischen endlosen Feldern und vereinzelten Bauernhöfen mit ihren bellenden Hunden, die auch schon einmal wild kläffend mit dem Bauern hinter ihm herjagten; doch Gustav verschwand hinter einer heraufziehenden Regenwand, hing sich, immer noch strampelnd, an die Wolken, trieb vor dem Regenwind, erreichte die Fähre, setzte mit ihr über den Fluß, erschien klatschnaß zu Hause, hatte keinerlei Verlust an Ware und doch sehr viel verkauft.

Gustav lachte zunehmend, wenn er das erzählte, sein Gebiß verrutschte, Tränen kullerten ihm übers Gesicht, und als Zugabe erzählte er immer noch die Geschichte von dem Bauern, der ihm vorgeschlagen hatte, Hundemaulkörbe zu verkaufen, und dem er entgegnet habe, Hundemaulkörbe seien für einen freien Reisenden ein schlechtes Geschäft, man könne sie nur einmal verkaufen, und er rutschte vor Lachen fast vom Stuhl, weil er das Gesicht des Bauern beschrieb, der aus seiner Antwort nicht schlau wurde.

Die Geschichten der Fontanas endeten immer in diesem Lachen, Marias Geschichten endeten stets tragisch. In Gustavs Lachen hinein berichtete sie von einem Menschen auf einer Hamsterfahrt, der im panischen Gedränge eines Zugabteiles erstickte, nicht mehr schreien konnte, die Hände oben, das Gesicht blau angelaufen, die Zunge herausgestreckt, zwischen ihnen hing und erst am Ziel, als alle ausstiegen, tot umfiel, einen ganzen Tag zwischen ihnen hing, weil vorher keiner ausstieg. Wären sie ausgestiegen, um den Toten herauszutragen, wären sie nie wieder in den Zug gekommen, weil die draußen Wartenden immer sofort in das Abteil drängten und die Ausgestiegenen mit Fußtritten ins Gesicht vom Zug wegschleuderten. Und am Ziel habe man dem Toten sofort Rucksack, Mantel und Schuhe weggenommen, weil er die ja nicht mehr brauchte.

Mit den Fingernägeln sei sie den anderen ins Gesicht gegangen, um ihren Platz zu halten. Auf der Rückfahrt mit den gehamsterten Sachen habe sie meist gar nicht erst versucht, in ein Abteil zu kommen. Am liebsten sei ihr der Puffer zwischen den Waggons, man dürfe nur nicht nach unten sehen, auf die dahinrasenden Schwellen und den Schotter, aber man sitze, sei nicht im Fahrtwind, und könnte sich besser festhalten als auf den Trittbrettern oder auf dem Dach. Vom Dach rutsche man mit seinen Koffern leicht herunter, und wenn einem auf den Trittbrettern nach stundenlangem Stehen die Beine versagten, oder ein Verrückter, der in Panik aus dem Zug wolle, während der Fahrt die Abteiltür öffne, liege man sofort unter dem Zug.

Viele habe sie gesehen, die ohne Beine unter dem Zug lagen, ganz erstaunt habe sie einer angesehen, während das Blut aus seinen Stumpen spritzte und die Beine ein paar Meter weiter wie verlorene Prothesen lagen. Und immer noch hätte er seinen Koffer festgehalten, und einer wollte ihm den Koffer entreißen und habe den beinlosen Mann mitgeschleift, so hätte er sich an seinen Koffer geklammert.

Eine alte Frau habe man auf der Bahnsteigtreppe zu Tode getrampelt, hätte wohl nicht mehr weitergekonnt, sei stehengeblieben, hätte ihren Koffer abgesetzt, von hinten habe die Menge geschoben und sei einfach über die Frau gegangen, plötzlich hätte auch sie auf etwas Weichem gestanden, viele seien dann gestürzt, hätten aufeinandergelegen, sie selbst habe sich gerade noch seitlich wegdrängen können.

Und das immer zwischen Gustavs Geschichten erzählt. Gleichzeitige Geschichten. Basso ostinato, sagte Gustav dazu und war dann auch still und nachdenklich, sah auf den Globus in seiner Hand und meinte, das wäre die richtige Größe für einen Globus. Je größer eine Landkarte, desto ungenauer sei sie. Sie zeige dann zwar jeden Feldweg und jeden Kotten, und jeder Hügel habe eine Höhenangabe in Metern und jede Straße eine Entfernungsangabe in Kilometern, aber das wären dann nur noch Details ohne jeden Zusammenhang, weshalb das Militär auch immer die größten Karten habe. So ein handlicher Globus sei dagegen gerade richtig. Er zeige die Erde und lasse doch genügend Distanz, um sich die Einzelheiten in der eigenen Phantasie vorzustellen, was die Erde ja überhaupt erst interessant mache. So interessant wie das Leben, und für das Leben gäbe es ja auch keine Karte im Maßstab eins zu tausend. Und er stellte die kleine bunte Kugel wieder in die Mauernische, sah versonnen auf den Globus, in dem sich ein Bleistiftanspitzer verbarg.

Gleise wurden in der Straße verlegt, nicht sehr gerade und etwas holprig, Gleise für eine kleine Dampflokomotive, die rumpelnd und im Zickzack die Straße hinauf- und hinunterstampfte, leere Loren hoppelten hinter ihr her, wurden mit Schutt gefüllt, rollten dann schwer zum anderen Ende der Straße, das dampfte und keuchte, fauchte und dröhnte den ganzen Tag.

Man drückte den Menschen eine Schaufel in die Hand und forderte sie auf, den Schutt wegzuräumen. Gustav und Fin waren zu alt, Friedrich verschwand in Geschäften, Elisabeth stellte sich so dumm an, daß man sie wegjagte, Maria schaufelte, als müsse sie die Straße allein räumen, und lag abends völlig erschöpft auf ihrem Bett.

Für die Kinder war es wunderschön. Sie sprangen auf die Kupplungen der Loren, fuhren winkend die Straße entlang bis zur Drehscheibe, wo die Loren geleert wurden, sprangen wieder auf, fuhren zurück. Auch er fuhr mit, es hatte etwas Prickelndes, wer konnte schon mit einem richtigen kleinen Zug durch die Straße fahren, eine Vergnügungsreise, vorbei an steilen Hügeln mit dem Ausblick auf romantisch verfallene Fassaden, mit dem Kohlegeruch der Lok und den Staubwolken des Schutts. Geschickte Kinder reisten so – aufspringend, abspringend – durch die ganze Stadt.

Kein Mensch schrie wie früher, laß das sein, das ist verboten, komm da runter, tu dies nicht, tu das nicht. Oder noch schlimmer, das tut man nicht, warum hast du das trotzdem getan, sag die Wahrheit. Die Erwachsenen hatten anderes im Sinn, und die Eltern waren froh, wenn sie phantasiereiche Kinder hatten, die immer wieder etwas Eßbares anschleppten, ob sie dabei gelogen hatten, ob sie dabei gestohlen hatten, wollte wirklich keiner wissen, und die Wahrheit war etwas, was es nicht mehr gab.

Kinder konnten einfach all die verbotenen Dinge besser erledigen, Kinder waren flinker, wendiger, verschwanden in Kellerlöchern, kamen auf der anderen Seite wieder heraus, kannten alle Schleichwege und Schlupflöcher in dieser Trümmerwelt, rannten quer durch die zerstörten Häuser, kein Erwachsener konnte ihnen folgen. Sie entzogen sich jeder Überwachung, witterten die Gefahren, hatten gelernt, in einem Krieg und in einer Nachkriegszeit zu überleben, schlängelten sich zwischen Militärpolizei und der deutschen Polizei hindurch, kannten die verschiedenen Schwarzmärkte mit ihren unterschiedlichen Handelspraktiken, wußten, welche Ware wo und bei wem zu bekommen oder abzusetzen war, kannten die geheimen Keller und Wohnungen, in denen die Hehler der Diebesbanden hofhielten, kannten die Klopfzeichen und Parolen, die ihnen die Türen öffneten, sie durch einen schmalen Spalt hineinließen.

All das war nicht ungefährlich, immer häufiger fanden Razzien statt, Lastwagen und Polizisten fuhren vor, sperrten die Straßen, kontrollierten jeden, konfiszierten alle Waren. Auch die Hehler wurden vorsichtiger, wechselten ihren Sitz, zogen sich in die Trümmerwelt zurück, für Erwachsene wurde es immer schwieriger, sie von der Straße aus zu erreichen, außerdem fielen sie mit ihren schweren Taschen jeder Streife sofort auf, und das, was sie gerade teuer erkauft hatten, wurde sofort beschlagnahmt.

Kinder kamen unerkannt durch zerstörte Häuser und Keller an die Lager heran, und so trug ihn Friedrich oft, nachdem es dunkel geworden war, auf den Schultern in die Nähe der Schwarzhändler, setzte ihn ab, er verschwand in den Trümmern, suchte den Weg, was im Dunkeln und ohne Licht schwierig war. Manchmal kannte sein Vater nicht die neusten Parolen, dann mußte er sie erst bei einem von Manfredos Leuten erfragen, die um diese Zeit vor den Türen der Schwarzhändler herumlungerten, irgendwelche verdrehten Sätze, die man kaum behalten konnte: Heute läuft der weiße Rappe rückwärts, oder: Heute hat der Himmel keinen Regenbogen.

Der Weg führte durch stille Ruinen, eine zerborstene Steintreppe hinab in verlassene Keller, durch nasse, tropfende Kellergänge, vorbei an verbogenen Heizungs- und Abwasserrohren. Stand man endlich vor der eisernen Luftschutztür mit ihren großen Hebeln und sagte seinen Satz auf, öffnete sich das Paradies. In mehreren Kellern hintereinander standen bis zur Decke gestapelte Türme von Büchsen in allen Farben und in allen Sprachen, Namen waren zu lesen, von denen er noch nie gehört hatte, die ihm auch nicht verrieten, was in den Büchsen war.

Der dicke Matthes, der allen immer erzählte, daß er wegen seiner Gutmütigkeit noch einmal verhungern werde, lag mit seinem Riesenbauch wie ein Krokodil auf einem Bett aus Büchsen, schob sich aus einer Büchse Schinken in den Mund und jammerte, daß er keinen Platz mehr habe, daß er schon auf den Büchsen schlafen müsse. Wenn ein Kind vor ihm stand, verknautschte er sein Gummigesicht in alle Formen des Abscheus, des Ekels, des Widerwillens, der Enttäuschung über die hinterhältige Gemeinheit der Menschen, schließlich, nachdem er wieder etwas die Fassung gewonnen hatte, märte er lauthals los: »Schicken se mir immer die verhungerten Jören, spekulieren auf mein Mitleid, damit ich noch wat draufleg. Wer jibt mir wat? Wer trägt mich zu Grabe? Mir hilft keiner in der Not. Ich hab Schulden, ihr Aasjeier. Ich rechne in Dollars, ihr Banausen. Ihr mit eurem mickerigen Jeld, euch schickt der Satan. Ihr seid alle Kommenisten. Ihr reißt mir dat Fleisch vom Leibe.«

Man konnte ihn nur beruhigen, indem man bewundernd fragte, was er denn in all den Büchsen habe. Er zog eine selbstgefällige Schnute und sagte: »Kaviar, Lachs, Schinken, Schweinefleisch, Rindfleisch, Blutwurst, Leberwurst, Corned beef, Sardinen, Ananas, Pfirsiche, kommt aus der janzen Welt, Champagner hab ich auch.« Wenn man dann seine händlerischen Fähigkeiten ausgiebig bewunderte, beruhigte Matthes sich langsam und verlor das Gefühl, am nächsten Tag verhungern zu müssen.

Als er das Fernglas verhökern mußte – gegen seinen tränenreichen Widerstand, denn er sah nachts mit Friedrich durch das Glas zu den Sternen hinauf, aber sie hatten wirklich nichts mehr zu essen –, nahm er sich vor, hartnäckig zu sein.

Der dicke Matthes sah in aller Ruhe durch das Fernglas seine Vorräte an, ließ ihn lange warten, aber das gehörte zu seiner Taktik, und sagte dann: »Also jut, drei Büchsen Leipziger Allerlei, drei Büchsen Schweinefleisch.« Er blieb stehen und rührte sich nicht. Der dicke Matthes sagte: »Dat Ding is verkratzt, dat jibt Abzug.« Er wußte, daß er jetzt nur lange genug stehenbleiben mußte. Der dicke Matthes sagte: »Noch 'n Büchs Leberwurst«, verzog sein Gesicht, sah ihn mißtrauisch aus den Augenwinkeln an, »und noch 'n Büchs Blutwurst.« Er schüttelte mit dem Kopf und blieb stehen. Das Gesicht des dicken Matthes verzog sich in eine andere Richtung, Unverständnis über die Habgier der Menschen. »Wat soll ich überhaupt noch mit 'nem Fernjlas, hab ich schon mindestens hundert Stück von.« Er blieb weiter stehen, obwohl es jetzt ungemütlich wurde. Der dicke Matthes ließ sein Gesicht in Trauer fallen: »Also jut. Nimm dir noch 'n Büchs Corned beef aus Argentinien. Dat is wat Feines. Weil du et bist. Aber dann hau auch ab.« Aber er hatte noch einen zusätzlichen Trumpf. Der dicke Matthes gehörte, als er noch jung und schön war, zu den Verehrern Elisabeths, und so bestellte er noch einen herzlichen Gruß von Elisabeth. Das Gesicht des dicken Matthes verzog sich zu einer angewiderten Maske, die sich schüttelte vor Empörung und sich abwandte, weil sie den Anblick eines so verdorbenen Jungen nicht mehr ertragen konnte, eine gequälte Stimme sagte aus der Maske heraus: »Is jut, is jut, nimm dir noch 'n Dose Sardinen aus Portugal, aber verschwinde jetzt, sonst klatsch ich dich an die Wand.« Er nahm hastig nicht nur eine, sondern zwei dieser schmalen Dosen, der dicke Matthes sah das, warf mit einer Büchse nach ihm, aber da war er schon aus der Tür.

Er konnte seine Last kaum tragen, er zog den Rucksack, den man ihm mitgegeben hatte, durch die Kellergänge, die Treppe hinauf, da leuchtete ihm einer mit einer Taschenlampe ins Gesicht, er blieb stehen, eine weiter entfernte Stimme sagte: »Der gehört zu Manfredo«, das Licht erlosch, er konnte weitergehen und war froh, als er seinen Vater sah.

Es war gut, unter Manfredos Schutz zu stehen. Ohne diesen Schutz hätte er keine einzige Dose nach Hause gebracht, ohne diesen Schutz wären die vielen nächtlichen Lebensmittelbeschaffungen gar nicht möglich gewesen, nicht mal zu Tante Olga hätte er gehen können, obwohl die nicht weit entfernt wohnte. Man mußte durch ein ausgebranntes Vorderhaus über den Hof, dann eine freistehende Holztreppe hoch, die zu einer schweren braunen Wohnungstür führte, nach einem bestimmten Klopfzeichen steckte Tante Olga ihren weißhaarigen Kopf heraus, sah, wer da war, und öffnete. Tante Olga war Gesanglehrerin, wie sie sagte, Russin, wie sie sagte, hatte an allen Opernbühnen der Welt gesungen, wie sie sagte, und in der Diele saßen auch immer viele junge Mädchen, die offenbar auf ihren Gesangunterricht warteten und dabei seltsamerweise wie Tante Olga einen Morgenrock trugen. Die Wohnung bestand aus schweren, dunklen Vorhängen, Tante Olga humpelte in ihrem geblümten Morgenrock zu einem der Vorhänge, griff in den Spalt, gab einem die gewünschte Zigarettenpackung, die sie zufälligerweise immer vorrätig hatte, zeigte einem noch den Kupferring unter ihrem Knie, der sie gesund erhielt »Fiiier huuundert Jahrrre«, sagte sie, und dann hatte man zu verschwinden.

Manfredo stand oft mit einigen seiner Leute im Hof, rauchte, griente verschmitzt zu ihm herüber. Es war ein Schutzbrief fürs Leben, der auch noch anerkannt wurde, als Manfredos Reich unterging. Eine größere Bande, die die Behelfsläden unter Kontrolle hatte und sich ausdehnen wollte, stürmte Manfredos Hauptquartier, das zerstörte Krankenhaus. Die Schlacht dauerte einen Tag und eine Nacht, und obwohl das Krankenhaus, dessen vordere Räume schräg zur Straße hingen, eine Festung war, kaum zu erobern, nur durch den schmalen Schacht des alten Speisenaufzugs zu betreten, siegte die andere Bande.

Er schlich sich abends zum Krankenhaus, in dem er geboren worden war, aber es war umstellt von unangenehmen Kerlen, ab und zu fiel ein Schuß, von oben wurden schwere Steine heruntergeworfen, Jungens liefen durch die Stockwerke, kletterten an den Außenmauern hoch.

Nachts klopfte es leise ans Fenster, Manfredo stand draußen. »Ich hau ab nach Amerika.« Er zeigte einen holländischen Paß: »Ich heiß jetzt Willem de Heer. Ich bin jetzt Holländer.« Dann war da nur noch die Nacht. Manfredo kam nie wieder an sein Fenster.

Die Schule, eine mehrere Stockwerke hohe Festung, ein dunkelroter Steinkasten mit schmalen Fenstern und vielen Mauervorsprüngen über schweren Eisentoren, hätte auch das Stadtgefängnis sein können. Sie war Notunterkunft für ausgebombte Familien und für Flüchtlinge gewesen, sie war Kriegslazarett, Gefangenenlager, Standgericht für Deserteure und der letzte Kommandostand von Offizieren zusammengewürfelter restlicher Truppenteile. In ihren Räumen hatten hungrige Mütter Kinder geboren, verzweifelte Männer sich aufgehängt, Militärärzte Beine und Arme abgesägt, Offiziere Todesurteile ausgesprochen, sterbende Soldaten ihre letzte Zigarette geraucht, KZ-Gefangene ihren letzten Brief geschrieben, Displaced Persons sich an einem offenen Feuer gewärmt – nun sollte sie wieder in aller Unschuld die Schule der Kinder sein.

Zum Ärger der Kinder war sie von den Bomben und Artilleriegranaten nur teilweise zerstört, und es konnte vorkommen, daß Kinder, die als Soldaten mit der Panzerfaust in der Hand die Stadt verteidigen sollten, nun wieder als Schüler eingereiht wurden. Die Klassenzimmer waren seit langem ungeheizt, daher eiskalt, sie waren dunkel, sie waren finster, es gab nicht eine einzige Glühbirne. Vor den fensterlosen Löchern in der Mauer, durch die es hereinwehte, standen rostige Eisenplatten, die noch von den letzten Verteidigern stammten, auch alte Schiefertafeln, in eine von ihnen hatte einer mit einem Messer *Unsere Ehre heißt Treue* eingekratzt. Die Schulbänke waren in den umliegenden Kellerwohnungen verheizt worden, in die Räume paßten daher mindestens sechzig, siebzig Kinder, die alle standen.

Ein englischer Offizier hielt in mühseligem Deutsch eine Rede über die neue Zeit, die im Lärm der Kinder unterging, und endete mit einem Goethe-Gedicht, das keiner verstand. Nachdem er sich mit einem herzlichen »Good luck« und »Bye bye« verabschiedet hatte, stellte sich heraus, daß es nicht nur keine Schulbänke gab, es gab auch keine Lehrer, weil sie alle in der Partei gewesen waren, und es gab keine Schulbücher, weil sie alle von Pädagogen stammten, die auch in der Partei gewesen waren. Alles, was sie bisher von ihren Lehrern und aus ihren Schulbüchern gelernt hatten, war falsch. Das, was sie jetzt lernen sollten, war aber noch nicht entschieden, vor allem aber noch nicht geschrieben, gedruckt und in Bücher gebunden. Selbst wenn es einer über Nacht geschrieben hätte, es gab keine Druckmaschinen, keine Druckerschwärze und kein Papier. Die Kinder vermißten die Schulbücher nicht, sie wußten alles, was man zum Überleben in einer zerstörten Welt braucht, viele von ihnen ernährten ihre Familien, sie betrachteten es daher als Entgegenkommen ihrerseits, sich hier vor einen Lehrer hinzustellen.

Eine uralte, verhutzelte Frau mit einem dünnen Haarknoten, die sie Fräulein nennen sollten und die schon vor dem Krieg pensioniert worden war, sollte Kinder unterrichten, die mehr erlebt hatten, als sie ihnen je erzählen konnte. Sie baute sich mit einem mitgebrachten Stock vor ihnen auf, schlug ihn energisch an die Wand, so daß die Reste des Putzes, der mit Löchern von Bombensplittern übersät war, herabfielen, und begann mit dem Schulunterricht.

Da keiner Federn, Tinte, Papier oder Bleistifte bei sich hatte, weil es so etwas nicht gab, da auch alle froren, fast die Hälfte der Kinder barfuß auf dem eisigen Betonboden standen, die wenigsten einen Wintermantel besaßen, in kurzen Hosen und einer dünnen Jacke ihres Vaters oder ihrer Mutter vor Kälte zitterten, verordnete sie Turnen und Kopfrechnen. Eine Hälfte der Klasse hatte zu trampeln und mit den Armen um sich zu schlagen, die andere Hälfte hatte endlose Zahlenreihen, die das Fräulein laut schrie, im Kopf zu addieren und subtrahieren, zu dividieren und multiplizieren, wobei sie auch vor Prozentzahlen und Brüchen nicht zurückschreckte. Alle zehn Minuten wechselten Turnen und Kopfrechnen, so holte sich keiner eine Lungenentzündung, und alle lernten Rechnen.

Es gab nur einen Grund, zur Schule zu gehen, das war die Schulspeisung. Wenn sie in großen schwarzen Eimern angeliefert wurde, die entweder mit einem gelben sämigen Brei oder einer grünlichen Brühe gefüllt waren, oft auch mit einer Mischung aus beidem, mal mit Nudeln, mal mit Würmern, mal mit Keksen, in denen alles mögliche krabbelte, kamen aus allen Richtungen Kinder mit ihren zerbeulten, zerkratzten Militäreßgeschirren und ihrem blechernen Militärbesteck angeklappert, das einzige, was der große Krieg ihnen hinterlassen hatte. Sie schlugen sich mit Härte, Gewalt und List um eine möglichst große Portion, für viele die einzige Mahlzeit am Tag, fast immer war zu wenig da, und man durfte raten, wer wieder einen Eimer an der Schule vorbei verkauft hatte. Die, die zu spät gekommen waren oder sich hatten abdrängen lassen und nun vor dem leeren Eimer standen, kreisten um die hastig den Brei herunterschlingenden, eifrig löffelnden Gruppen und bettelten: »Gib mir doch auch was mit«, oder drohten: »Dich schlag ich heut nacht tot.« Manchmal brach eine gnadenlose Schlägerei aus, bei der Eßgeschirr, Besteck und Suppe durch die Luft flogen, Kinder sich am Boden wälzten, die Lehrer entfernten sich dann unauffällig, hätten sie sich eingemischt, hätte man auch sie verprügelt, zumal die Kinder den einen oder anderen Lehrer in Verdacht hatten, am Verschwinden des fehlenden Eimers nicht unschuldig zu sein.

Er ging selten zur Schule. Der Epileptiker, den man oft von der Schule nach Hause schickte, erzählte ihm, was in der Schule durchgenommen wurde. Manchmal blieb er noch bei ihm, weil er Angst hatte, allein zu sein. Wenn er einen Anfall bekam, mußte er ihn mit aller Kraft an den Armen halten, damit er nicht um sich schlug und sich dabei verletzte. Nach einer Weile wurde er ruhig, der zuckende Krampf ließ nach, er lag,

Schaum vor dem Mund, auf dem Boden und schlief friedlich und tief wie ein Toter.

Stalingrad stand wie ein gesprengtes Monument auf einem Steinsockel vor dem hinteren Fenster, stand einarmig auf einem Bein und einer Krücke und streckte mit dem Arm, unter den er die Krücke geklemmt hatte, ein umgehängtes Kochgeschirr in Richtung Fenster. Sein Gesicht war rotviolett verbrannt. Er trug einen völlig verdreckten weißen Tarnanzug. Der linke Ärmel und das rechte Hosenbein waren umgekrempelt. Er stand immer leicht schräg auf die Krücke gestützt. Maria traute sich erst nach einer Stunde an ihn heran, sie gab ihm eine Kelle Steckrübensuppe in sein Kochgeschirr, die trank er, dann stand er noch eine Stunde bewegungslos vor sich hin starrend auf dem Steinsockel, regte sich plötzlich, grüßte wie ein Soldat, drehte sich ruckartig um und stelzte in militärischer Haltung davon.

Am nächsten Tag kam er wieder. Er sah ihn vom Fenster aus, sah, wie er mit Hilfe der Krücke aus einem Erdloch kroch, aus einer der vielen Höhlen in dem weiten flachen Trümmerfeld hinter dem Hof. Er richtete sich auf, suchte die Balance zwischen den vorhandenen und fehlenden Gliedern und humpelte wie ein alter verschimmelter Rabe heran, betrat den Steinsockel, richtete sich auf, stand stramm und hielt das Kochgeschirr in Richtung Fenster. Maria gab dem über ihr stehenden Mann wieder eine Kelle von der täglichen Steckrübensuppe in das Kochgeschirr, er trank sie, blieb schweigend und sinnierend stehen, grüßte, drehte sich um, verschwand.

Er kam nun jeden Mittag, erhielt seine Steckrübensuppe, lehnte die Einladung, sich zu setzen, mit der knappen Mitteilung ab, er könne nur noch im Stehen essen. Sie hatten den betonierten Hof vor dem hinteren Fenster geräumt, er war von der etwa einen Meter hohen Grundmauer des früheren Hinterhauses begrenzt, in dieser Höhe lag auch das fast ebene Trümmerfeld, und auf der Mauer stand er wie der Gekreuzigte persönlich. Gustav zog ihn ins Gespräch, er behauptete, was viele behaupteten, mit der letzten Maschine aus Stalingrad ausgeflogen worden zu sein. Mehr wollte er nicht sagen. Also nannten sie ihn daher Stalingrad.

Ein Haufen Lumpen balgte sich vor seinem Fenster, wirbelte im Kreis wie eine Meute junger, buntgescheckter, wild kläffender Hunde, sprang lebendig wie ein Sack Flöhe um einen aus Stoffresten zusammengenähten Ball, umdribbelte die Gleise der Trümmerbahn, rannte mit dem Ball am Fuß hinter die Fassaden geräumter Häuser, um aus einer Mauerlücke überraschend zu flanken, trat den auseinanderfallenden, vor Nässe immer schwerer werdenden Stoffball jubelnd ins Tor, einem Tür- oder Fensterrahmen mitten auf der Straße.

Ein Jubelschrei, der die Erstarrung durchbrach, die zwischen den Häusern hing, das erstickte Leben der Menschen in den Kellerlöchern und Trümmerwohnungen, das stumme Verdämmern in versteinerter Geduld. Der Schrei eines überwältigenden, unbekümmerten Lebensgefühls, aufsteigend aus einem rabiaten Haufen, der durch die Straßen tobte, keine Grenzen kannte, keine

Erziehung, keine Normen. Kinder, die absolut frei waren, Kinder, die sich selbst ernährten, Kinder, die mit Tuberkulose oder Asthma durch die Straße keuchten, mit nur einem Arm oder einem Bein herumtobten, ein wildes Leben voller glücklicher Augenblicke, ein Leben zwischen Wut und Trauer und unbeherrschten Freudenausbrüchen. Da sie kein anderes Leben und keine andere Welt kannten, war dies hier die schönste aller Welten, Hunger und Kälte und Trümmer das natürliche Lebenselement, das einfach da war, wie das Wasser für einen Fisch und der Dschungel für einen Tiger, das Leben wunderbar und voller Herrlichkeiten, und die Zeit zwischen Tag und Nacht eine endlose Zeit, die nie vergehen wollte, weil jede Sekunde, jede Minute, jede Stunde spannendes, aufregendes, unwiederholbares Leben war – ihr Leben.

Hätte man sie über Nacht in eine schöne alte Stadt mit jahrhundertealten Häusern, mit Spitzengardinen und Geranientöpfen vor den Fenstern, mit gesäuberten Straßen und geruhsamen Plätzen und Parks voller Springbrunnen und Gesetz und Moral verkörpernden Gerichts- und Schulhäusern versetzt, sie wären starr vor Entsetzen, gelähmt und hilflos in dieser unbekannten Ordnung aufgewacht. Sie liebten ihre Welt, in der sie mit zahlreichen Freunden aufwuchsen, sie schrien sich durch diese Welt, in der es für sie keine Schranken, keine Aufsicht, keine Gesetze gab, und sie fühlten sich als die Herren dieser Welt.

Aus den Wohnhöhlen warfen vergrämt heimgekehrte Soldaten und alte Frauen mit ungekämmten Haaren voller Haß Steine auf diese Bagage, die sich vor seinem

Fenster versammelte. Kinder, die Zigarettenkippen von der Straße aufsammelten und mit spitzen Fingern zu Ende rauchten, die immer selbstgebrannten Schnaps, der *Knollibrandi* hieß, dabeihatten und auch oft betrunken waren, Kinder, die in einer eigenen Sprache miteinander redeten, für alles ihre eigenen Worte hatten und so unbändig und schallend lachen konnten, daß sich manch einer erschreckte.

Sie sahen aus wie kleine Erwachsene, weil sie die Kleider der Erwachsenen trugen, nichts paßte, alles war entweder zu groß oder zu weit. Unförmige Herren- oder Damenmäntel ohne Knöpfe, durch aufgeweichte Papierkordeln oder zerlöcherte Riemen zusammengehalten. Auf den wegen der Läuse oft kahlen Schädeln Schirmmützen, aus denen die Pappe heraussah, die seitlichen Klappen hingen lose über die Ohren, oder auch Soldatenkäppis von sämtlichen Armeen der Welt. Stoffschuhe mit aufgerissener Kappe und loser Sohle, ohne Schnürsenkel, mit Stoffbändern oder verknoteter Schnur an den Fuß gebunden. Zerrissene Hemden, angestrickte Pullover, verfärbte Hosen und Jacken mit löcherigen Ellenbogen und ausgerissenen Taschen, irgendwie um den Leib gewickelt, geschmückt mit einem Sammelsurium von Armbinden: Rot-Kreuz-Binden, Blindenbinden, Trauerbinden, Hakenkreuzbinden, Militärpolizeibinden.

Fast jeder hatte einen Feldbeutel der deutschen Armee mit der dazugehörenden braunen, filzigen Trinkflasche, viele noch eine Wolldecke oder einen Kochtopf.

Blieb einer von ihnen tot liegen, weil ihn die Tuberkulose besiegt hatte oder weil er unter eine einstürzende Trümmerwand geraten oder auf eine noch nicht entschärfte Bombe getreten war, so übernahm ein anderer den Spitznamen des Toten, und damit auch seine Aufgabe in der Gruppe, bis er sich durch eine besondere Tat einen eigenen Spitznamen erwarb. Wenn von dem Toten noch ein ganzer Körper vorhanden war, legte man ihn vor eine Kaserne mit einem Zettel in der Hand, auf dem sein Name stand, sonst begrub man seine Reste im Park und setzte ihm aus Ästen ein Kreuz, weil man das so bei den Erwachsenen gesehen hatte.

Das Essen wurde geraubt, verteilt und auf der Straße im Laufen verschlungen. Ihr Territorium lag hinter dem Bahnhof, in der Nähe der Bahndämme, wenn es ihnen schlecht ging, wenn sie Hunger hatten, nahmen sie den Reisenden schnell und geübt Koffer, Taschen, Rucksäcke weg, ein kreischender Kreisel, der sich um den Überfallenen drehte, ihm ins Gesicht lachte, weil das natürlich auch Spaß machte, im Grunde ein Spiel war, keiner sah darin Unrecht, sie verstanden das Gezeter und Gejammer der Erwachsenen nicht, die auch alle klauten und ihnen nur nichts abgeben wollten, und dann spielten sie vor seinem Fenster wieder Fußball. Eine Horde unterernährter, bleichgesichtiger Zwerge, Jungen und Mädchen, die ständig irgendwo herumkrabbelten, immer in Bewegung waren und unberechenbar wie ein Wolfsrudel herumjagten. Sie waren alle in seinem Alter, zehn, zwölf Jahre alt, die freiesten und lebendigsten Menschen, an die er sich erinnern konnte. Sie waren es, die diese Totenwelt wieder ins Leben zurückschrien.

Der Bahnhof der Stadt war ein Krater, gekrönt von einem gigantischen Durcheinander aus Stahl, Eisen und Beton, das von der Erde in vulkanischen Verbiegungen und Verzückungen zum Himmel strebte. Als hätte ein urzeitlicher Gott mit der Faust in den Bahnhof geschlagen, um sich an dem sisyphusartigen, ameisenhaften Gewimmel der ratlos umherirrenden Menschen zu amüsieren. Am Rand dieses Kraters hatten sich auf Bahndämmen Haltepunkte gebildet, auf denen man die gelegentlich ankommenden und abfahrenden Züge erwartete: Auf den Gleisen stehende technische Ungetüme aus der Frühzeit der Eisenbahn, ohne Bahnsteig über den Köpfen der Menschen schwebend, die unter ihnen hindurchkrochen, an den rostigen Rädern und dem schmierigen Gestänge vorbeihasteten, in zischenden Dampfwolken verschwanden.

Fahrkarten löste man an einer Holzbude, an der ein handgeschriebener, im Wind wehender *Vorläufiger Fahrplan* hing, dessen Abfahrts- und Ankunftszeiten, vom Regen verwischt, nur ungefähre Angaben darstellten, auf die angegebenen Zielorte war auch kein Verlaß, man durfte sich wundern, wenn man dort ankam, wohin man wollte. So fragte jeder jeden: »Wann fährt der Zug?«, »Wohin fährt der Zug?« und versicherte sich noch einmal bei einer zweiten und dritten und vierten Person, die Mehrheit der Unwissenden gab den Ausschlag für die eigene Überzeugung, die man als Gewißheit an andere weitergab: »Zwischen 14 und 15 Uhr in Richtung Braunschweig.« »Bis Braunschweig?« »Richtung Braunschweig.« »Worüber?« »Keine Ahnung.« Und wieder ging das Palaver von vorn los.

Die wenigen Bahnbeamten hatten sich in ihre Mäntel eingehüllt, in der Bude hinter einem Kanonenofen verbarrikadiert und gehörten wohl zu einem Mönchsorden, der sich dem ewigen Schweigen verpflichtet hatte. Die Fahrgäste eroberten über die Koffer und hingehaltenen Buckel der Mitreisenden die Trittbretter, zogen die Zurückgebliebenen nach, eine Bergtour ins Ungewisse.

Dicht daneben, auf toten Gleisen, die vor gesprengten Brücken endeten, standen Güterwaggons voller Menschen, Flüchtlinge aus dem Osten und ehemalige Evakuierte aus Süddeutschland, die man irgendwann und irgendwo in die undichten nassen Waggons gepfercht hatte und abtransportieren ließ. Nach einer Irrfahrt von Bahnhof zu Bahnhof, denn sie wurden immer wieder weitertransportiert, weil keiner sie haben wollte, waren sie zufällig hier gelandet, auf einem toten Gleis, und ihr Glück war, daß man sie vergessen hatte.

Sie richteten sich in den Waggons ein, besorgten sich Öfen aus den Trümmern, Stroh für ihre Bettsäcke, kämpften wie alle um Lebensmittel und schrieben ihre Namen an die Waggons, die nun für lange Zeit ihr Zuhause sein sollten. Da saßen sie nun, schauten aus den halbgeöffneten Türen auf die Reisenden, ihre Kinder spielten barfuß vor den Waggons, und der Qualm ihrer Öfen zog vom Bahndamm hinab über die zerstörte Stadt.

Er war oft an diesem Bahndamm, der als Halteplatz für Züge auch ein Umschlagplatz für nichtkontrollierte Lebensmittel war. Fin schob das alte quietschende Fahrrad, auf dem er saß, ein Gestell aus fleckigem Rahmen und geflickten, weil immer wieder zerlöcherten Reifen, ging in ihrer Eisenbahneruniform offiziell und mit leichtem Gruß an die Kappe durch sämtliche Sperren, stieg über die ausgetretene, glitschige Holztreppe zu den Gleisen hinauf, während er das Fahrrad bewachen mußte, das einen unschätzbaren Wert darstellte und ständig von Kerlen umkreist wurde, die seine Verteidigungsbereitschaft einschätzten. Man mußte immer ein Bein durch den Rahmen stecken, damit sie es nicht von der Seite wegreißen konnten.

Er war froh, wenn Fin endlich wieder die Treppe herabkam, ihrem Gesicht konnte er schon von weitem entnehmen, ob sie etwas bekommen hatte, sie deponierte eine Eisenbahnertasche neben dem Fahrrad, sagte: »Eier«, zog wieder los, und er ging über der Tasche in die Hocke und tat so, als ob er sich auf einem Felsstein ausruhe, jeder mußte glauben, daß in der Tasche nur altes unwichtiges Zeug war, die Hyänen um ihn herum hatten nun Tasche und Fahrrad im Auge, traten gegen das Fahrrad, um ihn einzuschüchtern, er hielt ein altes Taschenmesser mit einer abgebrochenen Klinge in der Hand und hätte sofort zugestoßen, wenn sie angegriffen hätten. Es war gut, wenn Fin endlich mit ihrem Rucksack auftauchte, denn dann zitterten ihm schon die Knie, keiner hätte ihm verziehen, wenn er, durch einen Stoß dieser grinsenden Kerle aus dem Gleichgewicht gebracht, auf die Eier gefallen wäre.

Alles wurde auf das Fahrrad geladen, er stieg auch auf, und Fin schob wieder los, spielte eine Rolle, die sie gut beherrschte: eine müde Eisenbahnerin kommt von der Arbeit. Wurden sie trotzdem unterwegs angehalten, lenkte sie die neugierigen Hilfspolizisten damit ab, daß sie sagte: »Der Junge muß rasch zum Arzt«, das war ganz offensichtlich der Fall, und so kamen sie meist gut zu Hause an.

Der Arzt war gar kein Arzt. Aber das stellte sich erst später heraus, als er verhaftet wurde. Jetzt saß er auf dem Hof hinter der Wohnung, hörte auf einem Kurbelgrammophon, das er bei ihnen deponiert hatte, immer dieselben alten Schallplatten: *Wenn der weiße Flieder wieder blüht*, oder *Heut ist der schönste Tag in meinem Leben*, oder *Es wird einmal ein Wunder geschehen* und besoff sich dabei an undefinierbaren Schnäpsen, die er als Honorar für seine Tätigkeit erhielt. Er ordinierte nur, wie er selbst zugab, im fortgeschrittenen Stadium einer immerwährenden Trunkenheit, da er dann das dritte Auge habe. Seine Diagnosen waren präzise, seine Therapien außerordentlich hilfreich, seine Patienten begrüßten ihn mit Hochachtung und Verehrung und bezahlten ihn mit selbstgebrannten Wässerchen, was die Weiterführung seiner ambulanten Praxis ermöglichte.

Sein umfassendes Wissen habe er sich als Oberfeldarzt in Lazaretten der Ostfront erworben, so das Gerücht, das leider wie alle Gerüchte etwas ungenau war. Das mit den Lazaretten stimmte, das mit dem Oberfeldarzt war erfunden. Vielleicht ahnten es die Leute, wußten es genauer, als sie es wissen wollten, aber seine Fähigkeit, ohne Medikamente Krankheiten zu heilen, war phänomenal, das ihm entgegengebrachte Vertrauen in einer Zeit, in der es keine Krankenhäuser gab, unbegrenzt. Er war erste und letzte Instanz, entweder er half, oder man starb. Wenn er mit seiner ausgebeulten und abgeschabten Ledertasche in einem grünlichen, gummiartigen Heeresmotorradmantel und einer auf die Stirn geschobenen gewaltigen Hornbrille auftrat, einem unrasiert, schnapsumweht und leicht schwankend in die Augen sah, »Aha« sagte, war er sofort der Großmeister aller Krankheiten, ein Wunderheiler, Paracelsus persönlich. Noch nach seiner Verhaftung pilgerten viele seiner Patienten zum Stadtgefängnis, um in schwierigen Fällen seinen Rat einzuholen.

Kam er in die Wohnung, segelte erst sein Motorradmantel mit der darinsteckenden Jacke durch die Luft, dann flog die Ledertasche hinterher, beides landete auf Marias Bett. Nach diesem Zeremoniell betrat er den Raum, ein Chefarzt auf großer Visite, sah sich um, schaute ihn an, Brille runter, Brille rauf, »Aha«. Dann nahm er seine Tasche, leerte sie auf dem Boden aus, indem er sie einfach umstülpte, inspizierte vornübergebeugt seine Vorräte und sagte: »Was haben wir denn überhaupt.« In der Tasche war ein Fieberthermometer, einige Scheren und Pinzetten, verschiedene Päckchen Verbandstoff, gebraucht, gewaschen und wieder aufgerollt, Flaschen mit Jod, mit Spiritus, mit Hustensaft und Crataegutt, Rizinusöl und Lebertran, der Rest bestand aus Chinosol und Aspirin.

Furunkel behandelte er mit Schmierseife: »Zieht alles raus.« Bei Bronchitis verordnete er Senfumschläge. Beinbrüche legte er zwischen zwei Ziegelsteinen ruhig, Armbrüche bandagierte er auf einen Ast. Lungenentzündung hieß bei ihm: Herz stützen und Krisis abwarten, wird schon gutgehen. Lungentuberkulose: Butter und Rotwein mit Ei, da nicht vorhanden, mach dir nichts draus, das verkapselt.

Wenn er in der Tasche nichts für ihn fand, klatschte er in die Hände, tanzte mitten in der Wohnung einen Hawaii-Tanz, wobei er kunstvoll die Hawaii-Gitarre nachahmte, das machte er so lange, bis alle, die mit sorgenvollen Gesichtern herumstanden, sich vor Lachen umdrehten.

Danach setzte er sich auf sein Bett, horchte ihn mit einem verpflasterten Stethoskop ab, nahm das Stethoskop weg, drückte ein Ohr an seine Brust, sah ihn lange an, nickte, sagte: »Medikamente gibt es auf dem Schwarzmarkt gegen Dollar.« Dollars besaßen sie nicht, das wußte er. »Du mußt Geduld haben, vielleicht kann ich was besorgen.«

Dann packte er seine Tasche, warf alle Medikamente wahllos hinein, klappte sie zu, zog sich im Vorbeigehen seinen Motorradmantel über und war verschwunden.

Einmal kam er mit einem Sack scheppernder Gläser zurück und sprach mit beschwörender Stimme: »Hab ich bei einem alten Apotheker aufgetrieben, der sammelt so etwas.« Die Gläser, die wie kleine Spucknäpfe aussahen, waren Schröpfköpfe. »Ableiten«, sagte er, »ableiten und Geduld.« Er zündete ein kleines Feuer auf dem Fußboden an, Maria konnte gerade noch ein Blech darunterschieben, hielt die Schröpfköpfe kurz darüber und drückte sie ihm auf den Rücken. Dann nahm er seine Schnapsbuddel, setzte sie sich an den Mund, ließ den Adamsapfel springen, setzte erleichtert wieder ab, erfreute sich an dem schönen Bild auf seinem Rücken, sagte: »Sieht gut aus. Hilft garantiert.« Der Arzt starrte auf die Flasche, die er mit einer Hand auf seinem Oberschenkel festhielt, und erzählte – während er nach vorn gekrümmt saß, keine Luft mehr bekam und die Spannung auf seinem Rücken immer größer wurde – ausführlich und detailliert von Bauchschüssen, Lungenschüssen, Kopfschüssen und Amputationen in den Lazaretten und wie er mit einer Knochensäge Beine und Arme abgesägt habe. »Das kommt alles von den Idealen. Ohne Ideale säßen die alle noch zu Hause. Merk dir das. Das Leben hat keinen Sinn. Laß dir nie etwas anderes einreden. Das Leben ist nur das Leben, weiter nichts. Ohne Sinn ist es sogar ganz schön. Ich weiß Bescheid. Ich hab Tausende verrecken sehen.«

Immer wieder brachte er ihm Medikamente. »Frag mich nicht, woher ich die habe, dafür werde ich noch mal erschossen.« Dann ging er zu Gustav, mit dem er in vielen Dingen einig war, vor allem aber zu seinem Grammophon.

Gustav war mit dem Fahrrad gestürzt, saß fluchend im Hof auf der Mauer, das Bein auf einem Haufen Ziegelsteine hochgelegt. Die alte Wunde am Bein, Andenken und Erinnerung an seine glorreichen Revolutionszeiten, war wieder aufgebrochen und wurde in ihrer regenbogenfarbenen Schönheit von allen bewundert. Der Arzt behandelte sie mit feinster Wagenschmiere, mit der angeblich nur britische Offizierswagen geschmiert wurden. Gustav war davon sehr angetan und meinte: »Besser als Johannisöl.«

Er fragte auch Stalingrad, ob er ihn behandeln solle. Stalingrad antwortete nie. Er stand auf dem Mauervorsprung und sah in die Ferne, als müsse er die Frontlinie am Horizont im Auge behalten. Der Arzt zog sein Grammophon auf und tanzte besoffen, aber selig im Rhythmus alter Schlager und schrie in den Himmel: »Weißt du noch?« Keiner wußte, wen er oder was er damit meinte, und Zarah Leander plärrte: »Es wird einmal ein Wunder geschehen.«

Die Welt bestand sowieso nur aus Wundern, Wundern des Wiedersehens, Wundern der Wiederauferstehung, Wundern des Überlebens. Nach den Naturgesetzen und nach der Statistik, die Kalorien und Heizmaterial, Bekleidung und Krankheiten erfaßte, hätten sie alle schon lange verhungert oder erfroren oder an einer der vielen Krankheiten gestorben sein müssen. Die Wahrscheinlichkeit, daß die örtlichen Notbehörden des zerborstenen Riesenstaates nur noch die Aufgabe hatten, die Bevölkerung zu beerdigen, war beängstigend groß.

Die menschliche Phantasie war aufs äußerste gefordert, alle lebten in einer gereizten Nervosität, die Überlebenskräfte waren so überanstrengt, daß vieles, weil in normalen Zeiten eigentlich unmöglich, ja undenkbar, jetzt nur als Wunder zu begreifen war.

Jeder erzählte jedem die unwahrscheinlichsten, unglaubwürdigsten, phantastischsten Geschichten und schwor, die reine Wahrheit zu sagen. Je unmöglicher die geschilderte Begebenheit, desto wahrscheinlicher, daß sie sich tatsächlich ereignet hatte. Die Welt schien nur noch aus verrückten Zufällen zu bestehen, drehte sich gegen die Naturgesetze, überwand alle Lebenserfahrungen durch die Notwendigkeit, jetzt hier auf der Stelle ein Stück Brot notfalls aus einer Mauer zu schlagen, weil man sonst vor Hunger in die Knie ging, oder einen Mantel vom Himmel zu reißen, weil man sonst erfror. Die Lebensweisheiten von Generationen zerfielen zu Staub, erwiesen sich als falsch, beruhten lediglich auf der schalen Einbildung einer geruhsamen, geregelten, gesetzlichen, geordneten Existenz für alle.

Wer vernunftgläubig war, sah sich von der Realität überrollt, denn die vernünftige Statistik bewies ja, daß die Menschen in der Stadt mit der vorgegebenen Kalorienzahl längst tot sein müßten, aber sie lebten noch. Wer das alles als eine Kette von absurden Zufällen erklären wollte oder, wie Gustav, als »kausalen Zusammenhang von unkausalen Handlungen irreal denkender Menschen«, scheiterte, weil die meisten, wie Maria, auf dem Wort Wunder bestanden.

Was war zum Beispiel mit den Matratzen? Wenn es noch erklärlich war, daß irgendeiner irgendwo auf den Gedanken kam, einige Matratzen einem Lastwagenfahrer mitzugeben, der sie an einem Knotenpunkt einem anderen Lastwagenfahrer übergab, der sie wiederum an einer Straßenkreuzung einem anderen weitergab, wie oft das geschah, war nicht herauszufinden, so blieb es doch auf immer und ewig ein Wunder, daß eines Morgens ein dreckiges, klappriges Holzgestell mit einer verwitterten Plane auf abgefahrenen Rädern in einer Qualmwolke vor dem Haus anhielt; in einer Straße ohne Namensschild vor einem Trümmerhaus ohne Nummernschild, daß ein Fahrer in einer alten Lederjacke ausstieg, die hintere Ladeklappe herabriß, in den Wagen stieg und sechs Matratzenteile für ein Doppelbett auf die Straße warf.

Ehe Maria auf der Straße war, fuhr der Lastwagen schon wieder an, eine Hand winkte noch kurz aus der Fahrerkabine, deutete an, daß das Ganze eine Gefälligkeit sei, bei der man sich nicht länger aufhalten könne. Sie hatten, es war unbegreiflich, ihre Matratzen wieder, die Matratzen, die schon einmal unter den Trümmern eines Hauses gelegen hatten, sie waren anscheinend unzerstörbar und fuhren auch noch hinter ihnen her; auch Gustav konnte diesem Wunder nichts entgegenhalten.

Maria forderte sogar Wunder heraus. Sie beschriftete den Schließkorb, der sie schon als junge Frau begleitet hatte, mit dem sie durch den Krieg gezogen war, mit dem Namen eines Dorfes, in das man sie einmal evakuiert hatte, und setzte sich als Absenderin dazu. Gustav tippte sich an die Stirn und sagte: »Das ist gegen jede Vernunft«, und wollte den Korb verbrennen, »lieber einen Tag Wärme als diese Schnapsidee.«

Doch Maria verhandelte hartnäckig mit verschiedenen Lastwagenfahrern, bis einer sagte: »Mal sehen«, und den Korb in den Wagen warf. Maria segnete Schließkorb, Fahrer und Wagen, der in einer Rußwolke verschwand, Gustav warf vor Wut ein Brett hinterher.

Die Tage vergingen, die Wochen, nichts geschah, zwei Monate waren schon vorbei, alle hatten den Schließkorb längst vergessen, der sich offenbar, endlich einmal frei und ungebunden, auf eine Weltreise begeben hatte, bis es an einem Abend vor dem Fenster lang und anhaltend hupte, Maria rannte auf die Straße und zog von einem Lastwagen ihren Schließkorb herab. Er war wohl einmal voll Kartoffeln gewesen, man hatte ihn aufgebrochen, der Deckel hing vom Korb herab, immerhin, der Boden war noch bedeckt mit Kartoffeln, selbst der, der die Kartoffeln gestohlen hatte, hatte für sie noch etwas übriggelassen, es langte für viele Mahlzeiten. Dafür, daß der Schließkorb ganz alleine durch Deutschland reisen mußte, war das Ergebnis beachtlich. Gustav bestand auf Zufall, eins zu tausend.

Ein Wunder geschah auch an dem Tag, an dem er zum erstenmal nach dem Krieg satt wurde. Friedrich, der sich mit seiner alten Idee herumschlug, Brotschneidemaschinen herzustellen, in der Hoffnung, es werde wieder einmal so viel Brot geben, daß man Maschinen brauche, um es zu schneiden, der aber nicht wußte, wie und wo und mit welchem Material und Werkzeug er sein Projekt beginnen sollte, kam durch einen zufälligen Kontakt mit einem Bäcker, der zufällig eine Ration Mehl und ebenso zufällig einen Sack Kohle erhalten hatte, eines wundervollen Tages, einem der schönsten Tage seit der Erschaffung der Welt, mit einem ganzen Brot an, versteckt unter der Jacke, mit einem frischgebackenen Brot, so lang wie sein Arm. Die restliche Familie war nicht da, die einteilende Maria auch nicht, Friedrich liebte das Risiko, den Rausch der erfüllten Stunde, und sagte: »Iß soviel du willst.«

Das Brot lag mit einer braungoldenen Kruste duftend vor ihm auf dem Tisch, wölbte sich verheißungsvoll über einen glatten, mehlbestäubten Boden, antwortete dunkel, wenn man mit einem Knöchel des Fingers dagegenschlug, lag warm und wohlgefällig in der Hand, er verstand die Bauern, die mit dem großen Brotmesser segnend an der Kruste entlangkratzten, ein Wunder Gottes, mit dem herrlichsten Geruch, den es auf Erden gab. Friedrich schnitt es an, gab ihm eine Scheibe, die er hinunterschlang, die von selbst hinabrutschte, angesaugt vom leeren Magen, die nächste Scheibe versuchte er zu kauen, lange im Mund zu behalten, den Geschmack zu erhalten, sie verschwand so schnell wie die erste. Friedrich fragte: »Noch eine?«, er nickte, und so machten sie weiter, Friedrich fragte, er nickte, bis das Brot und auch der letzte Krümel in seinem Magen verschwunden war.

Friedrich fand das großartig und freute sich auf die Ankunft Marias, die so ein Brot eine Woche lang Scheibe für Scheibe an die Familie weitergegeben hätte. Er saß auf dem Küchenstuhl, die Hände auf dem Magen, und wußte zum erstenmal wieder, was es heißt, satt zu sein. Es war ein Wunder.

Kein Wunder war dagegen, daß der braunrote Saft, den Gustav aus den Beeren wildwachsender Sträucher in alten Benzinkanistern der Royal Air Force in echten Madeira verwandelte, auch tatsächlich nach Madeira schmeckte. Es war Können. Auf die Frage, wie er das mache, antwortete er bescheiden, er arbeite gewissenhaft nach der biblischen Rezeptur, die Wasser in Wein verwandle.

Sein wundes Bein hochgelegt, hantierte er im Hof mit Destillationsröhren und Stofflappen, mit Stahlhelmen, in denen er mit der Spitze einer Granate die Beeren zerstampfte, mit Gewürzen, die ihm der Arzt von einem Apotheker besorgte. Jeder mußte probieren, wenn die Gärung mal wieder erfolgreich abgeschlossen worden war, und er gab nicht eher Ruhe, bis alle mit Kennermiene um die Royal-Air-Force-Kanister herumstanden und sich zu der Meinung bekannten, doch, ja, diesmal sei der Madeira besonders gut gelungen.

Das bernsteinfarbene Gesöff wurde in Weckgläser abgefüllt, die er unauffällig in die umliegenden Kellerkneipen bringen mußte. In Flaschen umgegossen servierte man das Zeug dort als kostbaren Tropfen, als Hausmarke aus der Vorkriegszeit, nur für besondere Gäste gedacht.

Gustav konnte mit seinem Bein nicht gehen, die Frauen wollten nicht in die Kneipen, Friedrich durfte nicht, weil er sonst erst am nächsten Tag wiederkam, da blieb nur er übrig.

Die Kellerlokale lagen meist unter zerstörten Kneipen, in denen früher einmal in kühnen Gedankenflügen die Weltrevolution entworfen worden war. Dumpfe Luftschutzkeller, in die eine wackelige Holztreppe hinabführte, ein Holzverschlag als Tresen, einige Tische mit Stühlen und an den Tischen viele freundlich lächelnde Mädchen, auf englische Soldaten wartend. Wenn die erste Truppe die Treppe herabpolterte, wurden die Kerzen auf den Tischen angezündet, die angetrunkenen Soldaten balancierten johlend über die auf dem Boden liegenden Bretter, zwischen denen schwarze Wasserpfützen im Kerzenlicht glänzten. Sie zeigten ihre vollen Ginflaschen, aber die Mädchen nahmen sie ihnen rasch ab, sie wollten um jeden Preis echten Madeira trinken und gaben die Ginflaschen unter dem Tisch an den Wirt weiter, der ihm immer ein oder zwei Flaschen für Gustav zusteckte, weil der daraus wieder die zehnfache Menge Madeira produzierte.

In der Ecke saß eine Band, alle Heeresmusiker hatten den Marschtakt vergessen und den Jazz entdeckt und lebten nun davon, wie sie vorher vom Marschtakt gelebt hatten. Das war nicht immer stilsicher, aber es donnerte ganz schön, man hörte es bis auf die Straße. Er hockte sich hinter die Füße des Schlagzeugers, die Hi-hat und Baßtrommel bedienten, probierte den Gin aus den flachen hellen Flaschen, ein weichlich klebriges Zeug, hörte *Body and Soul*, *Mood Indigo*, *Nobody knows you, when you're down and out*, all die langsamen Nummern, die oft gespielt wurden, weil die Engländer beim Tanzen dann mit den Mädchen knutschen konnten.

Für die Pausen hatte die Band einen Plattenspieler mit vielen Jazzplatten, er saß dann neben dem Plattenspieler, bediente ihn, hörte die Jazzplatten, die er hören wollte, verteidigte seine Stellung gegen betrunkene Engländer, die *Tipperary* lallten oder *Tiger Rag*, legte Charlie Parker und Dizzy Gillespie auf oder einen alten Django Reinhardt, dazu konnten sie wieder tanzen. Paare, die zu einer Figur verschmolzen, schwankende Schatten an die Wand warfen in dieser schummrigen Atmosphäre, in der sich die Menschen mit Gewalt amüsieren wollten, verrückt und ausgelassen sein wollten, es aber nicht waren, mit aller Anstrengung etwas durch den Raum schrien, sich lustig gaben, obwohl sie am liebsten nur still nebeneinandergesessen hätten, um endlich auszuruhen, schwach erhellte, maskenhafte Gesichter zwischen herabgebrannten Kerzen. Mit den Fingern trommelte er auf den Drums leise den Rhythmus mit, schnipste gegen das Becken, das auf die kleinste Berührung reagierte, um einen Akzent zu setzen, während die Tropfen der Kerzen auf den dickbauchigen Champagnerflaschen wie Tränen an den verhärteten Wachsschichten vieler Nächte herabliefen, an einer Verdickung hängenblieben, ebenfalls hart wurden. Lange Stunden in den Kellern, in denen sich die Schreie der Bombenopfer in die Steine gegraben hatten, Folterkeller, in denen Menschen jetzt das Leben genießen wollten. Wäre nicht die alles erlösende Musik gewesen, wäre sie nicht gewesen ...

In den Bereich unwirklicher Zufälligkeiten gehörte auch die Schicksalswende, die mit dem inzwischen alltäglichen Satz begann: »Ich dachte, du bist tot.« Dieser Satz, von der aufgeregten Elisabeth vor seinem Fenster ausgerufen, war für sie, so behauptete sie es wenigstens in den nächsten Tagen, der Beginn der langersehnten goldenen Zukunft.

Der Mann, der als »Lebender« seine Wiedergeburt ganz ungeniert genoß, Elisabeth umarmte, der staunenden Familie zunickte, stand in Vorkriegseleganz neben einem Holzvergaserauto, das friedlich wie eine Lokomotive aus den Anfängen der Eisenbahn vor sich hin dampfte. Einige Kinder aus der Straße warfen Holzstücke aus einem Sack in den zischenden Kessel, einige versuchten, den Wagen anzuschieben, irgend etwas war defekt, aber selbst wenn der Wagen sich nie mehr bewegt hätte, sein Besitzer hatte eine Aura wie ein Millionär aus der Schweiz. Wer fuhr schon einen eigenen Wagen? Wer besaß so etwas überhaupt? Wer hatte all die Genehmigungen, die man für so ein Vehikel benötigte?

Der Mann, der zur Verwunderung der ganzen Straße einen Stresemann trug, dazu einen kamelhaarfarbenen englischen Offiziersmantel lose über den Schultern, so als trage er ihn nicht gegen die Kälte, sondern nur für den kurzen Schritt vom Wagen zum geheizten Büro, stellte sich als früherer Freund von Elisabeth vor, begrüßte die Damen mit einem angedeuteten Handkuß, klopfte den Herren jovial auf die Schulter, zückte eine Visitenkarte, die er Elisabeth mit einer leichten Verbeugung überreichte, wobei er sagte: »Wie immer dein Kosmalla.«

Kosmalla besaß, was Elisabeth sofort erzählte, vor dem Krieg ein Antiquitätengeschäft, französische Möbel, englisches Silber, holländische Meister, alles echt oder in echten Kopien, sagte Elisabeth, worauf er elegant antwortete: »Schöne Dinge soll man vervielfältigen, die Menschen haben Anspruch auf die Schönheit.«

Den ganzen Ramsch hatte er bei Kriegsende verscherbelt und in Feuersteine angelegt, das Geschäft seines Lebens, wie er betonte, was alle sofort glaubten, denn wenn die Zigarettenwährung die neue Goldwährung war, so waren die Feuersteine die Diamanten.

Aufgrund seiner sicheren Vermögenslage schwärmte er von der Zukunft wie ein eitler Wahrsager, der seine Goldzähne vorführen möchte. Er verkündete blendende, ja unerhörte Zeiten mit einer Gewißheit, als wären sie von ihm schon im voraus bezahlt, zündete sich eine Zigarette in einer silbernen Zigarettenspitze an, schaute verklärt den ausgestoßenen Rauchkringeln nach, berichtete, daß er dem Vorstand einer Partei für den demokratischen Wiederaufbau angehöre, deren genauer Name noch gesucht werde, daß er einem deutsch-englischen Council zur Pflege der Beziehungen zwischen den beiden Ländern als zweiter Vorsitzender diene, daß er förderndes Mitglied einer Goethe-Gesellschaft sei, die jeden Sonntagvormittag in zerstörten Kirchen Goethe-Matineen veranstalte – mit ersten Schauspielern als Rezitatoren –, gerade befinde er sich, daher auch die etwas knapp bemessene Zeit, auf dem Weg zu einer reizenden alten Dame, Kundin aus alten Zeiten und Gattin eines ehemaligen hohen Polizeiführers, die den politischen Irrtum ihres Mannes eingesehen habe und nun einen überkonfessionellen Jour fixe veranstalte. Als er wieder Luft holte, warf er ein Foto auf den Tisch, das ihn mit dem kommandierenden englischen General zeigte, beide rauchten lachend Zigarren, echte Havannas, erklärte er, gibt es in ganz Europa nicht zu kaufen, feiner Kerl, der General, überhaupt anständige Leute, die Engländer.

Er sah sich um, genoß den Nachklang seiner Sätze, nahm das erstaunte Schweigen wie ein routinierter Schauspieler entgegen, der die Wirkung seines Monologes schon im voraus kennt. Während sie versuchten, notdürftig über den Tag zu kommen, reiste er gut gelaunt in großen Worten und war in Gedanken schon in einer fernen Zukunft.

Kosmalla beendete das Schweigen durch einen Kunstgriff, warf einen schwarzen Lederbeutel auf den Tisch, öffnete ihn mit zwei, drei Bewegungen und ließ einige grauschimmernde Feuersteine auf die Tischplatte rieseln. Da sah er, er hatte es bis jetzt nicht bemerkt, daß einige Finger mit schwarzen Lederkappen bedeckt waren, durch schwarze Schnüre am Handgelenk befestigt. Wie eine Spinne, die ihr Netz aufzieht, liefen die schwarzen Stummel eilig über den Tisch und schoben die Feuersteine vor sich her, während Kosmalla im vertraulichen Ton mitteilte, seine Tage seien angefüllt mit Vorbereitungen auf den Tag X, an dem das deutsche Volk wieder seinen Platz unter den zivilisierten Völkern einnehmen werde. Er sprach, mit den Feuersteinen spielend, von der neuen Zeit, die heraufdämmere, alles werde wieder so wie früher, sagte er, alles werde wieder gesetzlich geregelt, zivilisiert und ordentlich, mit den alten anständigen Tugenden, die sich schließlich bewährt hätten. So etwas wie hier wird abgerissen, sagte er und sah sich, an der Zigarettenspitze saugend, etwas angewidert in der Wohnhöhle um. Man wird wieder durch saubere Straßen flanieren, vorbei an schönen Läden, und Kosmalla erhob sich und eilte der Zukunft entgegen.

Er konnte sich diese neue Zeit, die da mit schwarzen Spinnenbeinen ankrabbelte, nicht vorstellen, es gab für ihn tatsächlich nichts Unvorstellbareres als eine Zeit der ewigen Gewißheiten, der unanfechtbaren Wahrheiten, der uralten Gepflogenheiten, eine Zeit, in der alles ein für allemal geregelt war wie in einem Marionettentheater. Wunder waren dann wohl nicht mehr zu erwarten. Zufälle waren dann wohl auch auszuschließen. Er hatte Angst davor.

Kosmalla hinterließ Elisabeth, in Erinnerung an die gemeinsam verbrachten, guten alten Zeiten, ein schimmerndes Häuflein Feuersteine, ein Kapital, das angelegt und vermehrt werden mußte, wie er zum Abschied mahnend mitteilte. Er stürzte die Familie damit in große Verlegenheit.

Friedrich versuchte erneut, seine Brotschneidemaschinen ins Spiel zu bringen, zog den Vorschlag aber wieder zurück, Brot war so rar, daß viele, wenn sie eins hatten, einfach hineinbissen und die Brocken ohne Messer mit den Zähnen abrissen.

Elisabeth versuchte es einige Tage lang mit einem kleinen Zigarettenhandel an seinem Fenster, stellte aber bald fest, daß damit nicht viel zu verdienen war, der Markt war aufgeteilt und in festen Händen, Kleinhändler hatten da keine Chance. Sie tauschte dann am hinteren Fenster größere Posten Zigaretten gegen Stoffballen, sie verstand etwas von Stoffen, wollte wieder wie früher Kleider herstellen, Mode entwerfen, sah sich schon als Direktrice eines eigenen Modehauses, die gute alte Zeit war auch hier greifbar nahe, bis Maria und Fin einschritten, die Familie saß inzwischen auf Stoffballen, wie und wo sollte man zuschneiden, heften, nähen, sie hatten keine Nähmaschine, kein Garn, keine Schere, keine Nähnadeln, nicht mal eine Stecknadel.

Die Stoffe wurden mit Verlust abgestoßen, die Zahl der Feuersteine hatte sich verringert, ohne etwas an ihrer Lage zu verändern, es ging ihnen wie Hans im Glück.

Die fehlenden Nadeln hatten Gustav auf eine Idee gebracht, die sich grübelnd in seinem Gehirn ausdehnte, bis er an nichts anderes mehr denken konnte. Er sprach vom kleinsten Einsatz und größten Nutzen, von einem Monopol ohne Fertigungs- und Lagerkosten, er tuschelte mit Friedrich, damit Maria das Geschäft mit den garantiert hundert Prozent Gewinn nicht schon in den Anfängen verhinderte, Friedrich sprach nach einigen Tagen von tausend Prozent Gewinn, Elisabeth wurde eingeweiht, sie sah sich schon im Cadillac über die Champs-Élysées fahren.

Eine Reise wurde geplant, Friedrich kundschaftete Fahrgelegenheiten aus, Elisabeth nähte die Feuersteine gut verteilt in Kleider, Jacken und Mäntel, sollten einige entdeckt werden, blieben immer noch die anderen. Beide machten sich auf den Weg in eine nicht allzuweit entfernte Kleinstadt, in der die Seidenweberfamilie der Fontanas vor langer Zeit, aus Italien, Frankreich und der Schweiz kommend, als Hugenottenflüchtlinge gelandet waren, sich mit den dort ansässigen Drahtfabrikanten verbunden hatten, eine weitverzweigte Großfamilie bildeten, die, so Gustavs Erinnerung, neben vielen anderen Dingen aus Draht auch Stecknadeln, Nähnadeln, Stopfnadeln, Sicherheitsnadeln, Stricknadeln herstellten.

Fin, die inzwischen auch zwei und zwei zusammengezählt hatte, denn Fin war nichts zu verheimlichen, überzeugte zum Schluß Maria, erinnerte sie an die mit Engelsköpfen und idyllischen Landschaften bedruckten kleinen Nadelheftchen der Vorkriegszeit, so groß wie eine Briefmarke, allen Hausfrauen vertraut, in jedem Haushalt benötigt, daher, das mußte auch Maria einsehen, eine seriöse Sache.

Die unscheinbaren Feuersteine verwandelten sich auf der Reise in einen Silberschatz, in Kisten mit verschiedensten Nadeln, die sich, einmal ausgepackt, in kleinen silbrigen Anhäufungen auf den Schränken, Tischen, Stühlen und Betten zu vermehren schienen, sich wie neugeborene Fische winzig und glänzend über den Boden schlängelten und in alle Ritzen krochen. Die Wohnung wurde zu einer stacheligen Igelhöhle, bald hatten alle blutige Fingerkuppen, denn das verdammte Zeug mußte gezählt und verpackt werden, ehe man es verkaufen konnte, daran hatte keiner gedacht.

Tag um Tag saß die Familie mit gesenkten Köpfen um den Tisch und zählte aus dem Nadelberg, der in der Mitte lag, jeweils ein, zwei oder drei Dutzend ab, die in Zeitungspapier verpackt und mit einer Nadel zusammengehalten auf jedem noch freien Platz gelagert wurden, dann kam der nächste stachelige Nadelberg auf den Tisch, und die Arbeit begann von vorn.

Sobald einer, sich stechend, sich verzählend, in Wut geratend über diese Sklavenarbeit, loslegen wollte mit einer Anreihung der wohlbekannten Worte, die alle mit *Verdammte* ... begannen, schrien die anderen schon bei *Verdammte* ... mit einer einzigen Stimme: »Ruhe!« und konnten nun ihrerseits wieder anfangen zu zählen, stachen sich in die Finger, weil sie sich darüber ärgerten, daß sie wieder von vorne anfangen mußten, fluchten heimlich in sich hinein, verzählten sich dadurch wieder, fingen erneut von vorn an; der Silberschatz verwandelte sich in Arbeit.

Nur die Aussicht auf den sagenhaften, unvorstellbar großen Gewinn hielt sie zusammen, denn der Preis für die Nadeln erhöhte sich von Stunde zu Stunde, je länger die Arbeit dauerte, desto größer die allgemeine Entschlossenheit, die Nadeln zum Preis von Gold zu verkaufen. Sie hatten schließlich das Monopol auf Nadeln in dieser Stadt. Wer besaß Nadeln? Keiner, nur sie! Eine Woche lang zählten sie vom Morgen bis zum Abend mit schmerzenden Fingern, schmerzenden Nacken, schmerzenden Körpern, die ganz unbeweglich nebeneinander hockten, jeden Abend suchten sie ihre Betten, die Stühle, die Schränke und Regale nach Nadeln ab, weil natürlich immer mal einer mit Ingrimm ein Paket Nadeln durch die Wohnung schmiß. Und als die Nadeln endlich gebändigt, gezähmt, gepackt hinter Zeitungspapier schlummerten, entlud sich der ganze Ärger auf die Nadeln in einem Fest, das sich vom Tag über die Nacht bis zum nächsten Tag hinzog und bei dem ein ganzer Kanister Madeira draufging, das war nun auch egal, demnächst würde man nur noch Burgunder oder Beaujolais trinken.

Er übernahm bei diesem Großunternehmen die verantwortungsvolle Aufgabe, eine Art Buchhaltung zu führen, die er sich auf den Vorsatzblättern eines dreifach veralteten, aus der Wilhelminischen Zeit stammenden Geschichtsbuches einrichtete – Einnahmen, Ausgaben, Lagerbestand. Nach dem ersten Verkaufstag wartete er mit gespitztem Bleistift auf die eingehenden Verkaufszahlen, die die Kasse füllen sollten. Die ganze Familie war unterwegs, auch der humpelnde Gustav, jeder ging in einer sorgfältig ausgewählten Straße mit dem Nadelsortiment von Haus zu Haus, von Tür zu Tür – als sie am Abend alle fußlahm um den Tisch herumsaßen, waren nur wenige Päckchen verkauft. Jeder hatte auf den anderen gehofft, im Glauben, eine schlechte Straße erwischt zu haben, die Enttäuschung war groß, die Hoffnung ungebrochen. Der nächste Tag verlief nicht besser, nun ja, kann vorkommen, aller Anfang ist schwer. Sie versuchten es am übernächsten Tag in anderen Vierteln der Stadt, in denen nicht so viele Häuser ausgebombt waren, ohne Erfolg, die, die alles hatten, hatten auch Nadeln, die, die nichts hatten, hatten kein Geld für Nadeln. Sie senkten den Preis, boten zwölf Nadeln für sechs an, versuchten es mit drei Dutzend für ein Dutzend, der Lagerbestand in seinem Geschichtsbuch, in dem Kaiser Wilhelm von einem Pferd herab herrliche Zeiten verkündete, änderte sich nur minimal. Er rechnete aus, daß sie bei dem jetzigen Absatz für hundert Jahre Nadeln vorrätig hätten, was ihm beinahe die erste Ohrfeige seines Vaters eintrug. Jeder bosselte an Verkaufsstrategien herum, jeder grübelte, warum eine Ware, die alle benötigten, nicht zu verkaufen war. Gustav beendete diese Diskussionen mit der Erkenntnis: »Das mit dem Kapitalismus ist ganz schön schwer.«

Die beste Verkäuferin war zu aller Erstaunen Maria mit ihren Mitleidsgeschichten, leider hatte sie den Leuten ihrerseits aus Mitleid selbstgehämmerte Schlüsselhalter, selbstgenähte Einkaufstaschen und selbstbemalte Zierteller abgekauft und daher mehr Geld ausgegeben als eingenommen.

Friedrich wurde in seiner Wut rabiat und drehte in den Treppenhäusern der besseren Viertel die Glühbirnen heraus, um sie anstatt der Nadeln zu verkaufen, das gab erst Ärger mit den Bewohnern, dann mit der Polizei, die in der Wohnung erschien und sich überflüssigerweise auch noch nach der Herkunft der Nadeln erkundigte. Maria fing an zu heulen über diese Schande, Friedrich beschimpfte die Polizei, die immer nur die Kleinen ... Gustav warf sich in die Rolle des Weltmanns und trat als Unternehmer auf, der seinerseits die Polizisten höflich, aber bestimmt um Auskunft ersuchte, warum sie eine so bemerkenswerte Privatinitiative behinderten, Fin gab Elisabeth ein Zeichen, Elisabeth rannte zu Kosmalla, schilderte die Lage, Kosmalla fuhr mit seinem Dampfwagen vor, sie luden alles ein, die Nadeln waren weg, die Feuersteine verbraucht, die Sache hatte sich erledigt, das Geschichtsbuch zeigte eine vernichtende Bilanz.

Später, viel später, fragte Elisabeth Kosmalla, was er denn eigentlich mit den Nadeln gemacht habe. Kosmalla hatte geantwortet: ausgepackt und en gros über London nach St. Gallen verkauft.

Tage der Ohnmacht, der Enttäuschungen, der verlorenen Hoffnungen. Als hätte ein Gaukler seinen Flittervorhang, mit dem er sie angelockt hatte und hinter dem sie werweißwas erwartet hatten, im letzten Moment weggezogen und sie vor einer grauen Mauer stehenlassen, in der kein Notausgang zu sehen war.

Maria saß an solchen Tagen der Erschöpfung, in denen die Kraft nicht mehr reichte, wie eine Statue unbeweglich und stumm in der Mitte der Wohnung auf einem Stuhl, starrte einen Tag und eine Nacht auf einen Stein in der Wand, sah und hörte nichts, nahm nichts zu sich, saß aufrecht auf dem Stuhl, nicht angelehnt, beide Hände zu einer einzigen Faust verkrampft, blickte auf die Mauer, wurde selbst zu Stein. Ihre ganze Härte, ihr ganzer Stolz, ihr ganzer Widerstand drückte sich in dieser Erstarrung aus, in einer unbeugsamen Haltung, die wie ein gemeißelter Marmorblock unzerstörbar war.

Sie hatte unausschöpfbare Geduld, selbst dann, wenn es keine Hoffnung mehr gab, selbst dann, wenn kein

Ende abzusehen war, sie wurde geboren mit dem Willen, solange wie möglich an dem Ort, an dem sie lebte, in ihrem Schicksal auszuharren, so wie ihre Vorfahren mit diesem Willen geboren worden waren, hinter Flußdeichen die Flut abwartend, in schwarzen Bergwerksstollen das Licht erwartend, die ererbte Fähigkeit, alles auszuhalten, alles zu ertragen, in einer Art wilder Demut zu überleben.

Ihre Haltung war in solchen Stunden von unantastbarer Würde eine feierliche Demonstration gegen jedes tröstende Wort. Das Überleben als sinnlose Qual, als erschöpfender Trott und immerwährende Wiederholung, eine Demütigung, die durch Willen und Mut und eine aufrechte, fast störrische Haltung jeden Tag neu überwunden werden mußte.

Sie kam nur langsam wieder zu sich, wandte sich in mühsamen Bewegungen erst dann wieder dem Leben zu, wenn sie in einer Litanei sämtlicher Toten gedacht hatte, an die sie sich erinnern konnte, und das waren viele, das führte zurück über Jahrhunderte direkt in die Ewigkeit, Name, Geburtstag, Todestag, begraben in … Ein unglaubliches Totengedächtnis hatte sie, und fast immer von diesem oder jenem, dieser oder jener eine besondere Geschichte, die ihr einfiel und die ihr in ihrem augenblicklichen Unglück weiterhalf, eine tröstende Gnade spendete, denn wenn vor hundert oder zweihundert oder noch mehr Jahren irgendein Josef oder irgendeine Maria verzweifelt in einer Hütte saßen, weil ein großes Unglück über die Familie gekommen war, und Maria sich jetzt diese Geschichte erzählen konnte und darin erkannte, daß es immer so war, daß sich an ihr nur das gleiche Schicksal erfüllte, so war das schon wieder ein erster Schritt ins Leben; sie richtete sich auf, sie war sogar ein wenig stolz darauf, daß sie es genauso durchstehen würde wie ihre Vorfahren mit der Geduld, die sie ihr hinterlassen hatten. Und noch einmal ging die Litanei los, immer mit dem letzten Toten anfangend, das war sein Bruder, als Kind im Krieg und am Krieg gestorben, der jetzt auf einem Dorffriedhof irgendwo in Süddeutschland lag, in einem längst umgegrabenen Erdloch, in dem inzwischen andere Tote lagen, und das weiß gestrichene Holzkreuz mit seinem Foto darauf, das lachende strahlende Kindergesicht, das so voller Lebensfreude war, war nun schon lange unter Blumen verfault, auf irgendeinem Misthaufen gelandet. Und so lernte auch er, sich der Toten zu erinnern und in ihren Geschichten sein Leben zu begreifen.

Friedrich lief in diesen Ohnmachtsstunden auf und ab wie in einer Zelle, ging dann in einem Kreis, dessen Mittelpunkt Maria war, lief wieder auf und ab, rauchte eine Zigarette nach der anderen, sprach kein Wort mit Maria, weil das, wie alle wußten, in diesem Zustand sinnlos war.

Er fühlte sich in dieser Welt eingesperrt, je mehr er sich daraus befreien wollte, desto enger wurde sie. Er schaute aus dem Fenster in den nächtlichen Himmel und schrie: »Sia ammazzato il Signore Padre!« Und das bedeutete soviel wie: Tod dir, Herr Vater. Es war die Geste einer ohnmächtigen Revolution, denn Friedrich hatte keine Geduld, da war keine alles ertragende Demut, da war die Forderung nach dem Leben.

In diesen Stunden, die sich durch die Nacht zogen, war auch Friedrich bereit, an Ereignisse der Vergangenheit zu denken, obwohl die Vergangenheit bei ihm unbeliebt war, es genügte, daß sie im Musterbuch seiner Vorfahren stand, darin war alles aufgeschrieben, was man wissen mußte, zuklappen und vergessen; wer etwas wissen wollte, sollte dort nachschlagen, man mußte an die Zukunft denken, obwohl er wußte, daß das Musterbuch der Seidenweberfamilie für alle Zeit vernichtet, all die vielen gewissenhaften Eintragungen nicht mehr vorhanden waren, und weil das Geschriebene nicht mehr zur Hand war, war die Vergangenheit verloren, und die Zukunft nur eine von Tag zu Tag größer werdende Ungewißheit, die einen mal hierhin, mal dorthin führte, ohne daß man die Bedeutung der einzelnen Schritte erkennen konnte.

Die Tradition der Familie existierte nicht mehr, das Geschriebene war, im Gegensatz zu Marias Geschichtenwelt, für immer ausgelöscht. Und so flunkerte er sich aus purer Hilflosigkeit in eine Gewißheit, die er Zukunft nannte, die aber nur eine Aneinanderreihung von Ratlosigkeiten war.

Auf sein Befragen gab er dies und jenes gelegentlich zu, gab zu, daß er so schnell, wie er Maria vorgeflunkert hatte, doch nicht bei den Fallschirmjägern gelandet sei, damals, nach der unerlaubten Entfernung von der Truppe, nach dem unbeherrschten Ausbruch in die Freiheit, die dann für lange Zeit nur die Freiheit einer stinkenden winzigen Zelle gewesen sei. Aber schon drehte er sich wieder um, schaute in die Nacht, und als er ihm auch in dieser Nacht, wie so oft, eine Spritze geben mußte, sagte er ruhig, das sei ja nun vorbei, warum noch daran denken. Morgen werde er …, und immer fiel ihm etwas ein, was morgen sein werde. Morgen war sein Lieblingswort, unruhig wie er war, morgen werde man alle Sorgen ein für allemal und endgültig begraben können. Diese Flunkerei nahm nie ein Ende, je elender die Tage verliefen, je aussichtsloser alles schien, je schwieriger es wurde, für Friedrich begann morgen die neue Welt und dieses oder jenes herbeigeredete aussichtsreiche Geschäft, für alle anderen noch weit hinter dem Horizont, für ihn schon absolute Gewißheit. Jeden Abend glaubte er fest daran, daß sie morgen bereits aus dem Gröbsten herausseien, verlangten sie Rechenschaft, sagte er morgen und beschwor es und war beleidigt und gekränkt, wenn man ihm nicht glaubte. Er brauchte diese Unbekümmertheit, brauchte den schnellen Wechsel der Dinge, das Neue, das Sichverändernde, den raschen Umschwung, das phantastische Ziel, auch wenn es nie zu verwirklichen war. Und wenn die Pläne sich zerschlugen, war er sofort bereit wegzuziehen, von diesem Ort wegzugehen, der alle seine Pläne immer nur vereitelte, das Glück in der Ferne zu suchen, je unbekannter die Ferne, desto großartiger die Möglichkeiten. Er verstand das, aber Maria verstand das nie.

An diesen Tagen der Erstarrung fiel auch Elisabeth ins Elend, wurde von Maria herabgezogen, konnte sich gegen ihre Schwermut nicht wehren. Sie verkroch sich in eine Ecke und sah überall, auf dem Fußboden, an der Wand, in der Decke, sich ständig verbreiternde Risse und Spalten, schrie, das Haus stürze ein, lief auf die

Straße; Friedrich mußte sie einfangen, den Arm um sie legen, sie beruhigen und in die Wohnung zurückbringen. Sie lag dann weinend auf ihrem Bett, hielt die Arme über dem Kopf, damit sie nicht die Risse und Spalten sah, und behauptete, die Welt falle auseinander.

»Wenn sie das doch endlich täte!« schrie Fin dann gereizt, »andauernd wird der Weltuntergang angekündigt, nie findet er statt.« Friedrich, der um die versteinerte Maria herummarschierte, keine Zigaretten mehr hatte, und nichts, was man gegen Zigaretten eintauschen konnte, war wohl nahe daran, den Wunsch zu erfüllen, wenn er den dazu nötigen Sprengstoff hätte organisieren können.

Gustav zog sich in solchen Situationen in die Küchenecke zurück, saß neben der Wasserstelle, die sie sich aus zwei Wassereimern gebaut hatten, in der Hoffnung, der Tag werde kommen, an dem aus dem Wasserrohr Wasser fließe, zitierte dann gewundene, gedankenreiche Sätze aus den Weisheitslehren antiker Autoren, die er liebte, dachte anschließend darüber nach und sagte dann meist: »Stimmt aber auch nicht.«

Der Krieg war vorbei, der Krieg war nicht vorbei, die Zeit war trügerisch, Frieden konnte man das nicht nennen, was sich vor den beiden Fenstern abspielte, es war weiterhin ein verdeckter Krieg, eine Tag und Nacht andauernde stumme, verbissene Schlacht ums Überleben, ein schweigender Kampf ums Dasein.

Die Lebensmitteltransporte blieben aus, weil Lokomotiven ausfielen, Schienendämme wegrutschten, notdürftig reparierte Brücken erneut zusammenbrachen;

weil der Nachschub von Schiebern zurückgehalten oder umgeleitet wurde in andere Städte, so daß die Vorratslager ausgeräumt waren, nur erfüllt von den Schritten der patrouillierenden Wachmannschaften, die mit ihren Stiefeln und ihren Gewehren durch leergefegte Hallen marschierten, in denen keine Erbse, keine Linse, kein Bohne, keine Kartoffel auf dem Boden lag, ein schlurfendes gleichmäßiges Gehen, unterbrochen vom harten Schlag der auf dem Betonboden aufstoßenden Gewehrkolben, die die Pausen anzeigten, ein nachhallendes Geräusch, das in einem vollen Lager zwischen Säcken und Kisten kaum zu hören war, satter klang, nun aber ein Echo auslöste, das sich in die Köpfe der Menschen bohrte, das sie verrückt machte; die schleifenden Stiefel auf dem Betonboden, das Knallen der abgesetzten Gewehre, weit zu hören zwischen den Häusermauern, ständig in der Luft, Spannungen erzeugend in den Gesichtern der Menschen, grob hervorstehende Gesichtsknochen und ausgetrocknete Haut, die wie Vögel auf jedes Geräusch lauschten, ruckartig den Kopf drehten, wenn sich in ihrer Nähe etwas bewegte, fiebrige Augen, fahrige Gebärden, verwüstete Gehirne mit Halluzinationen von gebratenem Fleisch.

Vor seinem Fenster, auf der Straße, standen sie in Gruppen, abgerissene Menschen mit einer Kippe im Mundwinkel, unauffällig herumlungernd, verdeckt lauernd, wie Tiere vor dem Sprung; immer darauf wartend, daß etwas geschah, immer bereit, der Erste zu sein, rotteten sie sich rasch zusammen, bildeten schnell eine jagende Horde, nach Stunden des Wartens eine aufbäumende Bewegung wie eine erschreckte Tierherde, Gesicht an Gesicht, Schulter an Schulter, eine Menge, die zu einem Körper wird, der mit aufgerissenen Augen und gehetzten Mündern sich auf etwas wirft, erregt über etwas herfällt, das gestürzt ist und um sich schlägt, der zusticht, rasend und schreiend in eine dunkle weiche Masse sticht; ein Mann läuft am Fenster vorbei, läuft von der Menge weg, ruft: »Der gute Eugen, der gute Eugen!«

Die dunkle Masse liegt in einer Blutlache, die sich ausbreitet, sich auf die Menschen verteilt, die kniend, liegend, mit ihren Messern etwas zerlegen, blutige Klumpen in Eimer werfen, alle triefen vor Blut, das sich in Blasen verteilt, keiner nimmt Rücksicht darauf, keiner riecht in seiner Gier das ekelhaft stinkende Blut, sie reißen wie wilde Hunde Fetzen von der dunklen Masse, die, er konnte es jetzt sehen, ein Pferd war, der gute Eugen, ein gestürztes Pferd, das nicht mehr schnell genug hochkam, jetzt nur noch in Teilen auf der Straße lag, bald nur noch Knochen und Hufe und abgerissene Haut war, auch die verschwanden schnell, die Menge trottete befriedigt ab, wurde wieder zu einzelnen, die lachend ihre Beute abschleppten, übrig blieb ein dunkler Fleck, noch tagelang stinkend.

Auch Maria war darüber von den Toten erwacht, war zum Leben auferstanden und ihrem Grab entstiegen, sie hatten es gar nicht bemerkt, waren abgelenkt von der Menge, sie stand schwer atmend mit einem blutigen Stück Pferdefleisch in der Hand vor dem Fenster und strahlte vor Lebensglück.

Später spielten Kinder noch lange mit dem weißen Schädelknochen des Pferdes, galoppierten mit ihm durch die Straße und die ausgebombten Häuser, zwei Kinder unter einem Militärmantel, das hintere gebückt, sie spielten mit vorgehaltenem Schädel Pferd, erkletterten die Trümmer, so daß der weiß leuchtende Schädel wiehernd aus einem Fensterloch im zweiten Stock auf die Straße sah, die Menschen erschreckte, wie ein Geist herumspukte und nicht mehr aus der Erinnerung verschwand.

Gustav arbeitete im Hof weiterhin verbissen an der wunderbaren Vermehrung von Madeira durch Gin in Benzinkanistern, der Absatz ging leider zurück, je weiter sich der Ruf dieser Qualitätsmarke verbreitete, aber auch, weil die Alkoholschmuggler inzwischen alle Weltmarken herbeitransportierten. Er begann deshalb mit der Anpflanzung von Tabakstauden, der Herstellung von Mausefallen und der Produktion von Aktentaschen aus Wachstuch, reparierte aber auch noch die Schuhe der Nachbarschaft mit den Autoreifen der Engländer.

Er hatte einen Helfer gefunden, den alle nur Janosch nannten, ein ungarischer Offizier, der bei Kriegsende in einem der vielen Straflager des Quartiers gesessen hatte, die in jeder Wirtschaft, in jeder Schule und in jeder Fabrik untergebracht waren. Ein schlanker, ruhiger Mann, der blind geworden war, weil er durch ein explodierendes Minenfeld desertierte, und der jetzt nicht mehr nach Hause fand. Gustav kannte ihn, er hatte im Krieg mit ihm in einer Fabrik gearbeitet, wo Janosch blind und schweigsam immer die gleichen Schrauben anzog.

Er entdeckte ihn neben einer Notküche, einer Bretterbude auf einem kleinen Platz, vor der immer eine

Menschenschlange stand, weil gelegentlich, aus einem großen verschmierten Kessel, Suppe verteilt wurde an Menschen, die keinen Herd hatten und in Trümmerecken schliefen. Die Menschen standen immer da, obwohl der Kessel mit Suppe sehr unregelmäßig angeliefert wurde, mal vormittags, mal nachmittags, mal an jedem dritten Tag und auch schon mal eine Woche gar nicht. Aber sie standen dort, weil sie hofften, daß irgendwann wieder ein Kessel kommen würde, und nur die ersten in der Schlange hatten die Gewißheit, von der Suppe etwas zu erhalten. War die Suppe da und dampfte aus der Bude, hielten alle ihre Kochgeschirre in Richtung des Schöpflöffels, drängten sich gegenseitig weg, der Schöpflöffel tauchte in gleichmäßigen Abständen aus dem Suppenkessel auf, schlug mit einem blechernen Tock auf die Eßgeschirre, tauchte wieder ab, tauchte wieder auf, machte Tock, von der Seite sah es aus wie das Uhrenspiel im Rathausturm einer alten Stadt, wo der Knochenmann zur vollen Stunde mit seiner Sense zuschlägt.

Gustav hatte Janosch in seinen Hof mitgenommen, obwohl er keine große Hilfe war, aber er feilte die überstehenden Seiten der Schuhsohlen glatt und fragte Gustav in einem altmodischen melodiösen eleganten Deutsch, genauso altmodisch elegant wie seine Offiziersmütze, nach seiner Meinung über die Weltlage aus.

Fin war der Ansicht, Gustav habe ihn nur deshalb angeschleppt, weil er sich bei der Arbeit langweile und einen brauche, der ihm dumme Fragen stelle, die er dann tiefschürfend und weit ausholend auseinandernehmen und zu neuen unbeantwortbaren Fragen zusammensetzen könne. Es war so eine Art Schach, das er mit sich selbst spielte.

Der Arzt dudelte dazu seine Platten und kommentierte Gustavs Reden süffisant, nur Stalingrad stand weiterhin schweigend auf Wache. Wäre er nicht gewesen, hätte man den Eindruck eines Feierabendgespräches haben können. Männer, die den Lauf der Welt auf ihre eigene Art interpretierten, Männer, die zwischen Trümmern daherredeten, als säßen sie auf einem Dorfplatz unter dem Lindenbaum.

Friedrich sah aus dem vorderen Fenster, sah auf der anderen Straßenseite, rechts zur querverlaufenden Hauptstraße hin, einige Giebelwände, die kahl und verwittert in den Trümmern standen und lange Schatten warfen. Die Häuser zwischen ihnen gab es nicht mehr. Die Giebelwände standen da wie versteinerte Wüstenkrieger, die einsam und verloren in ihrer verlotterten Rüstung eine untergegangene Stadt bewachen.

Die Stadt sollte wieder aufgebaut werden, die Stadt brauchte Steine, Steine wurden gut bezahlt. Und Friedrich machte sich mit einem Vorschlaghammer daran, die Giebelwände, der solide Besitz ganzer Hausbesitzergenerationen, in ihren ursprünglichen Zustand zurückzuversetzen, in Ziegelsteine.

Den Vorschlaghammer schwingend wie der Vorarbeiter einer Sträflingskolonne, stand er mit nacktem, von staubigem Schweiß bedeckten Oberkörper neben der Wand und schlug von jeder Seite die Steine weg.

Seine Aufgabe war es, am Boden hockend, an der fünfstöckigen Wand zu horchen, die von da aus doch sehr senkrecht und steil über ihm in die Höhe ragte, viel höher, als es aus der Entfernung schien. Er hatte das Ohr an der Mauer und sah seinen Vater mit jedem Schlag näher kommen, die Steine zersplitterten unter der Wucht des Hammers, die Splitter wirbelten durch die Luft, sprangen wie Heuschrecken hüpfend über den Boden. Die Mauer knisterte, die Mauer flüsterte dunkel und warnend in sein Ohr, aber sie stand, ein alter, nun einbeiniger schwarzgebrannter Krieger, der sich aufrecht hielt. Friedrichs Hammer dröhnte in der Mauer wie dumpfe Glockenschläge, er kam immer näher, die Splitter der Steine trafen ihn schon, sprangen in sein Gesicht, das Flüstern wurde zu einem schrillen, steinebrechenden Kreischen, zu einem Schrei, dann war es höchste Zeit, wegzurennen, sehr schnell wegzurennen, zwanzig, dreißig keuchende Meter, wenn Friedrich ihn rennen sah, rannte er auch, und dann senkte sich die Giebelwand mit einem Ächzen, einem stöhnenden Seufzer, senkte sich nach vorn, schwebte für Sekundenbruchteile in der Luft, zerbrach noch im Fallen, in ihrem rasend schnellen Sturz auf die Erde, schlug auf, man spürte das Beben in den Füßen, Steine flogen krachend herum, eine undurchsichtige, fast schwarze Staubwolke stieg zum Himmel, verdeckte die Straße, dann der Schrei, mit dem sie sich durch die Staubwolke verständigten, der beiden sagte, daß sie nicht durch die wild herumfliegenden Steine getroffen worden waren.

Bei jeder Mauer war das ein gefährliches Spiel. Er durfte nicht zu früh weglaufen, weil die Mauer dann stehenblieb und Friedrich wütend mit dem Hammer nach ihm warf, denn es war viel gefährlicher, noch einmal anzufangen, weil die Mauer ihre Stimme verloren hatte, nur knisterte und jeden Moment überraschend in sich zusammenfallen konnte. Das war ihm am Anfang passiert, aber später verlor er die Angst vor der Mauer über seinem Kopf, er kannte jetzt ihre Stimme.

Wenn sich die Staubwolke verzogen hatte, kam regelmäßig ein Polizist auf einem Fahrrad angeradelt, es war sicher nicht erlaubt, einfach eine Giebelwand nach der anderen umzulegen, dazu noch ohne Absperrung und Sicherheitsmaßnahmen, vielleicht gab es ja auch noch einen Besitzer, aber sie hatten nicht danach gefragt, und Friedrich, der auf Uniformen immer gereizt reagierte, sagte: »Man muß leben«, und der Polizist nickte und wollte nur wissen, ob einer unter den Trümmern liege, das war nicht der Fall, und er radelte wieder ab.

Maria kam mit den kleinen Hämmern, und dann hockten sie einige Tage zu dritt wie Goldgräber in einem großen staubigen Steinbruch, schlugen den Mörtel von den Ziegelsteinen, Stein um Stein, Schlag um Schlag, der brüchige Mörtel, die rauhen Steine, der immer schwerer werdende Hammer, der immer gleiche kurze klopfende Schlag, der den Stein nicht beschädigen durfte; über die Steine gebeugt, hustend in der grauen Staubwolke, die immer um sie herum war, schlugen sie die Steine, mit denen die neue Stadt erbaut wurde. Sie schichteten die Steine auf der Straße auf, tausend Stück waren eine Pyramide, eine Giebelwand ergab mehrere tausend Stück, die alten Krieger verwandelten sich in eine Pyramidenstraße, die sich aus der Trümmerwüste erhob wie Verteidigungstürme einer untergegangenen Zivilisation.

Friedrich schickte ihn dann zu Boldt oder zur sel. Ww. Johnen, das waren die Speditionen, die inzwischen wieder Lastwagen besaßen, und dort feilschte er in Barackenbüros mit alten Männern, die ihn mißtrauisch über ihre Nickelbrille hinweg fixierten, ihn oft stehenließen und gar nicht mit ihm redeten, mit einer uralten ratternden Rechenmaschine beschäftigt waren oder mit Fahrern, die durch das offene Fenster hereinbrüllten, feilschte mit diesen Knochengestellen, die nur durch eine Weste mit versetzten Knöpfen zusammengehalten wurden, eine Weste, die vor dem Krieg den Bauch eines Prokuristen umspannte, feilschte erbittert um zehntel Pfennige für ihre Ziegelsteine. Waren sie sich im Preis endlich einig, kamen die Lastwagen, räumten die Pyramiden ab, fuhren sie zu den Baustellen der Innenstadt, in der schon wieder Häuser errichtet wurden, während sie sich die nächste Giebelwand vornahmen und neue Pyramiden erbauten.

Nach den Giebelwänden köpfte Friedrich auch die freistehenden Hausfassaden, saß rittlings auf der Mauer und in den Fensterhöhlen, winkte zu ihm herunter, baumelte mit den Beinen, schlug mit einem kleinen Hammer die Steine weg, bis er wieder mit den Füßen auf dem Boden stand und die einmal so stolze und sicher auch feierlich eingeweihte Fassade verschwunden war. Er beobachtete ihn stundenlang aus seinem Fenster, wie er sich langsam vom Himmel herabschwebend wieder der Erde näherte, sich dabei Zeit ließ, aus der Höhe die Stadt um ihn herum betrachtete oder, wenn er in den Fensterhöhlen etwas fand, es prüfend einsteckte. Er behielt seinen Vater so in Erinnerung, zwischen

Himmel und Erde mit den Beinen baumelnd, auf einer schmalen Mauer jonglierend wie ein Seiltänzer.

Im Hof vor dem hinteren Fenster, mit Ausblick auf eine freie Landschaft, saß Gustav inmitten seiner sich ständig vergrößernden Gemeinde. In seinem altertümlichen Hochzeitsanzug, zu dem auch ein Zylinder gehörte, den er gerne gegen die Sonne aufsetzte, hing er bequem, wie ein Zirkusdirektor im Ruhestand, in einem schiefen Liegestuhl, dessen Holz sich verzogen hatte, das Bein mit der offenen Wunde auf die Überreste eines Clubsessels gelegt.

Er rauchte seinen eigenen Tabak, trank seinen eigenen Wein und neigte der durch die Umstände und das Alter geförderten Einsicht zu, viel mehr könne das Leben, zumal im Sommer, nicht bieten. Es könne besser sein, sicher, aber es könne auch schlimmer sein, und letzteres zähle, in diesem Gleichgewicht hielt ihn auch der Liegestuhl. In Reichweite seiner Fidibusse, die in einem graublauen Steinguttopf mit plastisch herausgearbeiteten Abbildungen von Rheinburgen standen, dirigierte er, mit seiner weißen Tonpfeife in der Hand, längere Gespräche wie musikalische Kabinettstückchen, verhedderte sich dabei mit seinem Bein kontrapunktisch in den verbogenen Sprungfedern des Clubsessels, es dauerte, bis das Bein wieder frei lag, dadurch verrutschte allerdings der Liegestuhl, so daß er Gelegenheit hatte, Flüche zu sammeln, wie andere Leute Briefmarken. Aber im ganzen war er in diesem Sommer ausgeglichen wie das Lebensmotto der Künstler dieser Stadt: Ich komm doch durch komm ich doch.

Stalingrad, der sie mit seinen wäßrigen, geröteten Augen ansah, durch sie hindurchsah, sie gelegentlich auch alle erschreckte, indem er ruckartig seine Gasmaske überzog, das Treiben auf dem Hof nur als Gefechtspause in einem immerwährenden Krieg betrachtete, Stalingrad gab sich eines Abend selber Befehle, schrie gellend: »Alarm! Alles auf Gefechtsstellung!«, humpelte mit seiner Krücke davon, schrie über das Trümmerfeld: »Larm! Fechtsstellung!«, warf sich kopfüber in seine Erdhöhle, schrie dumpf weiter: »Arm! Stellung!« und begann wild in seinem Erdloch zu buddeln. Der Sand flog hoch, dann kam die Dunkelheit, sie hörten nichts mehr, nur ein Rumpeln tief in der Nacht.

Als sie am anderen Morgen nachsahen, war die Erdhöhle wie ein Grab eingesunken, die Querbretter gebrochen, an einer Seite sahen sie einen Stiefel aus der Erde ragen. Keiner hatte Lust, Stalingrad auszubuddeln, er blieb dort liegen.

Nach Jahren, als man das Trümmerfeld räumte, fand man Knochen mit Uniformresten. Da man beim Wiederaufbau der Stadt viele Leichen fand, die man nicht identifizieren konnte, interessierte es keinen. Nur er kannte noch die Geschichte des Mannes, der da lag, aber auch nur den letzten Teil davon.

Auch der Arzt war verschwunden, war viele Tage nicht mehr erschienen, sie erkundigten sich vorsichtig, anscheinend war er bei den Engländern in eine Falle gelaufen, sie sahen ihn erst nach Jahren wieder.

Das Grammophon übernahm er. Aus den Kneipen erhielt er abgespielte Jazzplatten, es gab auch Amateurmitschnitte von Rundfunksendungen, schlabberige, weiche, hauchdünne Platten, die sich unter der dicken Grammophonnadel verbogen, die über die Scheiben raste und ein schattenhaftes Echo der wirklichen Musik erzeugte, Benny Goodman, Carnegie Hall Concert, Sing, Sing, Sing, und Gene Krupa trommelte, trommelte, trommelte.

Den Platz des Arztes hatte der Kapitän übernommen, der als Flußschiffer vor dem Krieg den großen Fluß »von der Quelle bis zum Meer« befahren hatte, er kannte alle Biegungen und Untiefen bei Hoch- und Niedrigwasser, alle Schleusen und Brücken und Häfen, der Fluß war geblieben, die Schleusen, Brücken und Häfen verschwunden, und mit ihnen all die königlichen, buntbeflaggten Dampfschiffe mit ihrer stolzen Bugwelle, ihren aufrechten Schornsteinen und den schweren Rauchwolken, die dunkel über den nachfolgenden Schleppkähnen hingen.

Der Fluß und die Zeit hatten ihn an Land gespült wie ein abgestorbenes Stück Holz, da hing er nun auf einem wackligen Stuhl, der auf der Brust von einer Meerjungfrau gehaltene Anker, ihm als Vollmatrose eintätowiert, war mehrfach geknickt und auch von der Meerjungfrau, die sich durch die Hautwülste schlängelte, nicht mehr aufzurichten. Die beiden kleinen Anker auf den Oberarmen, »für die Beiboote«, waren über die schwindenden Muskeln in die weiche Haut gerutscht und hingen da wie ausgetrocknete Früchte an einem verdorrten Baum. All das war nur noch schwermütige Erinnerung, er litt unter seinem Schicksal und schnaufte regelmäßig wie ein Walfisch, der Luft ausstößt.

Er war in das ehemalige Kurz- und Weißwarengeschäft seiner Schwester eingestiegen, das zwar immer noch an derselben Stelle stand, an der sich einmal der schöne Laden befand, jetzt aber einige Meter höher lag und nur noch eine Holzbude auf einem Trümmerfeld war. An der Bude flatterten weiße, gelbe, rote, grüne Zettel im Wind wie die Wimpel an einem Ausflugsdampfer und erinnerten ihn unnötig oft an sein untergegangenes Schiff. Er hatte das Geschäft seiner Schwester in eine Tauschzentrale mit später angegliederter Mitfahrerzentrale verwandelt, eine zu der Zeit sehr beliebte und erfolgreiche Geschäftsform. Das Geschäft existierte durch die Waren, die ihm seine Kunden brachten, um andere Waren zu bekommen. Es gab keine Lieferprobleme, keine Verkaufsprobleme, was da war, war da, was nicht da war, war nicht da. Es war ein Geschäft ohne Buchhaltung und ohne Rechnungswesen, aber es florierte, denn man konnte hier einen Wintermantel gegen einen Kinderwagen, einen Herrenanzug gegen ein Radio, eine Bluse und einen Rock gegen einen Spiegel eintauschen. Die guten Stücke, wie elegante Hüfthalter, Lackschuhe, Seidenstrümpfe, gingen an die *Damen*, die in Zigaretten zahlen konnten, und die Zigaretten verwandelten sich wieder in Lebensmittel.

Immer standen Menschen vor der Bude, studierten die Zettel, auf denen die Tauschangebote standen, verhandelten mit der Schwester. Der Kapitän saß auf dem Hof, hatte *sein Geschäft* im Auge, nickte, wenn die Schwester einen Rock gegen einen Regenmantel hochhielt, und erhob sich nur von seinem Stuhl, wenn der Wert der zu tauschenden Gegenstände umstritten war.

»Muß mal an Deck«, sagte er dann und schlurfte in seinen ausgefransten, gelbkarierten Kamelhaarpantoffeln los, manövrierte mit seiner selbstgedrehten, auseinanderbröselnden Zigarre wie ein altes Dampfboot auf die Bude zu, wo ihn seine schwerhörige Schwester erwartete und ihn schon von weitem als *Schlickefänger* und *Eckensteher* beschimpfte.

Zu Gustavs Gemeinde gehörten noch einige andere Personen, die neu mit dem Haus verbunden waren, darunter eine handfeste Frau, die alle Julchen nannten. Sie hatte sich zunächst in einem der beschädigten Häuser eingerichtet, war aber, für ein tagelanges Gelächter sorgend, mitsamt der Toilette, auf der sie saß, vom dritten Stock ins Erdgeschoß gestürzt, entkam unverletzt dieser immer wieder erzählenswerten Katastrophe, mißtraute nun dem ganzen Haus und bat um die Erlaubnis, die hinter dem Hof liegende Waschküche freilegen zu dürfen und für sich herzurichten.

Sie schaufelte den Schutt aus der Waschküche, schneller als zwei Männer das gekonnt hätten, hantierte mit Hammer und Meißel und Maurerkelle wie ein Handwerker, sang dabei *La Paloma* und verwandelte die Waschküche in ein Zimmer, etwas dunkel, aber immerhin, es gab nichts Besseres, also war sie mit dem, was sie hatte, zufrieden.

Julchen hatte zwei Männer überlebt, mit einem hatte sie wenige Tage vor dem Krieg Hochzeit gefeiert, und einen, den sie während seines Fronturlaubs kennengelernt hatte, heiratete sie per Ferntrauung am Telefon. Beide waren auf dem Felde der Ehre gefallen, wie es in den Todesanzeigen stand, darüber lachte sie: »Im Krieg zerschossen worden, Jungchen, zerschossen, auf dem Felde der Ehre gefallen, da steh ich doch mit Leichtigkeit wieder auf, wenn ich auf dem Felde der Ehre fallen würde, bekäm ich sogar noch Dollars.« Sie erinnerte sich kaum noch an einen, verwechselte die Fotos und die Todesanzeigen, weil sie nur sehr kurz zusammen waren. »Die paar Stunden, und dann noch beim Bombenangriff.«

Jetzt wollte sie nicht mehr: »Eine Frau kommt ohne Mann viel besser aus«, das war ihre Erkenntnis, »mir kommt keiner mehr über die Schwelle.« Mußte etwas repariert werden, was ja andauernd der Fall war, erschien sie in langen Hosen mit ihrem Werkzeugkasten, den sie bei sich hatte, wie andere Frauen früher ihre Handtaschen: »Das sollte die Aussteuer für eine Frau sein.« Sie kannte sich aus, sie wußte Bescheid, drängte alle zur Seite, holte mit einem Griff das für die Behebung des Schadens notwendige Werkzeug aus dem Kasten und war auch schon fertig, ehe man genau wußte, was sie da machte.

Später ließ Julchen dann doch noch einen über ihre Schwelle, aber nur als Untermieter, Schlafstelle mit Verköstigung. Das war der Bombenentschärfer, der keine Frau bekam, weil keine *als Witwe* heiraten wollte, wie es Julchen einmal ausdrückte, obwohl er bei jeder neuen Bekanntschaft sich zuallererst mit der Höhe seiner Rente bei Todesfall vorstellte.

Ein starker, gutmütiger, schweigsamer Mann *im besten Alter*, so die Frauen in der Schlange vor dem Lebensmittelladen, eine Rarität, denn es gab kaum noch Männer, erst recht keine gesunden. Und ausgerechnet der saß jeden Tag rittlings auf einer wohlgeformten Bombe und drehte mit seinen zärtlichen Händen sanft und vorsichtig die verklemmten und eingerosteten Schrauben los.

Er stieg so ruhig in die Krater, in denen die freigelegten Bomben lagen, als hätte er ein unkündbares Abkommen mit der Ewigkeit. Die schwarzen, dreckverschmierten, zentnerschweren Ungeheuer, die tückisch dalagen wie unbekannte Tiefseewesen, zufällig ans Licht gehoben, warteten nur auf eine Berührung, um zu explodieren.

Andauernd wurden deshalb die Straßen gesperrt und die Häuser geräumt, sie saßen dann alle stundenlang in den Nachbarstraßen auf ihrem Bettzeug, das sie mitgeschleppt hatten. Viele meckerten, im Krieg seien die Dinger wie Hagelkörner auf sie herabgefallen, und jetzt so viel Theater für eine einzige Bombe. Im Frieden sei jeder Scheißdreck schrecklich, entsetzlich und furchtbar wichtig, so daß manch einer nicht mehr leben möchte. Im Krieg sei das Schreckliche und Entsetzliche ganz unwichtig gewesen, jeder sei froh gewesen, daß er überhaupt gelebt habe. »Und deshalb sind die Menschen im Frieden so unglücklich«, sagte Fin dann immer.

Endlich kam der Bombenräumer mit seiner Butterbrotdose unter dem Arm, ging ganz allein wie ein Sheriff in einem Westernroman mitten auf der Straße, ging auf den Horizont zu, verschwand in einem Loch, und tat ebenso einsam wie entschlossen seine Arbeit.

Wenn die Bombe dann abtransportiert wurde und der Bombenräumer mit der leeren Blechbüchse unter dem Arm, denn er hatte in Ruhe auf der Bombe gefrühstückt, schmunzelnd heranmarschierte, erhielt er von allen Seiten Beifall wie ein Torero, der seinen Stier besiegt hatte, er dankte mit einem verlegenen Kopfnicken und verschwand in Julchens Waschküche, um zu schlafen.

Er liebe die Bomben, sagte er zu ihm. »Man sitzt darauf, streichelt sie, das beruhigt sie, sie sind ganz still, man löst die Verschraubung, macht in Ruhe seine Arbeit, das merken sie gar nicht, sie schlafen ja.«

Er stützte den Arm auf die Fensterbank und sah Julchen zu, wie sie Wäsche aufhängte, während im Hintergrund Gustav mit Janosch schwadronierte.

»Eine stille Arbeit, keiner steht neben einem und beklagt den Zustand der Welt. Bei dieser Arbeit sind alle immer weit weg.« Dann kratzte er sich seinen Bart, denn er rasierte sich immer erst nach einer Bombenräumung, wegen der unnötigen Arbeit, die man sich im Falle eines Falles gemacht hätte. »Sicher, einmal wird eine aufwachen, und dann ist man tot. Es kann jede Sekunde geschehen, aber das ist ein beruhigendes Gefühl. Jeder Tag kann dein Todestag sein. Du weißt es, und darum ist jeder Tag so schön. Ich möchte nicht tauschen.« Dann schmunzelte er wieder, klemmte seine Brotbüchse unter den Arm, marschierte mit langsamen gelassenen Schritten los, ging jeden Tag mit Seelenruhe auf seinen Tod zu.

Auf dem Hof ertönte laut Gustavs Stimme, der in starken Worten und eindrücklichen Sätzen dem blinden Janosch die Landschaft schilderte: »Jeder romantische

Maler wäre glücklich gewesen. Verfallene Burgen und Schlösser, verträumte Mauern, von Efeu überzogen, eingestürzte Türme, von Sagen kündend, die keiner mehr kennt, dunkle Fensterhöhlen, in denen der Wind seine Harfe erklingen läßt.«

»Romantisch«, sagte Janosch und kullerte mit den Augen durch seine unsichtbare Welt.

»Romantisch«, bestätigte Gustav. »Eine weite Landschaft unter einem freien goldfarbenen Himmel mit violetten Wölkchen – Abenddämmerung. Die mühsam aus vielen Steinen und Quadern errichteten Gebäude der Menschen versinken mit den letzten Sonnenstrahlen im schwarzen Grün der ewigen Natur. Das Licht läßt nach. Schatten breiten sich aus. Jeder Landschaftsmaler würde jetzt mit glänzenden Augen zum Pinsel greifen und kühne Farben auf seiner Palette mischen.«

»Das Paradies«, sagte Janosch und hielt den Kopf so, als ob er alles mit dem Gehör erfassen wolle.

»Das Paradies«, bestätigte Gustav. »Vielleicht sah es ja einmal so aus wie diese Landschaft, es wurde in der Erinnerung nur immer schöner gemalt.«

Janosch zog seine ungarische Offiziersmütze über die Augen und sagte in seinem klangvollen, altmodischen Deutsch: »Werden die Menschen in fünfzig Jahren vielleicht sagen, eine abenteuerliche Zeit war das damals, haben wir doch so viel erlebt. Werden die Menschen in hundert Jahren vielleicht sagen, die gute alte Zeit, schade, daß sie vorbei ist.«

»Ja, so entstehen Paradiese«, sagte Gustav, »obwohl, das mit der guten alten Zeit ist vielleicht für immer vorbei. – Schreibst du das auf?« schrie er durch das Hoffenster. Er nickte, er hatte es gehört, er war mit seinen Kladden beschäftigt, die griffbereit auf den Büchern lagen.

Die Kladden waren wellig vom Löschwasser, Friedrich hatte sie aus einem Keller mitgebracht, auch die Bleistifte in einer Blechschachtel, Faber Nr. 6, dunkelgrün. Mit den Kladden wie mit den Bleistiften mußte man sparsam umgehen, es gab kein Papier, es gab keine Bleistifte, und es war immer ungewiß, wann einer aus der Familie durch einen glücklichen Zufall an diese Dinge herankam. Er schrieb Geschichten in die Kladden. Wegen des knappen Papiers feilte er in Gedanken lange an den Sätzen, ehe er sie niederschrieb, denn eine gestrichene Seite war Verschwendung.

Und immer der innere Kampf zwischen links und rechts, immer mußte er erst überlegen, in welche Hand der Bleistift gehörte, immer erst diese Sekunde des Zögerns, der Unsicherheit, bevor er schrieb, als suche man in der Dunkelheit erst den richtigen Schlüssel für ein Schloß. Er war Linkshänder, schreiben mußte er mit der rechten Hand, in einer erzwungenen, für ihn ganz künstlichen Haltung, die immer erst bewußt eingenommen werden mußte. Die Lehrer der Dorf- und Kleinstadtschulen, durch die er während seiner Evakuierungen geschleift wurde, hatten sich darauf konzentriert, ihm jedesmal, wenn er einen Griffel, Bleistift oder Federhalter in die linke Hand nahm, mit der scharfen Kante des Lineals auf die Hand zu schlagen. Die Hand war oft blutig, schmerzte, trotzdem nahm er immer wieder das Schreibzeug ohne Absicht in die linke Hand, die Schläge wiederholten sich ebenso automatisch, das Schreibzeug wanderte in die rechte Hand und war dann doch wieder unversehens in der linken, und wieder sauste das Lineal auf die linke Hand, hinterließ rote Striemen, hinterließ das Schreibverbot der linken Hand. Und so schrieb er nun als Linkshänder mit der rechten Hand, schrieb mit einer nach links gedrehten rechten Hand, in einer unnatürlichen Haltung, die oft Schmerzen bereitete, dazu auch noch in einer Mischung aus alter deutscher Schrift, die er noch gelernt hatte, und der jetzigen lateinischen Schrift, verschlungene Wortreihen, ineinanderlaufende Sätze, die sich unleserlich von links nach rechts schräg über das Blatt zogen, wie ein undurchdringliches Dornengestrüpp das Aufgeschriebene wieder verschlossen; schrieb in seinem Bett auf den angezogenen Beinen, schrieb im Dunkeln, in der unerträglich langsam verrinnenden Nacht, in der atemlosen Nacht, die zum Ersticken war, die wie ein stillstehender schwarzer Fluß auf den Tag wartete, auf die Helligkeit des Morgens, der behutsam und langsam herandämmernd alles wieder in Bewegung brachte; schrieb zwischen seinen Alpträumen, aus denen er schreiend hochfuhr, Wörter und Sätze, die wie Steine in einem Steinbruch übereinanderrutschten, Wörter und Sätze, in denen seine Angst lebte, die ihn wie ein treibender Strudel hinabzog in ein ewiges Erinnern, Nachtgeschichten über das, was er nicht vergessen konnte, Tagesgeschichten, die ein wildes Lachen durchzog, und so erfand er nachts oft Tagesgeschichten mit grellem Gelächter und schreiendem Leben, lachte darüber, hielt sich damit wach und sank, in einem kurzen Einnicken, wieder in die Nachtgeschichten zurück,

– in die jaulenden, heulenden Sirenen, das Dröhnen der Bomber, das schrille Kreischen der herabstürzenden Bomben, den durchschüttelnden Luftdruck der Explosionen, die einen taub machten, die zerberstenden Häuser, die zusammenbrechenden Straßen, deren Fassaden kopfüber in die hochschlagenden Flammen fielen, in die erstickende Hitze, die die Haut versengte,

– die hechelnde Schäferhundstille des Kinderlagers, in den nächtlichen Baracken mit den vielen Betten, in deren Fenster der von den Scheinwerfern angestrahlte Stracheldrahtzaun seine zackigen Schatten warf, regelmäßig und in kurzen Abständen unterbrochen von den Körpern der Wache, die in genauen Schritten ihre Runden drehte,

– die stumpf ratternden Räder des durch Deutschland irrenden Zuges, in dem die Menschen wie Leichen aufeinandergepackt lagen, durch den die eiskalte Nachtluft wehte, der in die Totenstarre führte und wie ein verlassenes Schiff an einem Eisberg strandete.

Der Tag begann mit dem holprigen Klappern einer alten Stechkarre, ein Geräusch, das ihn aus dem Schlaf riß. Auf der Karre lag immer ein Toter, der in einer Bretterkiste, wie sie die Bauern für Jungvieh zimmerten, zum Friedhof geschoben wurde, ohne Blumen, ohne Geleit, ohne Priester, wer wußte schon, wer der Tote war.

Die Karre wurde mit einem gurgelnden Schnaufen dirigiert von einem Männlein mit einem schiefen Gesicht, das Mühe hatte, den Bomben- und Splitterlöchern auf der Straße auszuweichen, in denen sich die großen rissigen Holzräder festhakten, was nicht nur für die schon sehr lose an der Achse hängenden Räder gefährlich war, sondern auch für den Toten, denn die leichten, aus dünnen Brettern mit breiten offenen Ritzen bestehenden Holzkisten, die man zu der Zeit Särge nannte, kamen schnell ins Rutschen, und wenn das Männlein nicht höllisch aufpaßte, rutschte der Bretterverschlag mitsamt der Leiche von der Karre, schlug auf, fiel auseinander, und der starre Körper stand, in seinem Papierhemd an die schräge Karre gelehnt, ratlos wieder auf der Erde, die er doch verlassen hatte.

Das war schon einmal passiert, aber es war früher Morgen, keiner war auf der Straße oder an einem Fenster, nur er hatte es gesehen, und das Männlein mit dem schiefen Gesicht zog, seltsam durch den Mund schnorchelnd, die Leiche wieder auf die Stechkarre, warf noch die Kiste darauf und rollte weiter.

Seitdem grüßte das Männlein ihn, blieb mit der Karre vor seinem Fenster stehen, um kurz zu verschnaufen. Das schiefe Gesicht stamme von einem Granatsplitter, sagte er, es behinderte ihn beim Sprechen, das ein tiefes Gurgeln war. Es stellte sich heraus, daß er nicht nur Leichen aus den Wohnungen holte und zum Friedhof fuhr, das sei eher eine Nebentätigkeit, weil er günstig an die Karre gekommen wäre, eigentlich sei er Totenprediger, er spreche bei Begräbnissen ohne Priester die letzten Worte eines ehrenden Angedenkens vor den Trauernden. Er mache es weniger wegen des Geldes, das Honorar sei lausig, aber es sei eine künstlerische Tätigkeit, und dafür gebe es eine besondere Lebensmittelkarte, und das sei heutzutage natürlich ein großes Glück.

Auch seine Stimme sei kein Problem, er habe durch

die Verletzung einen natürlichen Trauerton. Dann legte er das Gesicht in Falten und sagte ein »Friede der Asche«, und es klang wie der tiefste Ton einer Kirchenorgel.

Schwierigkeiten habe er nur mit den Texten, dafür fehle ihm die Zeit, jeden Tag mindestens eine Leiche, zu der man etwas sagen müsse, er improvisiere schon, aber wenn die Angehörigen einen anstarren und schnell wegwollen, weil es durch die Granatlöcher im Dach hereinregnet, werde er nervös, und dann falle ihm gar nichts mehr ein.

Und so schrieb er, gegen eine Handvoll Kartoffeln, dies die feste Vereinbarung, für das Männlein Grabreden. Er schrieb den schon vor der Beerdigung vergessenen Toten ausführliche Nachrufe, gut klingende, lang widerhallende, rhetorische Texte, deren Sätze am Ende in den Anfang liefen und mit höherer oder tieferer Stimme neu aufgenommen immer weiterlaufen konnten, solange eben einer reden wollte. Er nahm die kargen Angaben, die das Männlein ihm machte, erweiterte sie im Sinne der Toten, und wenn das Männlein gar nichts über die Leiche sagen konnte, die er wegkarrte, erfand er ihr nachträglich ein schönes, aufregendes, erfülltes Leben, so daß sich die Angehörigen wunderten, welch einmaliges Schicksal da ein gnädiges Ende gefunden hatte. Friede der Asche.

Das Männlein setzte ihn auch schon mal auf die Karre, neben die Kiste mit der Leiche, rumpelte mit ihm und der Leiche durch die vielen Schlaglöcher zur Begräbniskapelle auf dem Friedhof, ein dunkler Backsteinbau mit einem zerlöcherten Dach und freiliegenden Dachbalken, umstellt von zerbrochenen, verwitterten, ganz unleserlich gewordenen alten Grabsteinen, unter denen sich schon Generationen der Erde anvertraut hatten und mit denen man jetzt die neuen Knochen beschweren wollte, falls man Geld hatte, sonst mußte man mit einem selbstgebastelten Holzkreuz vorliebnehmen.

Die Särge stapelten sich vor der Kapelle, denn die in den Zeitungen ständig erwähnte, erschreckend hohe Sterberate nahm hier Gestalt an, es herrschte ein unheiliges Gedränge, Särge und Trauernde schoben sich ineinander, es war ein Wettlauf zum Grab, alle wollten es so schnell wie möglich hinter sich bringen, man prügelte sich wie bei einer Lebensmittelzuteilung, die Leichenkisten kippten um, die Leichen fielen heraus, die Trauernden warfen sie unter Flüchen und Gelächter wieder in die Holzkisten, es sah aus, als kämpften die Toten mit den Lebenden, und immer verloren die Toten.

Er blieb am Eingang stehen und sah, wie das Männlein mit gefalteten Händen und geneigtem, von Trauer zerfurchtem Gesicht mit seinen Worten um Fassung rang, sich in die Rede hineinsteigerte, gekonnt auf den Höhepunkt des Schmerzes zusteuerte, um in Worte des Trostes hinabzusinken, in tiefste Orgeltöne zu fallen, während der nachfolgende Redner auf Abbruch drang, denn die nächste Kiste wurde bereits hereingeschoben.

Mittags mußte das Männlein im Laufschritt mit der Karre und einer leeren Leichenkiste an die Böschung des großen Flusses, etwas abseits der Stadt, wo er aus Kähnen gehievte Säcke, Körbe und Flaschen auflud, die sich in einer Leichenkiste unauffällig transportieren ließen. Manchmal nahm er ihn auch hierhin mit, er legte sich dann auf die Böschung, das Wasser plätscherte in der Sonne, rollte in kleinen Wellen stromabwärts, am anderen Ufer lag ein zerschossener Lastkahn mit dem Heck tief im Wasser, das zersplitterte Steuerhaus hinterließ Wirbel, hielt Äste und Stämme fest, die sich drehend wieder befreiten, der hochstehende, verrostete Bug durchschnitt wie ein in den Boden gerammtes Schwert das leichte, wellige Wasser, ohne eine Spur zu hinterlassen, das Wasser glitt an ihm vorbei, als wäre die Schneide gar nicht vorhanden. Sah man lange auf die rostige Wand, schien sie sich schnell nach vorne zu bewegen, sah man wieder auf den Fluß, lag das eiserne Schiff bewegungslos auf Grund, immer noch an derselben Stelle, nur der Fluß trieb mit gleichbleibender Geschwindigkeit vorbei, und eine Boje tanzte auf dem Wasser.

Nachmittags mußte er mit Fin und ihrem Fahrrad oft zur Bahnhofsbrücke, die über den teilweise wieder in Betrieb genommenen Bahnhof führte, ein steiler, fast unüberwindbarer Menschenberg, Arme, Beine und Gesichter wie nach einem heftigen Erdrutsch, der Wurzeln, Steine, Äste in eine haltlose, gefährliche Lage ineinanderschiebt, so lagen die Menschen selbst im Regen über- und untereinander auf der breiten Holztreppe, für kurze Zeit Halt suchend, aneinandergebunden, mit ihrem Kram verschnürt, um nicht ins Rollen zu kommen und sich gegenseitig mitreißend die Treppe hinabzustürzen.

Ein schmaler, sich ständig verändernder Pfad führte in Kehren und Windungen um die Körper herum, führte nach oben auf den Holzsteg, der, mit einem teilweise schon wieder abgestürzten Geländer, über vollen Zügen hing. Eine Lokomotive dampfte pochend vor einem gesprengten Betonpfeiler, aus dem durchlöcherten Führerstand hing bewegungslos ein Mann, verbogene Signalmasten beugten sich über ausgebrannte Eisenkästen, die einmal Waggons waren. Trotz der vielen Menschen war es sehr still, der Regen prasselte auf den glitschigen Steg, Kinder schleppten einen dreckigen Kinderwagen die Treppe hoch, gaben ihm oben einen Tritt, der Kinderwagen sprang in wildem Zickzack die Treppe hinunter, über die Leiber hinweg, die sich nicht rührten, die Kinder trugen den Wagen wieder nach oben, gaben ihm wieder einen Tritt, wieder sprang er nach unten, sie rannten hinterher, um ihn wieder hochzuziehen und ihr Spiel endlos zu wiederholen.

Fin zog ihn mitsamt dem Fahrrad hoch, rollte ihn auf dem Fahrrad über den Steg, dann rutschten sie hinab zum Bahnhofsbunker mit seinen Schächten und Höhlen, die tief in die Erde führten, unübersichtlich wie ein verlassenes Bergwerk. Menschen drängten sich durch die schmale Eisentür, quetschten sich über die engen Betontreppen, hielten Koffer und Rucksäcke wie Schilde vor sich; war der Druck von innen größer, schoß ein Klumpen Menschen wie ein Tierrudel auf der Flucht heraus, durchstieß mit verbissenen Gesichtern den draußen stehenden Kreis von Menschen, der sich dann seinerseits zusammenschloß und mit aller Kraft in den Bunker drängte. Ein erbittertes Gegeneinander, das mit voller Konzentration ausgetragen wurde, ein Kampf mit allem Einsatz, als lägen da unten, tief in der Erde, im untersten Keller dieses Betonbunkers, die letzten Goldbarren.

Fin zog ihn weiter, er mußte mit, um auf das Fahrrad aufzupassen. Hinter dem Bahnhof, in den verschachtelten Mauern zerbombter Häuser, zwischen klammen, schwarzgebrannten Steinwänden, die einen Modergeruch verbreiteten, hatte sich ein Schwarzmarkt etabliert. Neben jeder Mauer standen Männer oder Frauen, kamen hastig und flüchtig und immer in nervöser Eile zusammen, flüsterten kurz miteinander, gingen wieder auseinander, liefen hinter die nächste Mauer, flüsternde Stimmen, die in der Unübersichtlichkeit des Gemäuers die Unachtsamen hierhin und dorthin lockten, sie in die Irre führten, mit ihrem ungewissen Echo immer tiefer hinter immer neue Mauern führten. Wer nicht wußte, hinter welcher Mauer und bei wem er seine Ware los wurde oder bekam, der verlief sich leicht in diesem Labyrinth aus bemoosten Steinen, in dem Büsche in Fensterlöchern wuchsen, Flieder und Goldregen von ehemaligen Torbögen herabhingen, der stand plötzlich vor einer Steinwand ohne Ausweg, geriet, den Weg zurück suchend, in eingestürzte Keller, hörte vielleicht noch Schritte auf dem knirschenden Schutt, war seine Ware und sein Geld aber schon los, und wenn einer so dumm war, auch noch laut um Hilfe zu schreien, verschwand die Umgebung vor seinen Augen mit einem dumpfen Schlag.

Er hielt das Rad, Fin flitzte herum, sie kannte ihre Leute, alles ging immer schnell und auch wortlos, bis ein Mann neben ihm auf den Fingern pfiff; alle rannten los, er rannte auch los, zerrte das Rad hinter sich her, Fin holte ihn ein, nahm das Rad, jagte davon, das Rad brauchten sie, das Rad war wichtig; Lastwagen kurvten heran mit ihren aufbrummenden Motoren, Uniformierte mit Gewehren sprangen herab, ehe die Wagen hielten, eine Großrazzia, ein Mist, ein Elend, eine Scheiße war das, nur damit die Zeitungen was zu schreiben hatten, wie sollte man sich denn ernähren, wie sollte man denn an etwas kommen. Sie schwärmten aus, liefen nach allen Seiten, überall Uniformen, »Halt. Stehenbleiben!«, sie rannten an ihm vorbei, er konnte nicht so schnell laufen, sie luden ihre Gewehre durch, ein hart anschlagendes Geräusch, wieder das »Halt. Stehenbleiben!«, sie schossen, aus allen Ecken Geschrei, wieder fielen Schüsse, er kam nicht mehr weg hier, er warf sich in eine Ecke, lag hinter einer Mauer und wartete. Als er nichts mehr hörte, stand er auf und ging langsam nach Hause.

An warmen Abenden saß er auf dem Hof, wo Gustav einen Lehrstuhl für Rhetorik eingerichtet hatte und dozierte, daß jeder Satz, der mit den Worten »Es ist doch so …« beginne, von vornherein falsch sei. Es sei nie so, es sei immer anders. Auch Sätze, die vierspännig daherkämen, mit Worten wie »Ich glaube …« oder »Ich denke …«, seien immer falsch, weil der Betreffende nicht wirklich glaube oder denke, sondern nur zu faul sei, sein Unwissen als intelligente Frage zu formulieren, und deshalb der Einfachheit halber behaupte: »Ich glaube …«, »Ich denke …«

Diese Thesen belegte er mit Geschichten, die er selbst unglaubwürdig nannte, die aber tatsächlich geschehen waren, daraus folgerte er, daß das Leben aus unglaubwürdigen Geschichten bestehe. Um aber vor den anderen nicht als Verrückter dazustehen, erarbeite sich jeder eine gereinigte Fassung seines Lebens, genau diese Fassung, die allen als glaubwürdig erscheine, sei aber dann eine völlig unglaubwürdige Lebensgeschichte.

Solche Beweisketten konnte er über Stunden durchhalten, er stoppte sie aber sofort, wenn von den Zigeunerwagen ein Lied herüberklang, abbrach, wieder von vorn begann, dann hörte er ganz versonnen zu, denn vor einem Lied habe die Logik zu schweigen, ein Lied stehe über dem Wissen sämtlicher Universitäten.

Die Zigeuner waren wie Frühjahrsvögel über Nacht eingeschwärmt und ließen sich auf demselben Rastplatz nieder, den sie vor dem Krieg schon bevorzugten. Es waren nicht mehr so viele wie früher, ein stark dezimierter Vogelschwarm auf der Suche nach den alten angestammten Rastplätzen. Sie richteten sich wieder in der Welt ein, aus der man sie vertrieben hatte, vorläufig, aber nach ihren alten Gewohnheiten, schwiegen über das, was geschehen war, hatten Angst vor Behörden und Staat, wollten nur in Ruhe leben. Ihre Sorgen besprachen sie mit dem Molari, dem Maler Pankok, dem sie als einzigen vertrauten, er hatte sie vor dem Krieg gemalt.

Sie hämmerten und sägten, bauten sich Wagen, aufgebockte, schwerfällige Holzburgen ohne Räder, mit Resten von Farben neu angestrichen. Schweigend saßen sie in der Sonne auf den kleinen Holztreppen, die in die Wagen führten, winkten herüber, lächelten. Später kamen sie zum Hof, versuchten etwas zu tauschen, mal konnte man es gebrauchen, mal nicht, sie erkannten auch diesen oder jenen von früher, freuten sich darüber, lachten, obwohl es nichts zu lachen gab.

Ein Kind kletterte nachmittags auf das Dach eines Wohnwagens, besah sich unlustig die Gegend, übte dann stundenlang auf einer Kindergeige, ein krächzendes Geräusch, das nur mühsame Fortschritte erkennen ließ, von der Stimme eines alten Weißbärtigen aber immer wieder streng eingefordert wurde.

Abends hörte man eine Frauenstimme ein Lied probieren, immer wieder abbrechend, immer wieder einsetzend, als suche sie eine verlorene Melodie. Maria hing dann mit Hilfe Julchens ihre Wäsche auf, gekocht in einem großen, freistehenden Waschkessel, unter dem ein offenes Feuer loderte. Die Wäsche blähte sich im Wind, flackerte rot im Widerschein des Feuers, die Bettlaken wurden zu Segeln eines Schiffes vor einer fremden Küste. Er träumte sich an einen anderen Ort, wo das Leben wie vor hundert oder zweihundert Jahren ablief, der Kapitän verhandelte mit Eingeborenen, die zwischen den Segeln auftauchten und etwas verkaufen wollten, der Bombenräumer rauchte seine Pfeife wie ein alter Seemannsmaat auf der Reling hockend, die kullernden Augen des blinden Janosch, der ihm gesagt hatte, ein Blinder ist nicht blind, ein Blinder ist gleichzeitig an den verschiedensten Orten und in den Stimmen vieler Menschen, er muß die Welt nicht sehen, er hat sie in sich, wurden ruhig.

Die Frauenstimme suchte immer noch die Melodie, probierte verschiedene Tonlagen, fand nicht den Bogen vom Anfang zum Ende, blieb in Bruchstücken hängen, verstummte dann endgültig, weil eine Männerstimme etwas Unverständliches dazwischenschrie.

Gustav führte sie ohne Kompaß, ganz auf seine Intuition und die Kenntnis der Sterne vertrauend, wieder zurück an die heimatliche Küste, und in der Dunkelheit versuchte er, mit seinem tief herabführenden Baß, sich an eine seiner vielstrophigen Balladen zu erinnern, die er vor dem Krieg so oft vorgetragen hatte, am liebsten: »Ich weiß nicht, was soll es bedeuten«, vom Harry Heine, aber auch ihm gelangen nur Bruchstücke.

Er liebte diese Stunden, er fühlte sich geborgen in dieser kleinen Ecke, die das Leben ihnen gelassen hatte, durch seine gerundeten Hände sah er wie durch ein Fernglas die Menschen, er sah alles ganz nah und auch wieder entfernt wie ein Beobachter, dem das alles zu einer Geschichte wurde, er erlebte es jetzt als Gegenwart, in der die Stunden sich dehnten, und empfand es gleichzeitig als kurzen Moment der Vergangenheit, in der alle diese Menschen um ihn herum tot sein würden –

»… daß ich so traurig bin« –

Frieden war an diesen Abenden, Frieden, dem er sonst hilflos gegenüberstand, weil ihn der Krieg beherrschte, alle seine Gefühle bestimmte, Frieden, der für ihn etwas Exotisches blieb, den er in seinem Innersten auf Dauer wahrscheinlich nie finden würde –

»Ein Märchen aus uralten Zeiten,

Es geht mir nicht aus dem Sinn.«

Ein Hauch von Leben, eine Spur von Lebendigkeit schien jetzt in manchen Augenblicken. Man empfand wieder Wärme und Kälte als natürliches, nicht unangenehmes Wechselspiel der Natur. Die harten, erstarrten Gesichter bekamen in gewissen Momenten einen Zug von Feinheit, die Schönheit eines Lächelns. Verwundert nahm sich einer die Zeit, vor einem toten Baum stehenzubleiben, überrascht und staunend einen kleinen Zweig zu betrachten, der aus einer schwarzverbrannten versteinerten Rinde herauswuchs und sich zum Licht drehte, oder er blickte ungläubig zum Himmel, weil dort ein Vogelpaar heftig und aufgeregt zwitschernd ganz unschuldig herumjagte, Kreise zog, sich fallen ließ, wieder aufstieg, in den kahlen Fassaden anscheinend ein Nest gebaut hatte. All das war einem aus dem Sinn gekommen, all das hatte man verloren.

Familien unternahmen auch schon mal wieder einen Sonntagsspaziergang, gingen in den Park, aus dem alle Bäume verschwunden waren, die ausgegrabenen Baumwurzeln hatten unregelmäßige Löcher hinterlassen, aber das Gras wurde grün und wuchs und überzog die Laufgräben der Flakstellung, die nun aussah wie eine romantische Eremitage, Wiesenblumen erblühten um die verlotterten Baracken der Displaced Persons, auf dem Aschenplatz des ehemaligen Konzentrationslagers spielten Männer in weißen Unterhemden und schwarzen Turnhosen Fußball, das Schlammloch des Sees füllte sich langsam wieder mit Wasser, spülte Uniformen und Knochen nach oben, nur in die wuchernden Gebüsche traute sich keiner, da lag noch Munition.

Es gab auch wieder Menschen mit einem Winter- und einem Sommermantel, mit einem Sonntagsanzug und einem Sonntagskleid, Menschen, die ein vollständiges Besteck hatten, Teller und Tassen aus Porzellan und eine Tischdecke. Es war nicht unbedingt eine Hochzivilisation, die sich da vorsichtig ankündigte, dafür war alles zu improvisiert, vieles noch zu unsicher. Der helle Staubmantel für das Frühjahr löste den umgefärbten Militärmantel ab, ein buntes, sommerliches Kleid das verschossene Trauerkostüm.

Der Luxus von Modefragen erreichte die Schlangen vor den Lebensmittelläden, eine Frau konnte ein *Stöffchen* organisieren, eine andere Frau wollte es ihr zuschneiden und wieder eine andere nähen, aber keine der Frauen wußte, was jetzt Mode war, man wollte den Stoff nicht verschneiden, großes Rätselraten. Einige hatten in der Wochenschau, die jetzt in den ersten neuen Kinos vor dem Film lief, etwas Schwingendes, Leichtes in einem Modebericht gesehen, die Mode für die *Neue Frau*.

Die *Neue Frau* trug in diesem Jahr bestimmte Schuhe, dazu eine ganz bestimmte Frisur, und sie schminkte sich in einer bestimmten Art, und die Frauen in den Schlangen wußten nicht, was sie davon halten sollten. Sie wollten ja keine *ollen Trunschen* sein, aber sie verstanden nichts mehr davon, sie hatten nur gelernt, eine Familie durch den Krieg und die Nachkriegszeit zu schleppen, aus nichts etwas zu kochen, halb verhungert Tag und Nacht zu schuften, und jetzt kam da auch noch die *Neue Frau*. Ob man sich noch einmal darauf einlassen sollte? Das Leben, das sie führten, war ein anderes Leben als vor dem Krieg, nicht mehr eingeengt durch gesellschaftliche Regeln und Konventionen. Die Traditionen der alten Gesellschaft hatten sich aufgelöst, die Benimmbücher waren nur noch als humoristische Werke zu benutzen.

Manch ein Spätheimkehrer fand sich in dieser neuen

Gesellschaft nicht mehr zurecht, war nicht mehr Herr im Haus, weil es diese Rolle nicht mehr gab. Frauen setzten ihren Mann vor die Tür, wenn er nicht arbeiten wollte, das war vor dem Krieg undenkbar. Lebensgemeinschaften bildeten sich zwischen unverheirateten Männern und Frauen, Zweckbündnisse aufgrund von Kriegsrenten, Wohnbescheinigungen, Zuteilungen von Lebensmittelkarten und neu erkämpften Arbeitsplätzen. Waisenkinder schlüpften bei Familien unter, die irgendwann sagten, du kannst dableiben, ohne daß man deswegen auf ein Amt ging, irgendeine Behörde nach ihrer Meinung fragte. Frauen lebten alleine, ernährten sich alleine und ergriffen Berufe, die bis zum Krieg nur für Männer reserviert waren. Das war alles nicht nach den alten Gesetzen, es war aus dem Leben entstanden, das man nun einmal führen mußte.

Im Gegensatz dazu brüteten die neu erscheinenden Illustrierten schon wieder über dem Regelwerk: Wer stellt wen vor. Wer geht an welcher Seite. Wie benimmt sich der Herr der Dame gegenüber beim Tanz, im Restaurant, im Theater. Es war ein grundsätzlicher Kampf, der da ausbrach, ein Streit zwischen denen, die nach ihren Regeln leben wollten, wie sie lebten, und denen, die die alten Regeln wieder einführen wollten, um die Gesellschaft zu retten und die Zivilisation und das Abendland, und deshalb war die Frage der Rocklänge zwangsweise auf einmal ein Problem für alle, die bisher nur die Frage nach Brot kannten, und deshalb gab es auch wieder Sonntagsspaziergänge in den guten Kleidern durch einen schattenlosen Park ohne Bäume, vorbei an einem Plakat, das auf dem KZ-Aschenplatz ein wichtiges Fußballspiel ankündigte, und der Herr ging links und die Dame rechts, oder war es umgekehrt?

Mit den ersten Modeschauen kamen auch die Pferderennen auf der Rennbahn im Wald wieder zurück, und auch die KPD verirrte sich im Kampf der neuen und alten Regeln und stiftete den *Preis der Freiheit* und dotierte ihn mit einem anständigen Preisgeld. Gustav lachte tagelang darüber, daß die Freiheit nun für ein paar tausend Mark auf der Rennbahn zu haben war, und fragte jeden, wer denn nun die Freiheit gewonnen habe, der Jockey oder das Pferd oder doch wieder nur die, die auf den Sieger gesetzt hätten.

Hunderennen etablierten sich am Fluß, vor Herrschaften, die in Frack und Zylinder und mit Fernglas erschienen, eine Dame am Arm in einem verschwenderischen Seidenkleid, die mit gelangweiltem Gesicht einen zum Kleid passenden Sonnenschirm balancierte, während der Herr mit gleichgültiger Miene Geldbündel wie Postpakete auf den provisorisch aufgestellten Wettisch warf, auf jappende Viecher setzte, die mit hohlen Rippen und dürren Beinen zwischen einer langen bewimpelten Leine hinter einem Stoffballen herjagten, der für alle Beteiligten ein Hase sein sollte. Es war ohne Frage das zur Zeit interessanteste Gesellschaftsspiel. Kosmalla holte Elisabeth in einem Daimler ab, den er von einem ehemaligen Kreisleiter preiswert übernommen hatte, an den Dampfwagen erinnerte er sich nicht mehr. Er durfte mitfahren, obwohl Kosmalla meckerte: »Wie siehst du denn aus.« Die neuen Herrschaften setzten ihre Ferngläser an, durch die sie bestenfalls die Pontonbrücke der britischen Pioniere sahen, die bei jedem Hochwasser davonschwamm, applaudierten dem Sieger, der keuchend an einer Hundeleine herangeschleppt wurde, den Siegeskranz um dem Hals, versanken dabei wie die Beine des Wettisches mit ihren Lackschuhen und dem Saum des langen Kleides im Rasen und gaben sich amüsiert. Rundum standen Menschen, die auf den Wiesen am Fluß lebten, sie reihten sich staunend hinter der Absperrung auf, verstanden das alles offenbar nicht, und hätte einer der Hunde nicht die Kurve gekriegt und wäre außerhalb der bewimpelten Leine in ihre Hände geraten, sie hätten ihn vor Wut über das Schauspiel lebendig in ihren Kochkessel geworfen.

Das größte Geschäft war das Boxgeschäft. Auf allen Plätzen, an allen Ecken fanden Boxkämpfe statt, jedes Schwergewicht eröffnete eine Boxbude und ging auf Reisen. Schlüter stand mit seinen drei Söhnen und wechselnden Gastboxern, die mit Knollennasen und Blumenkohlohren die Blüte der Männlichkeit darstellten, wie Goliath auf dem Podest vor der Bude, freier Oberkörper, Muskulatur tätowiert, Brust raus, Handtuch locker um dem Hals, die Boxhandschuhe herausfordernd in die Hüften gestemmt. Er sah von oben verächtlich in die Menge hinab und fragte, ob sich einer von den Waschlappen, den Schlappschwänzen, den Feiglingen, den Muttersöhnchen da unten traue, vor den Augen seiner Braut mit ihm über drei Runden zu gehen. Einer antwortete immer, lachte Schlüter aus, Muskelprotz, Angeber, Kraftmeier. Worte und Widerworte, das Publikum johlte, Schlüter schrie von oben:

»Die halbe Portion, die laß ich gar nicht in den Ring.«
Das Publikum witterte bei Schlüter Angst, nahm Partei, wollte den Kampf, den wollte Schlüter auch, aber erst noch einmal ein beleidigendes: »Trau dich doch, komm rauf, du hast ja Schiß, fünfzig Mark für den Sieg.« Der da unten zog die Jacke aus, das Publikum schob ihn hoch, drängte hinterher, zwängte sich an der Kasse vorbei, hinter der Frau Schlüter saß, von der viele sagten, die boxt Halbschwergewicht, rin in die Bude, ran an den Ring, der Schiedsrichter wartete schon, Hemd aus, Handschuhe an, und los ging's, nach den anerkannten Sportregeln des internationalen Boxverbandes.

Friedrich half aus Gefälligkeit schon mal aus, verkaufte Karten, klebte Plakate, verteilte Handzettel, und wenn die Stimmung flau war, sich keiner aus dem Publikum meldete, Schlüter sich heiser schrie, hundert Mark für den Sieg bot, sprang Friedrich auch da ein, mischte sich unter das Publikum, spielte den wütenden Angreifer, alles war vorher festgelegt, drei Runden ohne Schmerzen, ordentlich auf den Körper klatschen, Sieg für Schlüter, Ende der Vorstellung. Draußen verlangte Friedrich dann unter dem Gejohle des Publikums Revanche, Schlüter, von oben herab, ganz Champion, lehnte ab, Friedrich schrie etwas von einem Tiefschlag, das Publikum tobte, Schlüter gewährte noch einmal drei Runden, das Publikum noch mal an der Kasse vorbei, Friedrich schon wieder im Ring, Schlüter höhnisch, Friedrich wie ein Wilder, die Fäuste wirbelten, klatschten auf den Körper, das Publikum stand auf den Bänken, Schlüter warf das Handtuch, Ende des Kampfes, und was das Finanzielle betraf, immer halbe-halbe.

Manchmal verrutschte der Plan, Friedrich erhielt einen Schlag, der weh tat, vergaß die Abmachung, holzte zurück, Schlüter setzte ihm verärgert eine ans Kinn, Friedrich schlug wild um sich, das Publikum leckte Blut, alles schrie: »Mach ihn kaputt!«, und hätte nicht Frau Schlüter mit der Kasse in der Hand am Ring gesessen und dem Schiedsrichter technischen K.o. signalisiert, eine Anweisung, die er sofort befolgte, wäre es zu einem ernsthaften Boxkampf gekommen.

Maria holte Friedrich eines Tages schweigend aus der Bude, wo er in einer Kampfpause mit der alten Frau Schlüter bei einem Gemisch aus Gin und Whisky die Sieger der nächsten Profi-Kämpfe auswürfelte. Sie sprach tagelang nicht mehr mit ihm, trug den Kopf hoch in den Nacken geworfen, er rannte mit gesenktem Kopf vom Hof zur Straße und von der Straße zum Hof, sagte, es wäre eine Dummheit gewesen, er hätte es nur aus Gefälligkeit getan, er wäre da reingeschlittert, aus Gutmütigkeit eben. Das mit der Gefälligkeit und der Gutmütigkeit war keine Ausrede, das stimmte, das wußten alle, so war er nun mal, das fand vor Maria aber keine Gnade. Man hielt sich, man blieb stark und aufrecht, selbst wenn man nur eine kalte Brotsuppe hatte.

Als letzte Herkulesarbeit grub Friedrich den Hausflur aus, bisher ein Indianerpfad zwischen Hof und Straße, halbhoher, festgetretener Schutt, eine mühsame Arbeit, erst mit der Hacke, dann mit der Schaufel, dazu errichtete er noch eine Mauer zur zerstörten Nachbarwohnung. Es war nun ein Laubengang, wenn es regnete, regnete es in den Flur, wenn die Sonne schien, schien die Sonne hinein. Friedrich sagte, in Italien sei das so üblich. Maria sagte, in Polen baue man immer ein festes Dach. Gustav machte eine Handbewegung, die allen bedeutete, über solche Unwichtigkeiten diskutiere er nicht.

Die Ausgrabung legte ein Mosaik frei, das in seinen verglühten, changierenden, durch die Phosphorbomben ins Irisierende verwandelten Farben ein Muster darstellte, das schwer zu deuten war, sich auch bei längerem Hinsehen einer Erklärung entzog. Während alle in ihrer Eile darüber hinwegliefen, überhaupt nicht hinsahen, konnte er stundenlang das Mosaik studieren. Die vielen kleinen Steinchen verbanden sich zu Mustern, die in unendlichen Farbschattierungen in größere Muster aufgingen, sich in dem Mosaik verloren, neue Muster bildeten, je nach Helligkeit und Dunkelheit anders zusammensetzten, bei einem bestimmten Sonnenstand zu einem leuchtenden Farbstrom wurden. Vom Hof oder der Straße aus gesehen erschien das Mosaik als ein einheitliches Bild, mit jeder Annäherung wurde es undeutlicher, bis man aus der Nähe nur noch Farbflecken sah. Zwischen Annäherung und Entfernung schwankend, konnte man von der einen Seite eine Kriegsszene, Pferdeköpfe, Helme, Gesichter, Schwerter, Lanzen erkennen; von der anderen Seite einen Pilgerzug in einer idyllischen Naturlandschaft zwischen Bäumen, Seen und Bergen. Mosaiksteine, die sich der genauen Bestimmung entzogen, weil sie das Grundmuster darstellten, das in seiner Aneinanderreihung und Wiederholung das Bild unter den Bildern war.

Die sich belebende Straße vor seinem Fenster, die wie ein Karawanenweg in der Helligkeit begann und in der Dunkelheit endete, irgendwo in der Welt mit einem Schrei begann und irgendwo in der Welt in einem Grab endete, schien ihm ein ebenso sich stetig veränderndes und doch immer gleichbleibendes Mosaik.

Namenlose, die wie Silhouetten langsam aus der Helligkeit der Sonne kamen, den vor ihnen hertreibenden Schatten folgten, die schon den Punkt erreicht hatten, der noch ihr Ziel war; Gesichter in der Mittagssonne, die dunklen Augenhöhlen mit der Hand abdeckend, wenn sie zu ihm herübersahen; dann nur noch ein Schatten in der Abendsonne, der sie immer noch an der Stelle festhielt, die sie schon lange hinter sich glaubten.

Im Winter unscharfe Gestalten im Regendunst, sich im Winternebel verdichtend und rasch wieder auflösend, vorbeigleitend wie schwerfällige Boote auf einem breiten Strom; Stimmen, die sich näherten und wieder entfernten, vor seinem Fenster antrieben, ohne zu wissen, wo sie waren.

Ein Mann hielt sich an der Fensterbank fest, als müsse er in einem Moment der Ruhe etwas Wichtiges bedenken. Er kannte weder seinen Namen noch seinen Geburtstag, er wußte nicht, wo er gelebt hatte, er wußte nur, daß er im Krieg war, an welcher Front wußte er nicht. Er sah ihn mit tränenden Augen an, sein unrasiertes, verquollenes Gesicht war ein einziger Schmerz, er konnte sich nicht mehr daran erinnern, wer er einmal war. Alle seine Sätze hatten keinen Sinn, weil sie sich auf nichts bezogen, auf keinen Ort, keine Landschaft, keine Person und auch nicht auf ihn, weil er von sich nichts wußte, außer, daß er einmal in einem langen Krieg war. Er setzte immer wieder zu seinen wirren Reden an und unterbrach sie mit dem Satz: »Was soll ich machen, Junge?« Um seine Schulter hing an einem ausgefransten Stoffriemen eine Holzkiste mit einem Vorhängeschloß, in der er immer etwas suchte, aber nicht fand, konnte auch nicht sagen, was er in dem Durcheinander von Landkarten, Patronenhülsen, Fußlappen, durchgelaufenen Stiefeln, verrosteten Orden und Brotresten suchte. Er studierte die Landkarten, die noch in den Offiziersledermappen steckten, nur einen bestimmten Ausschnitt zeigten, und warf sie wieder in seine Kiste: »Was soll ich machen, Junge?« Ohne eine Antwort abzuwarten, klappte er die Kiste wieder zu, legte den Stoffriemen auf die andere Schulter, und marschierte los, schräg gegen das Gewicht der Kiste gestemmt, in der Hoffnung, einen Menschen zu treffen, der seinen Namen kannte.

Eine ältere Frau mit Kopftuch kam und schilderte ihm bis ins Detail das Mietshaus, in dem sie einmal gewohnt hatte, nannte ihm die Namen aller Bewohner des Hauses mit genauen Familienangaben, hatte alles präzise vor Augen, beschrieb sehr genau die Straße, in der das Haus stehen sollte, aber er wußte wie alle, daß es diese Straße nicht mehr gab, das Haus nicht mehr und die Bewohner nicht, daß sich das alles in einer Bombensekunde in nichts aufgelöst hatte und nicht mehr existierte. Er erklärte es ihr, wie alle es ihr immer wieder erklärten, aber das überhörte sie mit einem Lächeln, das besagten sollte: Ich kenne mich besser aus. Sie gab sich einen Ruck, richtete sich etwas auf, band ihr Kopftuch neu und sagte: »Ich weiß, es steht noch, ich muß es nur finden.«

Ein junger Mann mit einem Gesicht wie ein Kind, der die schwarze Kappe der Panzersoldaten trug, schilderte ihm ausführlich eine Panzerschlacht in Rußland, bis ihm auffiel, daß der, der sich da ganz abwesend auf die Fensterbank stützte und seine Abschüsse nachzählte, sich immer noch im Krieg glaubte, bis jetzt nicht bemerkt hatte, daß der Krieg beendet war, und er verabschiedete sich mit den Worten: »Hoffentlich ist es bald vorbei, lieber ein Ende mit Schrecken als ein Schrecken ohne Ende.«

Schrecken ohne Ende, Schiffbrüchige, die von ihren Geschichten weitergetrieben wurden, Verirrte, die sich nur noch in ihren heillosen Erzählungen auskannten, die die Welt nicht mehr verstanden, die von Hochhäusern, Stadtautobahnen und Untergrundbahnen träumten, von Kühlschränken, Geschirrspülern und Waschmaschinen. Denn die, die da aufs Geld aus waren, waren nicht an den alten Geschichten interessiert, sie rasten bewußtlos und wie wahnsinnig in neuen Autos durch die Straßen, und es konnte sein, daß die, die da mit ihren Geschichten durch die Welt zogen, die wie Pilger auf einer unendlichen Straße wanderten, die Hellsichtigen, die Klarsehenden waren, die in ihren Erzählungen die Wahrheit bewahrten. Vielleicht spürten sie wie er, daß sich langsam ein Riß durch die Welt zog, der sich unaufhaltsam und unheilvoll verbreitete, der sie aufteilte in Menschen, die nur noch an die Zukunft denken wollten, und in Menschen, die in der Vergangenheit lebten. Denn eines war klar, alles, was jetzt an Neuem geplant wurde und in Modellen in der Zeitung zu bestaunen war, entstand in einer anderen Welt, es entstand ohne sie. Daß man sie nie fragte, das waren sie gewohnt, das war der Lauf der Dinge, aber was da in der Stadt plötzlich aufbrach, sich ausweitete und wucherte, war etwas Feindliches. Die das aushecken, hofften wohl darauf, daß sie alle bald aussterben und nichts hinterlassen würden.

Er fühlte sich wie Robinson Crusoe auf seiner Insel – das Buch erstand Gustav für ihn, weil er es unbedingt besitzen wollte, in einer neu eröffneten Leihbücherei gegen ein gebrauchtes Rasiermesser, so wie damals Maria den Don Quichotte für ihn bei einem Leihbuchhändler gekauft hatte. Er übernahm aus dem Roman das Inventar der zum Leben notwendigsten Dinge, sichtete wie Robinson das, was er hatte, stellte fest, daß nicht viel fehlte, und war soweit zufrieden.

Über seinem Bett hatte er auf den rauhen Putz Seiten aus alten Kalendern und Zeitschriften aufgeklebt, die Gustav ihm als Fundsachen mitgebracht hatte. Eine Bilderwelt aus vielen Stilen und Perspektiven und Farben. Gemälde alter und moderner Maler. Schwarzweiße Zeitungsfotos von Bildern, die jetzt wieder ausgestellt werden durften. Persische Miniaturen, chinesische Landschaften mit fremdartigen Schriftzeichen. Drucke nach Stichen von Merian, alte Städte mit schmalen Häusern in engen Gassen, mit numerierten Kirchen und Palästen hinter sternförmigen Festungsmauern. Und natürlich die Fotos weltberühmter Bibliotheken, rechteckige, steinerne Bücherdome mit steilen Bücherwänden und exakt aneinandergereihten Lesepulten, hölzerne Bücherschiffe mit engen Durchgängen, in denen die bräunlichen Lederrücken der Bücher wie betende Mönche zusammenrückten, helle Marmorpaläste mit leuchtenden Büchereinbänden und eleganten Treppenaufgängen in den Bücherhimmel.

Seine durch den Krieg mitgeschleppten Bücher lagen unter dem Bett, wurden laufend ergänzt durch Trümmerfunde, aber da war wenig zu holen, auf einen Tucholsky kamen zwanzig Bücher aus den Parteiverlagen, die er gleich von seinem Bett aus in den Nebenraum zum Ofen warf. Darin kehrten immer Auswanderer reumütig in die unersetzliche Heimat zurück, standen mit Tränen in den Augen vor einem deutschen Dom und sagten: »So etwas macht uns eben keiner nach.«

Aus den unsicheren, selbsterrichteten Mauern der Wohnhöhle war ein schützendes Gehäuse geworden, in dem er alleine am Fenster saß, an seinem Fenster, das seinen Blick auf die Welt bestimmte, seine Sicht auf die Menschen, und wenn er am Fenster las, hatte er über das Buch hinweg immer die Straße im Auge.

Jeden Tag kam eine verwegene Flottille Beinamputierter angerollt, sie steuerten in ihren langgestreckten Rollstühlen, die wie fahrbare Särge aussahen, an ihm vorbei, zogen an den Griffen, mit denen sie ihr Gefährt vorwärts stießen. Sie hatten oft Blinde im Gefolge, die sich mit ihren langen Stöcken an die Wagen hängten, sich führen ließen, oder einen alten Schrumpfkopf, der schwor, gerade erst zwanzig zu sein. Manchmal drehten sie eine Acht vor seinem Fenster, um ihm eine Freude zu machen und zu zeigen, was sie alles konnten, und die Blinden lachten, wenn sie dabei zusammenstießen.

Jeden Tag entwarf er mit dem Zwilling auf der Fensterbank neue Spiele, die zeichneten sie auf einem Karton auf, und dann schoben sie die rundgeschnittenen Pappstückchen anderer Kartons über die Linien und Felder. Der Zwilling stand auf der Straße, er kniete im Bett, und wenn sie nicht weiterkamen, erfanden sie neue Regeln, so blieben die Spiele immer interessant.

Der Zwilling war nach einem Luftangriff aus dem Kellerfenster eines brennenden Hauses herausgezogen worden, sein Zwillingsbruder und seine Mutter verbrannten, durch den Schock wußte er nicht, welcher Zwilling gerettet worden war, war er er oder war er der andere? Keiner konnte es ihm sagen, wie sollte man ihn identifizieren, alle nannten ihn deshalb der Einfachheit halber *Zwilling*.

Er stand vor dem Fenster, entwarf mit ihm immer neue Spiele nach immer neuen Spielregeln, kaum ein Spiel blieb unverändert, vielleicht ahnten sie, daß sie beide nach ihren eigenen Regeln leben mußten, daß die Spielregeln der Welt ihnen wenig Raum gewähren würden.

»Lebt Maria noch?« fragte ihn ein Mann mit rauher Stimme. Es war ein weißhaariger Mann, der ihn genau ansah, kurz in das Zimmer sah, ein Mann mit zerfurchtem, gebräuntem Gesicht, das Gesicht eines Bergsteigers, der gerade vom Himalaja kommt. Er hatte kühle schnelle Augen, die keine Ruhe kannten, die schon wieder die Straße im Blick hatten, das nächste Ziel.

Er sagte vorsichtig: »Ja.«

Der Mann sagte: »Wir kennen uns auch.«

Und da fiel ihm ein, daß er ihn schon einmal in einer Offiziersuniform gesehen hatte, in der russischen Zone, als die Amerikaner abzogen.

Der Mann sagte: »Grüß sie. Sag ihr, daß sie alles richtig gemacht hat. Soweit man das sagen kann.«

Er fragte, von wem er grüßen solle.

Der Mann winkte ab: »Sag ihr, Malakka existiere nicht mehr, untergegangen, vergessen, von der Zeit ausgelöscht. Sie war wohl immer da, wo sie hingehörte. Ich denke es wenigstens.«

Dann drehte er sich um, ging weiter, sein offener Trenchcoat wehte hinter ihm her.

Im Hinterland ihrer Trümmeroase, abseits von Ebbe und Flut des Menschenstroms, vor der Hügelkette verfallender Häuser, saß Gustav auf seiner Agora, wie er den Hof nun nannte, und erinnerte sich an seine verschiedenen Versuche zur Erkenntnis der Wahrheit.

Den frühesten Versuch hatte er in einer Dachstube noch vor dem Ersten Weltkrieg gestartet, es war eher ein Club mit Lebenskünstlern wie Bakunin und Kropotkin als Vorbild. Der zweite Versuch, kurz vor dem Zweiten Weltkrieg, führte zu so etwas wie einer Akademie, die Wert legte auf Charakter, Ehrlichkeit, Aufrichtigkeit, ein einfältiger Gedanke. Das hier sei durchaus als dritter Anlauf zu sehen, eine Agora mit der Nachgeburt des Krieges: Phantasten, Verrückte, Versponnene und Geistesabwesende.

Die Wahrheit der Welt, so seine augenblickliche Ansicht, äußere sich in gewissen Zeiten auf Umwegen, verschließe sich jeder Vernunft, sei im übrigen absurd, weil die Umstände, in denen Wahrheit geboren werde, anscheinend mit dem Zusammenbruch menschlicher Ordnungssysteme, die vorgeblich auf ewigen Wahrheiten beruhten, identisch sei. Es könne also gut sein, daß die Wissenden die Unwissenden und die Unwissenden die Wissenden seien, darüber nachzudenken sei keine Zeitvergeudung.

Seine treuesten Zuhörer waren zwei alte Leutchen, die Gustav Philemon und Baucis nannte. Philemon war Straßenarbeiter gewesen, nach einem langen Leben mit Pflastersteinen versuchte er nun, ein Gärtchen zum Grünen zu bringen, das er sich in einem verbrannten Obstgarten mit Steinen abgesteckt hatte. Wenn er nicht in seinem Gärtchen zwischen den scharfkantigen, in der Sonne glitzernden Steinen herumwühlte und tote Bäume zum Leben zu erwecken suchte, saß er mit seiner Frau Hand in Hand, beide unbeweglich wie zwei Lehmfiguren, auf einer selbstgezimmerten Bank.

Philemon hatte den Krieg in der Stadt erlebt, mehrere hundert Luftangriffe mitgemacht, unzählige Menschen aus verschütteten Kellern und brennenden Häusern herausgeholt, verbrannt, erstickt, zerstückelt und manchmal auch lebend. »Ich wäre lieber Soldat gewesen«, sagte er oft mit leiser Stimme zu Menschen, die ihre Fronterlebnisse loswerden wollten. Sein Krieg war grauenhafter als der vieler Soldaten, und das Grauen hatte sich in seinem Gesicht in ein schweigendes, nachdenkliches und begreifendes Lächeln verwandelt.

Mit leicht geneigtem Kopf lauschten Philemon und

Baucis über ihre klobigen Brillen hinweg Gustavs Ausführungen, nickten zustimmend, wobei man nie wußte, ob sie etwas verstanden hatten, harrten höflich aus, bis Gustav seine Satzgirlanden beendete, erhoben sich mühsam, gingen wieder in ihren Garten, beschäftigten sich mit ihren Bäumen.

Er vergaß nie den Tag, an dem beide feierlich an sein Fenster traten, zwei kleine alte ausgemergelte Figürchen, die kaum über die Fensterbank sehen konnten, und ihm in einer königlichen Geste den ersten und einzigen Pfirsich überreichten, den ein Baum in ihrem Garten nach dem Krieg trug.

Ständiger Gast war auch *Der arme Anton*, der so viel Wert auf das Wörtchen *arm* legte, als sei es ein *von*, rief ihn jemand nur Anton, wurde er ärgerlich und bestand auf der korrekten Anrede. »Fauler Zauber, fauler Zauber, fauler Zauber«, war sein Credo. Er wußte Bescheid, er durchschaute das Spiel und stand darüber. »Endet alles auf dem Friedhof«, behauptete er, und das mit einer ernsten Entschiedenheit, daß ihm jeder zustimmen mußte. Er hing erbärmlich zwischen zwei Holzkrücken, die Beine zog er leblos hinter sich her, obwohl die so gesund waren, wie zwei Beine nur sein können. Er hatte sich einmal von einem verwundeten Soldaten die Krücken ausgeliehen, fand das Gehen damit sehr schwungvoll und animierend, blieb dabei, zumal ihm sein *Leiden* viele Gröschelchen einbrachte, die man ihm mitfühlend in die Jackentasche steckte. Inzwischen konnte er wohl wirklich nicht mehr ohne seine Krücken gehen, stellte er sie beiseite, fiel er um, das führte er gerne vor, weil es auch wieder Gröschelchen einbrachte. Meist stand er aber an eine Hauswand gelehnt und verkaufte, unrasiert wie er war, gebrauchte Rasierklingen, die er überall einsammelte, mit Schmirgelpapier schärfte und, in Stanniolpapier von Zigarettenpackungen eingewickelt, als so gut wie neu verkaufte.

Auf einer Leiter zwischen dem Hof und einem Zimmer, das im ersten Stock eines Trümmerhauses wie ein Vogelnest an einem Felsen klebte, saß Juanito, der mit seinen schwarzen Knopfaugen wie ein Papagei von seiner Stange in den Hof herabsah. Er hatte etwas Bedrohliches, das sich beim Reden fanatisch steigern konnte, das Unheimliche wurde verstärkt durch eine Armprothese, eine schwarze, glatte und steife Hand, die immer etwas abgewinkelt über ihren Köpfen schwebte, wie die Kralle eines Raubvogels auf der Suche nach einem Opfer.

Juanito war vor dem Krieg Lesezirkelvertreter. All die in den Illustrierten ausführlich bebilderten Untergänge, Unfälle, Abstürze und Überflutungen, all die Kriege, die mit Friedenskonferenzen begannen und mit Kranzniederlegungen am Denkmal des Unbekannten Soldaten endeten, machten ihn zu einem von Migräne gepeinigten Wahrsager. Die rasche Abfolge der immer gleichen Bilder vor Augen, war er der Meinung, alles wiederhole sich, nur größer und schlimmer, er blätterte den Ahnungslosen die Zukunft auf, wie man Jahrgänge von Illustrierten durchblättert, rasch und unaufhaltsam dem Weltenende entgegen.

Wenn er loslegte wie ein Sektenprediger, fegte die Zukunft als Sturmwind über die Köpfe der Zuhörer, alle duckten sich vor den heranbrausenden Wortböen, die von der schwarzen Hand ungelenk dirigiert auf die Menschen niederpeitschten, und jeder hätte sich unweigerlich, die Schreckensbilder vor Augen, auf der Stelle das Leben genommen, wenn nicht wieder die Illusion hochgestiegen wäre, so schlimm werde es nicht kommen, und wenn, dann in einer anderen Ecke der Erde, und bestimmt erst nach dem eigenen Tod.

Ein Denken, das unerklärlicherweise Hoffnung genannt wurde, obwohl doch jedermanns Leben aus enttäuschten Hoffnungen bestand, ein irrationales Denken, das, so Juanito, den Weltuntergang überhaupt erst ermöglichte. Es brachte den allwissenden Seher und Künder und ehemaligen Lesezirkelvertreter in Rage, und so brüllte er am Schluß seiner Weissagungen: »Ich kenne euch! Ihr sitzt hier und zieht eure Ohren ein und gafft stundenlang beim nächsten Staatsbesuch und wartet Tag und Nacht auf die nächste königliche Hochzeit und marschiert hinter großen Fahnen in den nächsten Krieg.« Zum Schluß schrie er so laut, daß man die Zunge in seinem Rachen hüpfen sah: »Ihr mit eurem *Nach mir die Sintflut*, eure einzige Lebensphilosophie, und wenn ihr bis zum Hals im Dreck steckt, dann fangt ihr auch noch an zu beten, unwissendes, gottloses Pack! Nennt sich Mensch! Nennt sich Mensch!«

Das war immer der Höhepunkt der Weissagung, mit diesen Worten zerriß seine Stimme, er krächzte nur noch, wirkte jetzt tatsächlich wie ein Papagei, der mißgünstig von seiner Stange heruntersah.

Die harte und krächzende Stimme übertönte sogar das Radio, das nun am Kopfende des Bettes stand, ein Gerät, das Friedrich als Qualität aus der Vorkriegszeit erstanden hatte und in stundenlangen Reparaturen, unter den Kommentaren der Familie, die er sich ständig verbat, geduldig zum Tönen brachte. Ein zerkratzter Holzkasten, von Friedrich nachlackiert und, mit einem großzügigen Schuß Bier, der sich hübsch im Lack verteilte, auch noch marmoriert. Vorne die Karos eines alten Küchenhandtuches, das die offenliegenden Glasröhren und die schwarze Pappe des Lautsprechers vor Staub schützen sollte.

Die Frequenzskala zeigte eine Milchstraße verschollener Sendestationen, ins All entschwunden mit ihren Sendezeichen und Nationalhymnen, Hauptstädte von Staaten, die auf keiner Landkarte mehr existierten.

Den Senderknopf mußte man mit zwei Händen bedienen, damit er sich überhaupt bewegte und einen roten Stab auf die Reise durch die Geisterwelt schickte, in der es knackte und krachte, pfiff und jaulte. Das magische Auge leuchtete, glühte grünlich auf, wenn sich ein Rauschen hören ließ, sank ermattet zurück, wenn Stille sich ausbreitete. Nun war das Gerät ja nicht erfunden worden, um Stille zu verbreiten, und so ackerte er mit aller Kraft an dem Sendeknopf, erreichte aber nur, daß aufgestöberte Ameisen über die Sendernamen liefen, den Geräuschen nach wurden auf allen Sendern nur Kartoffeln gekocht. Jeder, der vorbeikam, schlug mit der Faust auf das Gerät, das magische Auge schreckte hoch, schlief wieder ein. Das Ende aller Bemühungen waren die Soldatensender AFN und BFN, war der NWDR, es gab nichts anderes. AFN und BFN wollte er hören, alle anderen den NWDR: Die legten die alten Platten auf, nannten es wieder Wunschkonzert, die Wünsche der Hörer waren gleichgeblieben.

Das Prunkstück des NWDR war der Schulfunk, der in endlosen Folgen Stunde um Stunde sich wiederholende Programme gegen den Untergang der Welt sendete, wie zum Beispiel das Tennessee-Valley-Projekt. Da wurde einfühlsam beschrieben, wie ein Idealist die Idee hatte, ein Tal vor den regelmäßigen Überflutungen durch einen Staudamm zu schützen. Der Plan fand bei den Behörden Gefallen und war aussichtsreich für die Menschheit, man mußte nur noch die Menschen davon überzeugen, daß, wenn alle einmütig zusammenstehen, Großes erblühe. Bei dieser Folge schrie Gustav regelmäßig: »Das hatten wir doch gehabt!« und warf mit dem Pantoffel nach dem Radio.

Dann wurde in zähflüssigen Folgen und einhämmernden Wiederholungen gezeigt, wie die Menschen sich freudig der neuen Idee öffneten, jeder diskutierte mit jedem, wie wunderbar doch alles in Zukunft werde, jeder überzeugte jeden, und sie verließen mit Pferd und Wagen und Traktoren ihre Höfe und ihr Land, zogen in die schönen Neubauten einer anderen, viel schöneren Gegend, und Gustav warf seinen zweiten Pantoffel und schrie: »Immerzu werden einem dieselben Geschichten erzählt!«

Nur ein alter Querkopf widersetzte sich den einleuchtenden und vernünftigen Argumenten, wollte Haus und Land und sein Querulantenleben nicht aufgeben, obwohl schon das Wasser stieg, sein Haus zur Insel wurde, aber nun begab sich der Chefingenieur der neuen Staudammwelt persönlich zu ihm, ließ sich hinrudern und redete dem Alten ins Gewissen, und da beugte auch er sich dem Wohl der Menschheit und verließ schweren, aber auch freudigen Herzens sein Haus, und das Wasser stieg unaufhaltsam, die alte Welt versank, und alle hatten endlich billigen Strom.

Dann sagte eine Frauenstimme bedeutsam: »Nach einer kurzen Schaltpause kehren wir zurück«, und das Programm begann wieder von vorne, und Gustav sagte: »Nun wissen wir ja, was uns blüht.«

Mittags versammelten sich viele vor dem Fenster, hörten die Radionachrichten, blieben noch eine Weile stehen, sprachen über Lebensmittelkarten, über Rationierungen und Sonderzuteilungen, fünfzig Gramm Tee, zwei Rollen Stopfgarn: »Wo? Vorher abstempeln! Bei wem? Nur auf Abschnitt C!«, bevor sie zu den Tagesgeschichten kamen: Da habe sich wieder einer bei einer Kriegerwitwe mit letzten Grüßen von ihrem Mann einquartiert, habe ihr jeden Tag von ihrem Mann erzählt, friedlich entschlafen im Lazarett, dann habe es an der Tür geklopft, sie habe aufgemacht, wer stand vor der Tür, ihr Mann, lebendig. Danach die Vergangenheitsgeschichten, die in neuen Zeitformen erzählt wurden: Nach dem Krieg, im Krieg, vor dem Krieg, aber auch nach dem ersten Krieg, im ersten Krieg, vor dem ersten Krieg, das mußte auseinandergehalten werden, denn der Bruder war im ersten Krieg gefallen, der Sohn im zweiten, und der Schwager hatte vom zweiten Krieg eine Beule im Kopf, daß man eine Faust hineinlegen könne, er müsse nun immer einen Hut tragen.

Er hörte am offenen Fenster liegend zu, immer wieder tauchte auch einer auf, der einen Fragebogen auf das Fensterbrett legte, ihn um ein paar Sätze bat, und so entwarf er Briefe für andere, die keine Briefe schreiben konnten, es waren nicht immer Analphabeten, oft waren es nur Menschen, denen bei Behördenbriefen der Verstand stehenblieb, für die ein Fragebogen ein Welträtsel war: Wohnraumregelung, Schwerstarbeiterzulage, Wiedergutmachungsantrag, KZ-Nummer, Betrifft.

Aufmerksamkeit erregte auch der Gefängniswagen, ein grüner Kasten auf Rädern, der unbeholfen schwankend vor die neue, in einer wiederhergestellten Wohnung eingerichteten Polizeiwache vorfuhr. Ein Schild *Polizei*, mehr war da nicht, wenn man nicht den Beamten mit seiner Schreibmaschine dazurechnen wollte. Das Schild sollte die Menschen daran erinnern, daß es wieder Gesetze gab. Nur wußte keiner, waren es wieder die alten Gesetze, die vor dem Krieg galten, oder immer noch die Gesetze, die im Krieg galten, oder hatte man neue Gesetze gemacht.

Der Gefängniswagen war gewissermaßen neutral, er fuhr immer, Schuldige und Unschuldige, vor dem Krieg, im Krieg und jetzt auch wieder.

Vor der Wache versammelten sich die Ehefrauen, die Verwandten und alle wahren Freunde, kam der Gefängniswagen, hörte man die ersten Schluchzer, die ersten Tränen liefen, begleitet von freundlichen Worten über die Polizei. Erschienen die Polizisten und die Verhafteten, durch Handschellen miteinander verbunden, um brav der Reihe nach in den Wagen zu klettern, ertönte ein Geschrei und Geheul, das sich wie ein Revolutionsausbruch anhörte, aber nur eine Mischung aus echter Trauer, gespielter Erregung, wütender Empörung und ersten Zeugenaussagen war. Verteidigungsstrategien wurden festgelegt, vom selbstverständlichen: »Der ist unschuldig, der war die ganze Nacht im Bett«, bis zu juristisch interessanteren Aussagen: »Der ist von seinem Schwager überredet worden, der hat nur Schmiere gestanden«, was zu direkten Auseinandersetzungen mit den Angehörigen des Schwagers führte, die ihrerseits die Verteidigung des unschuldigen Schwagers betrieben. Die Polizisten kannten das Spektakel, den Verhafteten war es eher peinlich, sie senkten die Köpfe, nur die alten Hasen genossen das Zeremoniell, schnupperten die letzten zwanzig Meter Freiheit und gaben rätselhafte Informationen weiter: »Sag dem Döres, die Heringe liegen im Ofen.«

Ein Brief kam an, der erste Brief kam an. Ein Briefträger, ein vergessener Beruf, kam in einer Uniform, aus der alle Hoheits- und Rangabzeichen herausgeschnitten waren, in einem löcherigen, geflickten Dunkelblau die Straße herauf und gab einen Brief ab in einer Wohnung ohne Namensschild, in einem Haus ohne Hausnummer, in einer Straße ohne Straßenschild. Eine Sensation. Denn all die vielen Menschen, die vor dem Krieg emsig Großstadt spielten, waren verschwunden und noch nicht wieder aufgetaucht. Die Zivilisation bestand darin, daß Friedrich in einem Keller einen isolierten Draht an ein Kabel angeschlossen hatte, eine funkenstiebende Waghalsigkeit, die ein schwankendes Licht erzeugte. Es gab keinen, der bei ihnen Gas- oder Wasseruhren oder Elektrizitätszähler ablas, weil sie das immer noch nicht hatten. Es gab keine Kaminkehrer, weil es keine Kamine gab. Es gab keine Mülltonnen, weil es keine Müllabfuhr gab. Es gab keine Straßenreinigung und keine Straßenbeleuchtung. Es gab einige holpernde Eisenkästen, die sich Straßenbahn nannten und selten fuhren, weil entweder die Gleise oder die Oberleitung oder die Straßenbahn defekt waren oder der Fahrer vor Hunger halb ohnmächtig auf dem Boden saß und apathisch zusah, wie Fahrgäste mit verkniffenem Mund die Straßenbahn weiterfuhren, an einer Ecke, die ihnen paßte, absprangen und die Bahn den Fahrkünsten anderer überließen.

Der Brief, an Maria gerichtet, hatte vor vielen Wochen an einem unweit entfernten Ort seinen Stempel auf Briefmarken erhalten, die sie nicht kannten, es waren Briefmarken einer Gemeinde, Notausgaben, die darauf schließen ließen, daß man an verschiedenen Orten dabei war, die Briefmarken neu zu erfinden. »Vielleicht erfindet auch wieder einer das Telefon und den Telegraf«, sagte Gustav. »Vielleicht auch wieder die Badewanne mit warmem Wasserhahn«, sagte Elisabeth. Der Brief lag auf dem Küchentisch, wegen seiner Marken und seines Stempels bewundert, ruhte sich von seiner Reise aus und wurde vor Schreck über diesen unerhörten Vorgang von keinem angerührt. Alle rätselten in pausenlosen Monologen, sich gegenseitig ins Wort fallend, was in diesem Brief stehen könnte, verstiegen sich in die ungeheuerlichsten Geschichten, die je nachdem tragisch, aber auch wieder gut ausgingen, bis Friedrich sich mit einem Küchenmesser an dem Ding vergriff mit der Begründung, einen Brief müsse man lesen.

Maria hielt schützend ihre Hände über den Brief, war dagegen, ihn zu öffnen. Sie hielt mehr vom Hörensagen, vom Ungewissen, das Raum für Hoffnungen ließ, das Schriftliche war ihr zu endgültig. Sie hing ihren unguten Ahnungen nach, was sollte schon in einem Brief stehen heutzutage, sicher war einer gestorben, aber wer war gestorben, und wer hatte geschrieben: ein Toter hatte geschrieben, ein Lebender war geblieben – aber Friedrich wollte ja wissen und nicht ahnen und riß endgültig den Brief auf, und es stellte sich heraus, daß Marias Ahnungen stimmten.

Onkel Martin, das Oberhaupt der Lukacz-Familie und Marias Stiefvater, berichtete aus der Stadt im Kohlenrevier, die immer noch Heimat der Lukacz' war, in großen, umständlich hingesetzten Buchstaben, auf der Rückseite einer Abrechnung über Deputatskohle, daß die Zeitläufte schlecht seien, keiner aus der Familie könne sich an so schlechte Zeiten erinnern. Soweit seien aber alle gesund, man fahre wieder in die Zeche ein, und er möchte einen Besuch abstatten in Angelegenheiten der Familie, betreffend das Schicksal von Polka-Paul und Tante Josephine. Beide seien zwangsweise in einer Krankenanstalt verschwunden und dort angeblich sofort verstorben, das wäre nicht nach Recht und Gesetz zugegangen, nur habe man damals unter Hitler nichts ausrichten können. Beide hätten kein Grab, und die Klarinette von Polka-Paul und der Schmuck von Tante Josephine wären spurlos verschwunden wie sie selbst. Alles Weitere mündlich. Dann folgte eine andere Handschrift, die knapp mitteilte: »Onkel Martin ist aus der Bierwirtschaft gekommen, unter die Straßenbahn gefallen und schon begraben. Erste Straßenbahn, die wieder fuhr. Der Brief wird abgeschickt. Gruß Tante Martha.«

Da war langes Schweigen. Keiner wollte den Unglücksbrief haben. Onkel Martin tot. Polka-Paul und Tante Josephine für immer verschwunden, Asche in einem Krematorium. Für immer verschwunden auch die geliebte Klarinette, die viele Jahre zum Tanz aufspielte und so vielen Menschen Freude bereitet hatte. Für immer verschwunden der wertvolle Schmuck, lange ersparter Besitz der Familie. Er nahm den Brief an sich, schrieb einen Beileidsbrief und fragte nach einem Foto von Onkel Martin, zurück kam ein schweres, umfangreiches Couvert. Es war der erste direkt an ihn gerichtete Brief. Er enthielt einen Packen alter Fotografien.

Auf dunklem Karton aufgezogene Gruppenfotos in einem bräunlichgrauen, leichenhaften Farbton: Hochzeiten, Familienbilder, wenige Einzelfotos, meist große Gruppen, feingemacht und herausgeputzt, vom Fotografen arrangiert, ein Paar in der Mitte, alle anderen seitlich aufgestellt, wie eine Artistengruppe, die auf dem Seil eine Pyramide ausbalanciert; Ältere mumienhaft auf Holzstühlen, daneben die Kinder, steif und unbehaglich und ein bißchen trotzig den Fotografen ansehend. Dunkle Anzüge, weiße Binder, Handschuhe und Zylinder locker in der Hand, Uniformen mit glänzenden Pickelhauben, durch Rüschen und Spitzen aufgebauschte Kleider, weiße Schühchen kokett unter dem Rocksaum vorgestellt, die Mädchen mit langen, offenen Haaren Blumen streuend, die Jungen in strammer Haltung, der eine oder andere unscharf, weil er sich doch bewegt hatte.

Kleiderpuppen vor einer Landschaft mit antiken Tempeln und steil ins Meer abfallenden Felsen, in schloßähnlichen Räumen mit Spiegeln, einem Marmorkamin und einer verlockend offenstehenden Glastür, die auf eine Palmenterrasse führt; Kulissen, die nur für einen Teil der Gruppe reichten, an der Seite die Ziegelsteinmauer des Fotoateliers freigaben – und dazwischen Maria, sieben oder acht Jahre alt, in einem langen, weißen Seidenkleid, mit einem in die aufgelösten Haare geflochtenen Blumenkranz, vor dem dunklen Wall der ernsten Erwachsenen, lachend mit strahlenden Augen.

Momentaufnahmen, die das Leben von zehn, zwanzig Personen und ihre Verbindung untereinander für die Ewigkeit festhalten sollten, in großen Zeitabständen fotografiert, hier noch Kind, da schon Ehefrau, da schon Großmutter. Würdevolle, ernsthafte Gesichter, ihm direkt in die Augen sehend, weiße Totengesichter einer vergangenen Welt, die in der Sekunde, in der der Fotograf auf den Auslöser drückte, so lebendig waren wie er, an ihr Leben dachten, an ihre Pläne glaubten, Menschen, die ihr Ende noch nicht ahnten und die nun schon lange in den Gräbern ordentlich geführter Friedhöfe lagen. Menschen ohne Geschichte, von denen er nur wußte, daß sie gelebt hatten, daß sie gestorben waren, auch wenn sie noch so feierlich dastanden. Tote, die seine Vorfahren waren, die die Welt erschaffen hatten, in der sie alle lebten, von denen trotzdem nichts blieb als diese Fotografien, vergangenes Leben, vergessene Schicksale.

Maria hatte auch diesen Hang zu Staatsfotos. Sie schleppte ihn – ordentlich angezogen und gekämmt, als würden sie dem Bürgermeister vorgestellt – zu einem Fotografen, der in einem Keller mit Autoscheinwerfern, die an einer Batterie hingen, und einer selbstgebauten Kamera ein Fotoatelier eröffnet hatte, um ein Foto von ihnen beiden anzufertigen, als Geschenk für Friedrich. Eine Stunde saßen sie vor dem großen Holzkasten mit dem Trauertuch, immer wieder rückte sie der Fotograf ins Licht, hatte hier noch etwas, da noch etwas zu korrigieren – Maria fiel dabei zu seinem Schreck ohnmächtig von der Holzkiste, auf der sie plaziert worden war, fiel lautlos nach hinten, weil sie an dem Tag noch nichts gegessen hatte. Sie lag wie tot auf dem Boden, er riß in wahnsinniger Angst an ihr, bis sie sich wieder bewegte, er wollte kein Foto mehr, aber sie bestand eisern darauf. Man mußte alle paar Jahre ein richtiges Foto anfertigen, vor diesem Totenkasten, der bezeugen sollte, daß sie lebten.

Das Bild besaß er jetzt. Er legte es zu den Fotografien der Familie und wußte in diesem Moment, daß auch sein Foto mit Maria, in einem bestimmten, genau erinnerten Moment ihres Lebens aufgenommen, mit dem Todesschreck als unvergeßlichem Hintergrund, in gar nicht langer Zeit wie die anderen Fotografien von fremden Menschen ratlos angesehen werden würde. Menschen, die nicht wußten, wer sie waren, die das Foto wegwarfen, weil da keine Erinnerung mehr war an sie und auch ihr Leben endgültig vergessen war.

Ein schwarzes Boot holte ihn ab, trieb wie eine Gondel in einer langsamen, gleitenden Bewegung vorwärts, er lehnte sich in die dunklen warmen Samtpolster, die alle Geräusche dämpften, genoß das sanfte Schaukeln dieser ganz mit grauem Stoff ausgeschlagenen beschützten Wiege, glitt komfortabel und geborgen an der Außenwelt vorbei, drückte den Kopf in den Samt, streckte die Beine aus, alles war angenehm und voller Wohlbehagen und die Welt weit entfernt. Sie tauchte nur in rasch vorbeiziehenden Ausschnitten hinter den Scheiben auf, flüchtige Eindrücke, sich ähnelnde Bilder, die in der gleichmäßigen Bewegung rasch ermüdeten, eine zerstörte Straße war noch interessant, die hundertste zerstörte Straße erzeugte ein gleichgültiges Gähnen, so daß man wegsah, weil die Bilder unwirklich wurden. Wirklich war nur der ruhig brummende Motor, das Innere des Gefährts, die geflochtenen Haltegriffe aus Leder, die vernickelten Aschenbecher, das verstellbare Leselicht, der Fahrer mit der dunkelblauen Schirmmütze vor ihm, der, ohne sich besonders bemerkbar zu machen, wie ein Bestandteil des Motors den Wagen steuerte.

Alles wurde unwichtig, er mußte sich nicht um den Weg kümmern, mußte nicht herausfinden, wie man ans Ziel kam, mußte nicht vorsichtig und mißtrauisch Menschen im Auge behalten, überfüllte Straßenbahnen erobern, Fahrscheine erkämpfen, seinen Platz verteidigen, auf seine Tasche achten, Abkürzungen erkunden, über Trümmerberge klettern, durch Hitze, Regen oder Kälte laufen. Die Zeit spielte keine Rolle mehr, der Kraftaufwand lag bei null, das Wetter war unwichtig, seinem Körper wurden keinerlei Anstrengungen abverlangt, er war entspannt und die Schrecken der Welt ein Traum. Alles wurde ihm abgenommen, er kümmerte sich um nichts, er mußte nicht einmal die Wagentür öffnen oder schließen, er mußte nur einsteigen, die Augen schließen, sich schaukeln lassen, wieder aussteigen; und wenn er ausstieg, stand er unter einem Vordach auf einem roten Läufer, der ihn geräuschlos zu der sich öffnenden Haustür geleitete, Stufen durch Messingstangen anzeigte, ihn durch den Flur mit seinen Marmorwänden und seinen auch am Tag brennenden Kristalleuchtern zu einem vergitterten Aufzug führte, der leicht in die Höhe stieg, in der letzten Etage vor einer weißlackierten, doppelflügligen Wohnungstür anhielt, dahinter lag eine Wohnung, die auf den ersten Blick keine Wohnung, sondern ein Spiegelkabinett verschieden eingerichteter Zimmer war.

Die Halle hinter der Eingangstür empfing den Eintretenden wie ein verborgener Tempel, ein stiller Versammlungsort chinesischer Vasen und goldgerahmter Spiegel zwischen weißen Türen mit goldenen Griffen und wie Kirchenfenster leuchtenden Glastüren, die ein durch Seidenvorhänge schimmerndes farbiges Licht auf den riesenhaften Teppich warfen, dessen Muster leider keinen Anhaltspunkt bot, in welche Richtung man sich ungefähr zu orientieren hatte, um sich nicht gleich zu verirren.

Als rettender Engel erschien Maria, die ihr Trauerkleid mit einem weißen Krägelchen und weißen Blenden an den Ärmeln in das standesgemäße Kleid einer Hausdame verwandelt hatte, und geleitete Missis und Mister und Colonel und Mistress ruhig und souverän zur

Garderobe, um sie dann ins Herrenzimmer, ins Eßzimmer, ins Wohnzimmer, ins Arbeitszimmer oder einen der anderen Räume zu führen, als wäre sie hier geboren.

Links führte ein langer Gang in die hinteren Räume, in eine schwarzweiß gekachelte Küche mit hohen weißlackierten Schränken, einem pompösen Herd und einem unglaublich großen Tisch, an dem man eine Speisung der Armen hätte inszenieren können, das war keine Küche, das war eine Kapelle der Kochkunst. Und hinter der Küche wieder weiße Türen, Dienstbotenzimmer, komplett eingerichtet bis hin zum eigenen Radio.

Von der Küche aus startete er vorsichtige Erkundungsgänge durch diese kleine Stadt, sich immer wieder vergewissernd, daß er noch den Rückweg kannte, denn die vielen Räume waren durch weitere Türen miteinander verbunden, so daß sich wie bei der Erforschung eines fremden Quartiers mehrere Wege ergaben und man plötzlich, von einer anderen Seite kommend, wieder in dem Zimmer stand, das man gerade verlassen hatte. Schleichwege über weiche Teppiche zwischen träumenden Gummibäumen und Zimmerpalmen, um Stühle und Abstelltische, vorbei an der steifen, weißen Damasttischdecke eines Eßtisches, bewacht von dunklen wuchtigen Eichenbüffets; hinter einer Glastür ein Raum mit Paravents, auf denen sich goldene Drachen ausruhten, zierliche rotbraune Tischchen sich aneinanderreihten, geheimnisvoll unter den rätselhaften Bildern mit chinesischen Schriftzeichen; dann wieder ein englisch eingerichteter Wohnraum, schwere braune Lederclubsessel zwischen Sesseln mit geblümtem Stoff, dazu

Teetische und Mahagonimöbel mit Messinggriffen, in einer Ecke sah er sofort eine militärische Funkanlage, ein Radio, mit dem man jeden Sender empfangen konnte, vor den Fenstern, die so breit waren wie das Zimmer, leichte Korbsessel, über der Zentralheizung eine Marmorfensterbank, auf der man bequem sitzen und liegen konnte.

Von hier aus sah er den mächtigen, sich im Sonnendunst träge dahinschiebenden Fluß, sah weit ins Land, das sich im weißlichen Licht verlor, das im Wasser glitzernde Licht, der hohe Himmel, die Stimmen englischer Kinder, die im Park am Fluß Kricket spielten, das helle Geräusch der Holzschläger, die den Ball trafen, sonst herrschte eine bewegungslose Stille. Die Wohnung lag in einer prachtvollen Straße am Regierungsviertel, das seltsamerweise nie bombardiert worden war, obwohl gerade hier die Parteigrößen des untergegangenen Reiches residierten, nun wohnten hier die Offiziere des englischen Hauptquartiers.

Es wurde für kurze Zeit sein Reich. Er setzte sich in die tiefen Clubsessel, saß ganze Nachmittage allein, spürte fast körperlich die Stille in dem riesigen Raum zum Fluß hin, sah, wie das Licht, das der Fluß noch einmal ins Helle spiegelte, Zentimeter um Zentimeter durch das Zimmer wanderte, die Perspektive verschob, die Farben verwandelte, sah, wie die ablaufende Zeit in absoluter Stille die Dinge veränderte.

Gelegentlich klickte leise eine Tür, ein englischer Offizier ging behutsam durch die Räume, als wäre er in einem Museum, erschien verlegen lächelnd im Wohnzimmer, in dem er saß, entschuldigte sich mehrmals: »I'm sorry«, erklärte umständlich, daß er a little drink brauche, ging zu der imposanten Flaschenbatterie und mixte sich etwas in einem Glas, das gar nicht so little war. Der englische Offizier wurde von Maria mit Herr Major angeredet, er lebte hier mit seiner Frau, ein korrekter, höflicher Mann, der linkisch wirkte, durch seinen Bürstenhaarschnitt etwas Hölzernes, Steifes hatte und dem die ganze Situation äußerst unangenehm schien. Wenn er endlich ein volles Glas in der Hand hatte, wirkte er ausbalancierter, war er mehr der straffe, eckige englische Offizier. Er setzte sich dann in einen der geblümten Sessel ihm gegenüber, blinzelte hinter seinen Brillengläsern, und erklärte ihm in einem deutsch-englischen Wortgemisch, daß es in Australien so heiß und trocken sei, daß die Tinte im Tintenfaß austrockne, zog bedeutsam die Augenbrauen hoch, kippte seinen Drink, entschuldigte sich, stand auf, mixte einen zweiten Drink, nahm wieder Platz, stellte die Füße nebeneinander, saß aufrecht im Sessel, erklärte ihm, daß es in Indien so heiß und feucht sei, daß der Deckenventilator tropfe, zog bedeutsam die Augenbrauen hoch, kippte seinen Drink, entschuldigte sich, stand auf, ging wieder zur Flaschenbatterie, und so reisten sie in einem pausenlosen Hin und Her um die Welt, in der der Major die Erfahrung gemacht hatte, daß Alkohol desinfiziert, sterilisiert und stabilisiert, überhaupt das einzige Mittel sei, das den Menschen aufrechterhalte.

Einmal in der Woche brachten ihn seine Kameraden aus dem Kasino, stellten ihn in militärischer Haltung, Hände an die Hosennaht, Augen geradeaus, an die Wohnungstür, klingelten und überließen es Maria, den Major, der wie ein Schlagbaum niedersauste, aufzufangen. Sie hatte den richtigen Griff dafür und zog ihn gleich ins Schlafzimmer. Er genierte sich hinterher, wirkte wie ein Gast in seiner eigenen Wohnung, zumal es ihm äußerst unangenehm war, bedient zu werden. Maria sollte den Haushalt führen, sie sollte die Empfänge dirigieren, sie nahm also das Zepter entschlossen in die Hand, während der Major versuchte, ihre Regierung auf das Notwendigste zu beschränken. Er stritt sich mit ihr, weil sie ihn nicht in die Küche ließ, nach längeren Verhandlungen erzielten sie einen Kompromiß, sonntags kochte er, da war er zufrieden, errichtete aber weitere Schranken, die Marias Diensteifer in Grenzen hielten, drohte ihr ernsthaft mit Kündigung, falls sie jemals auf die Idee kommen sollte, ihm seine Schuhe zu putzen.

Das alles interessierte seine Frau überhaupt nicht, sie überließ die Wohnung Maria, legte Wert darauf, daß die Empfänge reibungslos abliefen, sonst war ihr nichts wichtig. Sie wandelte vormittags im Morgenrock umher, summte, eine Zigarette im Mundwinkel, die Operettenmelodien, die im Radio gespielt wurden, mit, sah aus dem Fenster, wenn Maria den Major wie ein Brett ins Schlafzimmer zog, begrüßte die in der Küche sich aufwärmenden und durchfutternden Fontanas mit einem lässigen »Hallo«, wußte nie und wollte auch nicht wissen, wer sich da alles in der Küche den Mund vollstopfte, vertraute Maria, steckte dem einen oder anderen eine Stange Zigaretten, eine Flasche Cognac, Whisky oder Rum zu und sorgte dafür, daß jeden Tag Lebensmittel geliefert wurden. Maria bekam davon so viel, daß sie es nicht tragen konnte, also ließ Frau Major einen Dienstwagen kommen mit einem zuvorkommenden Chauffeur, der immer seine Mütze abnahm, wenn er die Wagentür öffnete, der die wertvolle Ware vorsichtig ein- und auslud, und so fuhr Maria zum Erstaunen der Nachbarn mit Unmengen englisch beschrifteter Büchsen und Tüten in einem englischen Offizierswagen vor. Wenn Maria nicht diese goldene Anstellung gefunden hätte – sie war aus Verzweiflung einfach ins Hauptquartier marschiert, um sich dort zu erkundigen, ob ein Offizier nicht eine Maid brauche –, wären einige in der Familie wohl endgültig umgefallen.

Die Frau des Majors fütterte ihn, daß ihm ganz schlecht wurde. Die Butter war so dick wie das Brot, auf das sie geschmiert wurde, Eier wurden in Rotwein geschlagen, das Roastbeef pfundweise serviert, die Büchsenpfirsiche schwammen in seinem Mund, sein Magen rebellierte, die Frau des Majors kommandierte: »Runterschlucken, runterschlucken.«

Zweimal in der Woche ließ sie sich, ganz vornehme Engländerin, elegant und gut frisiert, den Wagen voller Lebensmittel, in eine Nachbarstadt fahren, in der sie geboren worden war. Hier fühlte sie sich zu Hause als stolzes Mitglied einer Familie, deren Oberhaupt einer der bekanntesten Karnevalskomponisten war. So ernährte sie auf ihre Weise sehr viele Menschen, die Wohnung war tagsüber eine Lebensmittelverteilstelle, und der hinter seiner Brille verlegen blinzelnde Major übersah selbst Türme von Büchsenschinken, Berge von Weißbrot und Pakete voller wunderbarer englischer Sahnetoffees.

Wenn abends einer der vielen Generäle zum Empfang kam, war das alles weggeräumt, dann war es ein englischer Offiziersempfang mit Damen im Abendkleid, und Maria dirigierte die Stehparty mit einer vollendeten Eleganz als wirkliche Hausdame, empfing die Gäste, sagte ein paar Sätze über das Wetter, jonglierte auf schweren Silbertabletts Sandwiches und Getränke, kümmerte sich auf den Wink der Frau Major um Gäste, die etwas zu laut wurden, beherrschte mühelos den ganzen Empfang, und in der Küche saßen alle Fontanas, füllten Gläser, schnitten Sandwiches und bewunderten, um die Ecke lugend, ihre Maria.

Der Major wollte, gutmütig wie er war, von edlen Gedanken wie *Demokratie* und *Völkerfreundschaft* beflügelt, unbedingt allen eine »Schön schön deutsch deutsch Weihnak« bescheren, und alle waren Heiligabend damit beschäftigt, den Befehl in die Tat umzusetzen. Maria schmückte einen deutschen Weihnachtsbaum, Frau Major baute daneben einen Berg Geschenke auf, Friedrich spazierte mit einer Leiter von Raum zu Raum und mußte seltsamerweise eine Silvesterdekoration anbringen, Girlanden und Luftschlangen, er verteilte Knallbonbons auf die Tische, Gustav wurde beauftragt, auch das irritierend, aus Kisten von Rhein- und Moselweinen in einer gewaltigen Glasschale eine Bowle anzurichten, Fin und Elisabeth kochten unter Anleitung Marias, die überall war, ein deutsch-englisches Weihnachtsessen. Jeder gab jedem Befehle, die der andere auslegte, wie er gerade wollte, das Durcheinander nahm aber Gestalt an, nur der Major fehlte noch. Er wurde rechtzeitig vor den ersten Gästen, in strammer Haltung auf einer Tragbahre liegend, vom Kasino abgeliefert, brüllte, als hätte er eine Kompanie vor sich: »Schön schön deutsch deutsch Weihnak«, seine Frau und Maria packten zu und warfen ihn wie eine Eisenstange ins Bett.

Die Gäste erschienen in Gruppen: Engländer, Deutsche, von denen jeder noch Bekannte mitbrachte, die gehört hatten, daß es hier etwas zu essen gibt. Die Engländer erschienen hochdekoriert mit Luftschlangen und Luftballons, die Verwandten der Frau Major meinten pikiert, da hätten sie auch ihre Narrenkappen aufsetzen können.

Die Bescherung verlief noch nach dem vorgesehenen Zeremoniell. Der Major wurde neben dem Weihnachtsbaum an die Wand gelehnt, hielt sich stramm und sah geradeaus, das hatte er wirklich gelernt. Dann mußten sich alle in eine Reihe stellen, die führte durch mehrere Zimmer, er stand am Ende, wurde zu seinem Schreck als erster aufgerufen und so beschenkt, wie er das noch nie erlebt hatte.

Anschließend suchten alle an der riesigen Tafel, die Maria durch zwei Zimmer großzügig gedeckt hatte, ihren Platz, tauschten immerzu wieder ihre Plätze, weil Deutsche und Engländer nebeneinandersitzen sollten, eine geniale Idee des Majors, die ein wunderbares Kauderwelsch auslöste. Die Gäste versuchten in Englisch und Deutsch, beides zusammen und parallel, sich in einem Begriff findend und wieder auseinandertreibend, in einem deutschen Englisch und einem englischen Deutsch, Worte suchend, sich mißverstehend, sich gegenseitig aushelfend, Geschichten zusammenzustoppeln, die keiner verstand, aber alle amüsierten. Jeder fühlte sich seinem Gesichtsausdruck nach gut unterhalten, dankte mehrfach mit einem »Ach so, sehr schön« oder einem »Very nice«.

Während des Essens wurde es bereits lustig, nicht nur, weil viele schon vorher getrunken hatten und auch jetzt die Bowle vorzeitig zwischen den Gängen in großen Zügen genossen, obwohl Maria, die die einzelnen Gänge servierte, einigen englischen Offizieren die Bowle wieder wegnahm, weil die noch nicht einmal bei der Suppe angekommen waren. Gustav und Friedrich mußten, in Abwesenheit des Majors, der sich in die hinteren Gemächer verzogen hatte, die Bowle früher nachfüllen als gedacht. Das Fest geriet langsam, aber unaufhaltsam aus den Fugen, er sah das Unheil über seinen Plumpudding hinweg kommen, nicht nur weil die Deutschen die englische Weihnacht und die Engländer die deutsche Weihnacht nicht kannten, sondern weil bei jedem sehr unterschiedliche Lieder als Ausdruck ebenso unterschiedlicher Gefühle aus den weitgeöffneten Mündern emporstiegen und wie flatternde Fahnen in einem Heeresgetümmel die Räume durchzogen. Einige versuchten es noch mit deutschen Weihnachtsliedern, die die Engländer nicht kannten, aber höflicherweise mit deutschen Volksliedern beantworteten, die auf nicht ganz geglückten harmonischen Umwegen als englische Schlager endeten, während die Verwandten der Frau Major ausschließlich die Karnevalslieder ihres Familienkomponisten im Kopf hatten. So ergab sich eine kontrapunktische Vermischung aus: O Tannenbaum, Der Mai ist gekommen, It's a long way to Tipperarie, Bei Palm da is de Piep kapott, Stille Nacht, Heilige Nacht, Das Wandern ist des Müllers Lust, O my home, my home, Wie war dat früher schön doch in Colonia. Ein Medley, das zum Schluß in den Wunsch aller auslief, zu Fuß nach Köln zu gehen. Prost Neujahr! Das Fest begann dem Kalender nach als Weihnachtsfest, ging über in ein Silvesterfest, wurde zum Karnevalsfest, kreiste noch einmal zurück zum Ursprung als Weihnachtsfest, fiel wieder ins Neujahrsfest und endgültig in den Karneval zurück.

Maria war wütend, sie hatte ein deutsch-englisches Weihnachtsessen arrangiert, die Frau Major war im Karneval gelandet, Friedrich verhandelte mit einem ihrer Verwandten über die Gründung einer Brotschneidemaschinenfabrik, Gustav brachte einer Gruppe englischer Offiziere die Ballade bei »Warum ist es am Rhein so schön«, es klang wie ein Kaulquappenchor. Die Gesellschaft hatte sich in Gruppen und Grüppchen aufgelöst, dazwischen kroch der Major auf allen vieren aus dem Schlafzimmer, schlich sich in Richtung des Bowlentopfes, hangelte sich an dem Schrank hoch, schnappte sich einige Flaschen Cognac und Rum und Gin und leerte sie mit einem diabolischen Grinsen in die Bowle. Friedrich warnte jeden, der noch bei Verstand war, von diesem Gebräu auch nur einen Tropfen anzurühren, aber die meisten fanden sie verbessert.

Auch der Colonel, der in Socken neben dem mit Luftschlangen durchzogenen Weihnachtsbaum saß und die Bowle bemäkelte, »Too mutch water«, wurde nun zufriedener und erklärte ihm, wobei er seine Uniformjacke ständig auf- und zuknöpfte, die Verzweigungen der Royal Family. Während dieser sehr ernstgemeinten Ausführungen sah er, das neben der englischen Fahne auf dem Weihnachtsbaum noch eine andere Fahne steckte, die er noch nie gesehen hatte. Er fragte den Colonel danach, der Colonel überlegte und erwiderte, es müsse die Fahne dieses Landes sein. Welches Land? Na dieses! Viel mehr war nicht zu erfahren. Irgendwann nach dem Krieg hatten die Engländer, so die lückenhafte Erinnerung des Colonels, ihren Teil Deutschlands in neue Länder zerlegt, das hier sei sogar die Hauptstadt des neuen Landes, dessen Namen keiner kannte, dessen Grenzen unbekannt waren. Irgendeiner im Headquarter wisse sicher Bescheid darüber, meinte der Colonel. Er fragte noch viele Monate danach jeden, den er traf, ob er schon einmal von diesem Land gehört habe, aber er fand keinen, der wußte, in welchem Land er jetzt lebte und daß er in einer Hauptstadt lebte. Es war den Menschen absolut unbekannt und anscheinend auch vollkommen egal.

Das Fest dauerte die ganze Nacht. Der Geräuschpegel stieg so, daß sich keiner mehr unterhalten konnte. Jeder schrie über die Köpfe anderer durch den Raum, jeder wünschte irgendeinem im Nebenzimmer Happy Christmas, was der mit Alaaf beantwortete. Der Major freute sich wie ein Kind über die vielen feiernden, trinkenden, singenden Gäste, geriet in ruckhafte Bewegungen, sprang wie eine verrücktgewordene Marionette durch die Wohnung und schrie: »Schön schön deutsch deutsch Weihnak!«

Er zog sich auf die Fensterbank zurück. In den Fenstern spiegelten sich die herumtobenden Menschen. Es war nicht zu erkennen, wie das hier einmal aufhören sollte. Als wollten sie alle die über Jahre versäumten Feste auf einmal nachholen. Es war ein Ausbruch von Tanz und Gesang und Geschrei, der aus dem Anlaß heraus explodiert war, jede Form verloren hatte, eine Raserei. Jeder schrie, als ob er sich vergewissern wolle, daß er noch lebe, sprang herum, um zu erleben, daß sein Körper noch nicht, wie der so vieler anderer, in einem Grab lag, übermütige Tiere auf einer Wiese, die man aus einem dunklen Stall gelassen hatte. Die Flaschen gingen von Hand zu Hand, jeder trank mit jedem, einige fielen unvermittelt in einen Tiefschlaf, andere lallten gemeinsam Tannenbaum, am Rhein so schön, Fuß nach Kölle jonn, die, die noch stehen konnten, zogen die Schlaftrunkenen hoch, bildeten eine johlende Polonaise durch die Räume, die Umfallenden wurden mitgeschleift, schön schön deutsch deutsch Weihnak, ein kreiselnder Menschenzug, sich ineinanderdrehend, übereinanderstolpernd, ein wirbelnder Menschenhaufen in der nächtlichen, undurchdringlichen Schwärze vor den Fenstern, die langsam dem heraufziehenden Tag wich, ein schwaches Licht am Horizont hinter dem Land, das in den nächtlichen Farben wie tot lag, das sich aus der Dunkelheit erhob, in Kirchtürme, Hausdächer, Felder aufteilte, mit dem Licht zum Leben zurückfand. Noch lange hielt sich die Nacht, lag ruhig auf dem Land, ein unbewegtes Bild, dessen Schatten sich allmählich in leuchtende Farben auflösten, bis die ersten Strahlen der Sonne den Fluß triumphal in einen Silberspiegel verwandelte.

Einen Monat später wurde der Major in eine andere Stadt versetzt.

Elisabeth entfernte sich von den Lebenden, zog sich zurück in ein unerforschtes Niemandsland, das außerhalb der Zeit lag, stürzte in die Fugen, die vor ihren Augen die Erde wie ein Eismeer aufspalteten, in Eisschollen zerlegte, die, kleiner und kleiner werdend, sich ins Nichts auflösten.

Das begann im Krieg, als Elisabeth in einem Bunker für die Reste der Verwaltung die Namen der Toten und Verletzten, die Adressen der zerstörten und halbzerstörten Häuser in langen Aufstellungen in die Schreibmaschine tippen mußte. Ihre Welt blieb die zerstörte Welt, aus der sie nicht mehr herausfand. Und so studierte sie, unerbittlich angezogen von den Fotografien all der Toten, die Bilder, die man ihr nicht aus der Hand nehmen durfte; erklärte Menschen, die sie unmöglich kennen konnte, zu ihren Eltern, entdeckte so auch ihre Großeltern und Urgroßeltern, behauptete mit absoluter Gewißheit, daß sie noch in Lyon lebten, dort eine Seidenmanufaktur besäßen und Geld schickten, damit sie leben könne. Sie erinnerte sich äußerst präzise, wie ihr Urgroßvater als Lokomotivführer den ersten Zug durch Florenz fuhr und daß ihm alle Leute zuwinkten. Ihr fiel ein, daß sie den kleinen Schwesig, der so klein wie ein Kind war, der aber ein großer Maler werden wollte und den seine Malerfreunde vor dem Krieg im Kinderwagen durch die Stadt fuhren, zusammen mit Mutter Ey in Lucca beim Martinszug gesehen habe, dazu machte sie ein bedenkliches Gesicht, trug alles mit Ernsthaftigkeit vor, überlegte auch, um nichts leichtfertig durcheinanderzubringen.

Die Welt war ihr ein Bild geworden, in dem sie herumspazierte, ein Spiegel der Vergangenheit, der sich für sie öffnete und ihr zeitweise Frieden schenkte. Sie hatte alle Geschichten gleichzeitig im Kopf, die verschiedenen Zeiten und Orte erwiesen sich als hinderlich und überflüssig, alle Personen konnten überall auftauchen und waren austauschbar. Sie suchte sich jeden Tag neue Eltern, Großeltern oder Verwandte aus den Fotos heraus, warf Lucca, Florenz, Lyon durcheinander, als wären sie eine Stadt, Lokomotiven webten als Weberschiffchen einen goldenen Brokat, der zum Fluß wurde, in dem sie im Sommer badete, der Erste Weltkrieg vereinte sich mit dem Zweiten, und das Geld machte ihr angst, weil es brannte: »Und der goldene Brokat färbte sich rot und lief wie Blut die Treppe hinab, rundherum war ein lautes Feuer wie der Weltuntergang, und in den Luftschutzkeller lief das Wasser herein und erstickte die Menschen, dann kamen alle Soldaten in die Stadt«, sie überlegte, zählte an den Fingern ab, »die Franzosen, die Engländer, die Belgier, und man konnte nicht über die Brücke, im Fluß schwammen die Toten, und dann kam meine Mutter ans Ufer und sagte, Kind, wie bist du kalt, und wir wurden mit Steinen beworfen, weil wir Hugenotten waren, das war in einer kleinen Stadt, kleiner als hier, aber die Sirenen heulten den ganzen Tag, und die Flak schoß in die Lichtstrahlen am Himmel, und die Soldaten trieben die polnischen Frauen über den Markt, da hing einer mit einem Schild um den Hals, Bericht mit drei Durchschlägen, die Buchstaben auf der Schreibmaschine sind böse Buchstaben, immerzu müssen da die Worte herauskommen, das steht in dem Buch, das Gustav hat, darin steht es ...«

So saß sie den ganzen Tag neben seinem Bett, plapperte drauflos, auch wenn er die Fotos versteckte, redete sie weiter, begrüßte zwischendurch Tote in der Wohnung, führte mit ihnen höfliche Gespräche, fragte, ob sie ihnen etwas anbieten könne, deckte auch schon mal den Tisch, obwohl niemand da war, redete, flüsterte, schrie, sie lasse sich das nicht mehr bieten, lächelte wieder, behauptete, das kleine Elschen zu sein.

Und auf der Straße vor dem Fenster stolzierte der lange Adamzcik herum, der mit seinen schmalen Lippen alle Vogelstimmen nachmachte, sich überhaupt nur in Vogelstimmen ausdrückte, mit geschlossenen Augen trällernd, zwitschernd, jubilierend über die Straße rannte, in Löcher fiel, über Steine stolperte, Passanten umrannte, auf den Kühlerhauben der ersten Autos landete. Er trällerte, zwitscherte, jubilierte weiter, weigerte sich, die Augen zu öffnen, hatte lange Jahre in einem unterirdischen Stollensystem als Zwangsarbeiter gearbeitet, blieb in der Dunkelheit, trällerte und zwitscherte und jubilierte seine Vogelstimmen, so daß alle immer wußten, wo er war, und lebte in seiner Vogelwelt. Und wenn er sich in der Nacht verlief, wenn er kläglich und hilflos zwitschernd in einem Trümmerhaus stand und nicht mehr weiterwußte, mußte immer einer aufstehen und ihn da herausholen und ihn in seine Baracke bringen, denn die Augen öffnete er nie mehr.

Und schräg gegenüber sah man, in einem Spiegel, der am Fenster stand, eine stumme alte Frau, die sich nie bewegte, Augen wie Höhlen, ein offener, zahnloser Mund, die Haare ein weißer Busch. Alle sagten, schau da nicht hin, das ist eine Spiegelung, das ist Oma Tines, die ist längst aus Asche, weil sie verbrannt ist, da darf man nicht hinsehen, sonst wird man genauso stumm und unbeweglich wie sie.

Und wie ein Drache schoß der verrücktgewordene Jepsen durch die Nacht, am Tag hockte er in einem Keller auf Union-Briketts, als wären es Goldbarren, nachts rannte er durch die Straßen in einem weiten Kleppermantel voller Leuchtknöpfe, die sie alle in den abgedunkelten Kriegsnächten tragen mußten, und die er gesammelt und sich angesteckt hatte, so daß er wie ein vielköpfiges Tier mit unzähligen leuchtenden Augen daherjagte, mit seiner Dynamotaschenlampe wie eine jammernde Seele herumgeisterte, jedem damit ins Gesicht fuchtelte, während er unter seinem verrosteten Luftschutzhelm flüsterte: »Alarm, Junge, Hauptalarm, sie kommen wieder, sie sind schon im Anflug, Drahtfunkmeldung.«

Nachts empfing das Radio ein gleichmäßiges, gleichförmiges Rauschen, keine Station sendete, manchmal ein Zeichen, ein hohes, vielfach unterbrochenes Pfeifen, unverständliche Laute, dann wieder das Rauschen des Alls. Er lag auf der Seegrasmatratze, auf seinem Roßhaarkissen, er sah aus dem Fenster und wartete darauf, daß das Leben verging.

Das Leben war sinnlos, der Mensch ein Nichts und alle Lebensregeln nur dazu da, dem Leben Bedeutung zu verleihen. Die Welt wurde immer neu errichtet aus Panik und Angst vor dem Schweigen der Todesstunde, der sie alle entrinnen wollten in einen lärmenden Zustand, der jede Torheit mit Jubel und Geschrei feierte.

Es ging ihm nicht gut. Alle dachten, er werde nun doch sterben. Maria schrie vor Verzweiflung, man müsse sich um die Letzte Ölung kümmern. Friedrich brüllte zurück, die habe er ja schon ein paarmal bekommen, die helfe anscheinend auch nicht. Alle anderen schlichen still herum, obwohl Schweigen ja auch nichts nützte. Sie war ihm jedesmal unangenehm, diese entsetzliche Stimmung, die er verursachte, die sich lähmend auf alle legte, lieber wäre ihm gewesen, sie hätten herumgetanzt. In der Stille war jeder Atemzug hörbar, und wenn er mit dem Atmen aussetzte, hielten alle den Atem an, eine Todesstille, die er haßte, schließlich war es sein Tod. Er wußte, daß er jetzt sterben konnte, daß er mal wieder nahe daran war, er kannte das Gefühl, er hatte es so oft erlebt, er spürte, wenn der Körper sich abschaltete, sich verselbständigte, nicht mehr zu beherrschen war; ein Wesen außerhalb von ihm, zu beobachten, aber nicht mehr zu bestimmen, ein ihm vertrauter Zustand, ein Moment letzter qualvoller Konzentration, das Ende, das war das Ende, die Luft in seiner Lunge stockte, blieb stehen, ging nicht raus, nicht rein, das Ende, die Welt verschwand vor seinen Augen: ein Augenblick, in dem Maria ihn oft noch auf ihren Schultern zum Arzt schleppte, der auch nicht viel machen konnte, was nur ein seltsames Bild ergab, eine Frau, die mit ihrem halberwachsenen Sohn auf der Schulter durch die Straßen rannte, ihn durchschüttelte.

Lieber war ihm, wenn Friedrich seine Hand nahm und, als falle sie ihm gerade zufällig ein, eine Geschichte aus dem Musterbuch erzählte, die er von Gustavs Vater persönlich habe, die Gustav gar nicht kenne; und in diesen Nächten und an den darauffolgenden Tagen – denn sie bemerkten nicht, daß das Dunkel um sie herum sich wieder ins Helle verwandelte – erzählte er, weit ausholend, suchend, dann bestimmter, wieder von vorne beginnend, sich genauer erinnernd, Geschichten, die sich über Stunden hinzogen, so daß er nicht wußte, erfand Friedrich das alles, wie er immer alles erfand, weil ihm das einfach Spaß machte und die Welt auf diese Weise erträglicher wurde, oder standen diese Geschichten, so wie er sie jetzt schilderte, wirklich in dem Buch; dafür sprachen die vielen Einzelheiten, die nur einer wissen konnte, der so ein Musterbuch einmal besessen hatte, dagegen sprachen die Details, die oft nicht übereinstimmten, was aber, wie er beteuerte, bei einem so umfangreichen und alten Buch ganz natürlich sei, auch die Bibel widerspreche sich, erst recht ein von Menschen in so vielen Sprachen geschriebenes Musterbuch. Und Friedrich erzählte und erfand, beschrieb genau und gewissenhaft das Erfundene und das Geschehene, verband die vielen Ereignisse zu einer Wirklichkeit, die zu einer Geschichte wurde, deren Anfang und Ende er nicht mehr auseinanderhalten konnte.

Um diese Zeit schenkte ihm eine Frau für das Ausfüllen eines Formulars, das ihre Staatsangehörigkeit klären sollte, einen Atlas der Jahrhundertwende, auf dem die alten Staaten innerhalb dickgedruckter Grenzen, die sich wie ein Wall um jeden Namen herumschlängelten, in beruhigender Gewißheit noch existierten. Damals wußte man noch, wie die Welt aussah und immer aussehen würde, obwohl auch hier schon viele Namen in einer zweiten Sprache überdruckt waren, aber mit so einem Atlas konnte man sich begraben lassen, der war für die Ewigkeit geschaffen. Die alten Besitzer des kunterbunten Kartenwerkes hätten allerdings nicht in dieser Welt, die wie ein zerstörtes Puzzle auseinandergefallen war, auferstehen dürfen, sie wären auf der Suche nach ihren angestammten Königsreichen, ihren Fürsten- und Herzogtümern wohl direkt in ein Irrenhaus gelaufen.

Die schweren Karten auf seinen Beinen, zeichnete er den Weg ein, der seiner Familie wie vielen anderen aufgezwungen worden war, eine Völkerwanderung, auf den Karten nicht eingetragen, obwohl diese großen Bewegungen die Landkarten dauerhafter verändert hatten, als die schwarzgedruckten unveränderlichen Grenzen zugeben wollten, die wie Trauerränder die untergegangenen Staaten umzingelten.

Geschlängelte Linien, die um einige Staaten einen Bogen machten, sich in anderen trafen, gewundene Linien durch Städte und Länder, über Berge und Flüsse, im Zickzack Grenzen überquerend; ein ornamentales Muster, das, im Gegensatz zu den etablierten Staatsgrenzen, die Besitz und Dauer und Stillstand darstellten, eine andere Welt zeigte: Abschied von der Heimat und von der Sprache, von den bestellten Äckern und eingerichteten Häusern, Abschied vom Vertrauten, von den Menschen und den Friedhöfen der Vorfahren. Fluchten, um die Freiheit zu erhalten, den Glauben zu erhalten, das Leben zu erhalten, Irrwege auf der Suche nach Arbeit und Unterkunft und einer neuen Heimat.

Es ergab sich: Der große Kreis der Fontanas von Italien über Frankreich und die Schweiz nach Preußen. Der nicht ganz so große Kreis der Lukacz' von Böhmen und Polen ins Ruhrgebiet. Der Kreis Friedrichs im Krieg, über Frankreich und Italien zurück nach Deutschland. Der Kreis seiner Flucht mit Maria vor den Bomben durch das alte Reichsgebiet. Gustav zeichnete dann noch den Weg der Seidenstraße dazu von Osten nach Westen, der Weg des Wissens, wie er sagte. Maria zeichnete sofort den Weg der Heiligen Maria Mutter Gottes von Tschenstochau von Westen nach Osten, den Weg des Glaubens. Kreise, die sich mehrfach berührten, an einem Punkt zusammenfanden, der inmitten einer sich abermals verändernden Landkarte lag.

Rundherum wurde eine neue Welt gegründet, angetrieben von Gerüchten, die aus Andeutungen entstanden, aus flüsternden Vermutungen, die von einem Tag X sprachen, an dem Gott der Herr sich den Menschen zeigen werde, um seine unabänderlichen Gesetze zu verkünden, die bei den einen Goldwährung hießen, bei den anderen Dollar oder Pfund, Fortschrittliche setzten auf eine neue Mark, während Orthodoxe an Taler oder Gulden glaubten. Die neue Religion vernebelte die Gehirne, verführte selbst abgeklärte Gemüter zu absurden Handlungen; Vorratslager entstanden, in denen sich Waren stapelten, Geschäfte hatten nichts zu verkaufen, während alle ausgerechnet jetzt unbedingt etwas kaufen wollten, was, war ganz egal. Der neue Glaube betete die Sachwerte an, Sachwerte zu jedem Preis, bleibende Werte für den Tag X, der mit Gewißheit kommen werde, wie in einem Märchen; der Tag, an dem das neue Geld wie Manna vom Himmel regnen werde auf alle, die im Schlaraffenland der Sachwerte lagen und nur noch den Mund aufsperren mußten für die verheißenen Köstlichkeiten. Der Tag, der endlich die verhaßte, erinnerungsschwere, allen verleidete Stunde Null ablösen würde, in die Hölle schicken würde, wo sie hingehörte, diese verdammte, bleierne Stunde Null, die nun ihren verdienten Untergang erlebte. Eine neue Zeit begann und eine neue Zeitrechnung und damit alles wieder neu und altgewohnt, das wollten die meisten, das Neue so wie das Alte, so wie es immer war, aber neu, in der altneuen Zeit des Jahres eins nach dem Tage X.

Aber der Tag X zog sich hinaus, je mehr er erwartet wurde, Wochen und Monate deuteten die Menschen die Radiomeldungen, interpretierten sie die Zeitungsnachrichten, die Ungeduld stieg wie die Erwartung in das Wunder, das da stattfinden sollte, ein fieberndes Eifern entstand, denn jeder wollte als erster in der neuen Geldwelt ankommen, die man sich als Paradies ausmalte. Ein ansteckendes Getue, das immer mehr Menschen in seinen Bann zog, ohne daß sie wußten, warum, alle setzten sich in Bewegung, also liefen sie auch mit, eine Fata Morgana tauchte auf, und jeder versuchte jeden zu überholen, vermutete den anderen schon am Ziel, hatte panische Angst, zurückzubleiben und nicht mehr mitgezählt zu werden, wenn die Auserwählten das Tor zum Paradies erreichten.

Alle neu entstandenen Bindungen zwischen den Menschen lösten sich wieder, alles, was mühsam zusammengefunden hatte, wurde wieder auseinandergerissen, weil alles wieder wie vor dem Krieg werden sollte, so die allgemeine Verblendung, während es doch, man konnte es sehen, unter ihren Händen ganz anders wurde. Eine total andere Welt entstand, eine noch einmal veränderte Welt, in der sich endgültig keiner mehr zurechtfand, keiner mehr sein Zuhause erkannte, in der alle das bejammern und beklagen würden, was sie jetzt nach Plänen anderer erbauten, in einem Akt freiwilliger Blindheit, für den es keine Erklärung gab.

Und Elisabeth saß an seinem Bett und erzählte, die Weiche sei falsch gestellt worden, der Großvater mit der Lokomotive verunglückt, Kette und Schuß dürften sich nie verheddern, das Muster sei dann verdorben, das gäbe Unglück, und alle hätten in den großen Holzlöwen vor dem Wassergraben Nägel eingeschlagen, damit der Krieg endlich anfinge. Und der lange Adamzcik lief weiter mit geschlossenen Augen durch die Straßen und vergnügte sich mit seinen Vogelstimmen, und der verrückte Jepsen flatterte mit seinen vielen Leuchtaugen durch die Nacht, und Oma Tines, die aus Asche war, saß vor dem Spiegel, und der Zwilling gab jedem Tag einen anderen Namen und freute sich darüber.

Gustav trug die Eisenbahneruhr der Fontanas an einer Messingkette in der Westentasche, zog sie bei Gesprächen mit Fremden gerne heraus, ließ sie gedankenschwer durch die Hand gleiten, spielte damit vor den Augen der anderen, als handle es sich um das Dankesgeschenk eines russischen Großfürsten. Das Uhrwerk war schon lange außer Dienst, der abgegriffene Metallknopf drehte sich schnatternd ins Leere, stellte keine Zeiger mehr auf Posten, sie hatten ihre wachhabende Runde aufgegeben, waren ausgeflogen und führten in einem

Samtkästchen ein Lotterleben. Auf dem weißemaillierten Grund duckten sich dunkle römische Stundenzahlen und die zierlichen Ziffern für die Minuten und Sekunden, und wenn er den Glasdeckel aufklappte, befürchtete er, auch die Ziffern würden sich noch davonmachen.

Gustav las von der Uhr die von ihm gewünschte Zeit ab, um etwa am Abend zu sagen, es ist zehn Uhr vierzehn, früher Vormittag, da haben wir den Tag ja noch vor uns. Und wenn jemand darüber lachte, sagte er mit befremdetem Gesicht, als ob ihn einer duze, dem er das nicht gestattet hatte: »Ich meine das ernst.«

Die Uhr hatte fast ein Jahrhundert abgezählt, in Stunden, Minuten und Sekunden zerlegt, wie viele Runden ihre Zeiger gedreht hatten, war nur zu erahnen, das Uhrwerk stand nun still, die lange Zeit hatte sich in ein Gewicht verwandelt, das schwer in der Hand lag. Gustav überreichte ihm die Uhr in einer plötzlichen Geste fast wortlos: »Mehr ist nicht geblieben.« Diese stumme Nickeluhr, die kein Trödler mehr nahm, war das einzig Wertvolle, was er ihm vererben konnte, das einzige von all dem, was die Fontanas über Jahrhunderte einmal besaßen.

Die Uhr war ein hervorragender Kompaß für das freie, unbegrenzte Land der Umherziehenden, das auf keiner Karte verzeichnet, nicht vermessen und kartographiert, sondern nur durch Geschichten belegt war. Mit ihrem offenen Kreis paßte sie zu den von ihm eingezeichneten Wanderkreisen auf der Landkarte und zur Stunde Null, die nun auch ein Kreis der Vergangenheit war.

Da Maria argwöhnte, Gustav wolle ihn endgültig auf die Seite der Fontanas ziehen, legte sie schweigend die winzigen Korallenperlen ihres Rosenkranzes dazu, mehr war bei den Lukacz' auch nicht zu erben. Es war mehr ein Vermächtnis, über den Ablauf der Zeit all ihre vergeblichen und unerhörten Gebete nicht zu vergessen, die sich an eine andere Dimension richteten.

Er band die Uhr, um alle zufriedenzustellen, an den Rosenkranz und hängte sie an sein Bett. Er hatte jetzt beides vor Augen, die Unendlichkeit des Rosenkranzes und das schwere Rund der silbrig schimmernden Nickeluhr, die mit dem aufgeklappten Glasdeckel und den zwei aufklappbaren Rückwänden wie eine Fledermaus aussah. Neben rätselhaften Punzstempeln befand sich auf der Rückseite in schwungvoll ausholenden Verzierungsschnörkeln die Mitteilung: *Cylinder 8 Steine*, gegenüber waren zwei mächtige Säulen eingraviert, die großen eckigen Anfangsbuchstaben *GF*. Die Ziffern lagen in einem Rund, friedlich wie aufgeplusterte, schlafende Vögel in einem Schneefeld, nie mehr hochgejagt und aufgeschreckt durch einen Zeiger, der sich wie ein Gewehrlauf heranschlich.

Und er übernahm von Gustav die Gewohnheit, auf der Uhr die von ihm gewünschte Zeit abzulesen, sich durch sie in verschiedene Zeiten und an unterschiedliche Orte zu versetzen, von den Normen der Zeiger befreit in seiner eigenen Zeit zu leben.

Das Musterbuch der Fontanas war endgültig verloren, nach Hunderten von Jahren verbrannt wie eine Tageszeitung, nur bruchstückhaft zu retten in den Erzählungen Gustavs, der als letzter darin geblättert hatte. Ein Werk von Jahrhunderten, angefüllt mit Wissen, Können und Erfahrung, in dem Generationen, Zeile um Zeile in akkurater Schrift und großer Genauigkeit, die Geheimnisse des Seidenwebens und die Schicksale der Familie notiert hatten, aufgeschrieben für die Ewigkeit, durch die Zeiten gerettet, feierlich übergeben, sicher verwahrt, nun für immer vernichtet.

Gustav erinnerte sich an einzelne Seiten und Notate, an Namen, Berichte und Webbezeichnungen. Es war aufgeschrieben, man mußte es nicht auswendig lernen, es war schriftlich niedergelegt, damit es für immer gültig blieb, für immer der Grundstein der Familie war. Die Zerstörung der Chronik bedeutete den endgültigen Untergang der Familie.

»Asche zu Asche«, sagte Maria und erlebte einen späten Triumph. Die Familiengeschichte der Lukacz', ein Fischernetz von Geschichten aus vielen Zeiten und Orten und Personen, war immer gegenwärtig und bestimmte ihr Leben. Geschichten, so bilderreich und entsetzlich, so grausam und absurd, daß sie über Tod und Vergessen hinaus das Leben von Generationen verknüpften, denn alle Familienmitglieder kannten diese Geschichten.

Das Erzählte war stärker als das Aufgeschriebene, es war in vielen Köpfen und unvernichtbar wie ein Mythos. Während die vernünftigen, klugen, erhellenden Gedanken auf dem Papier nicht mehr in der Welt waren, so unauffindbar wie vergrabene Steine, zogen die erzählten dunklen Bilder wie die tiefe Strömung eines großen Flusses weiter. Allerdings nur so lange sie erzählt wurden.

Gustav gab sich auch jetzt nicht geschlagen. Er lehnte sich in seinem Liegestuhl zurück, sah in den Himmel und tat das, was die Menschen von jeher taten, wenn sie am Ende waren. Sie erfanden die Welt noch einmal, sie erfanden sich und ihre Welt in der Erkenntnis der Vergänglichkeit der Welt, in der Erkenntnis, daß ihr Leben darin nur ein Sandkorn war.

»Erst das Meer, dann Deiche und Dämme, dann blühende Länder, wohlhabende Städte, kultivierte Landschaften, und schon am nächsten Tag eine verlassene, ausgestorbene Welt; öde Wildnis, vom Sand verwehte Ruinen, untergegangen in der Einsamkeit der Wüste, von der Landkarte verschwunden, von den Menschen vergessen, nur noch vage in der Erinnerung, und auch die Erinnerung vergeht in der Erinnerung.«

Und er erzählte die Geschichte vom Lop-Nor-See, der an der Seidenstraße lag, der ersten Quelle der Familienerinnerung, und erzählte, daß selbst der riesige See, so groß wie ein Meer, sich in Bewegung setzte und über das Land wanderte; erst nach Süden, dann nach Norden, dann verschwand er, löste sich in nichts auf, und keiner kann sagen, ob er einmal wiederkommt. Zurück blieben Knochen von Tieren und Menschen, verfallene Häuser und Paläste. Und die Wüste, die dem See folgte, wurde *Wandernder Sand* genannt, und das Land heißt mit all seinen Geschichten *Takla Makan*, und das bedeutet: Gehst du hinein, kommst du nicht mehr heraus.

Gustav und Friedrich jagten auf getrennten Wegen durch die Stadt, so wie alle, die letzte Geschäfte vor dem Untergang der alten und der Gründung der neuen

Welt tätigten, um das Überleben zu sichern, das mühsam Erworbene zu bewahren und zum wiederholten Male durch eine Zeitenwende zu jonglieren.

Morgens um sechs die Nachrichten im Radio hören, ob in der Nacht die Militärverwaltung etwas beschlossen hatte, dann los: Außenstände für gelieferten Madeira einkassieren oder zumindest den Gegenwert in Whisky eintauschen, immerhin eine höherwertige Anlage, statt Geld Zigaretten, oder doch wieder Geld, denn was sollte am Tag X, wenn er denn tatsächlich einmal kommen sollte, eingetauscht werden? Geld gegen Geld? Natürlich. Aber wie und was? Bargeld? Das Geld auf den Sparbüchern aus der Kriegszeit? Und wie war das mit den alten Versicherungen und der Rente? Vielleicht wurde das bisherige Geld nur abgestempelt? Aber wieviel? Bis zu welcher Summe? Mancher nahm mit wissender Miene nur noch Tausender entgegen, ganz Gescheite nur Zehn- und Zwanzigmarkscheine, weil nur die eingetauscht würden, wegen der kleinen Leute. Andere horteten Dollars oder zahlten heimlich jeden Preis für die verbotenen Goldmünzen.

Und die selbstfabrizierten Zigaretten? Weg mit Schaden. Und der selbstgebrannte Schnaps? Auch nicht mehr absetzbar, also austrinken. Gustav und Friedrich schwebten, vom Alkohol beflügelt, durch die sich auflösende Welt, in der es keinen Halt mehr gab, in der alle verrückt spielten. Friedrich, auf der Suche nach einer zukunftsträchtigen Arbeit, verkaufte gegen altes Geld drei Tage lang Lebensversicherungen auf die neue unbekannte Währung, die Leute stürzten sich darauf wie auf Claims eines neu entdeckten Goldgräberlandes;

dann stellte sich heraus, daß es die Versicherung gar nicht gab, nicht mal ein Büro war vorhanden, der Erfinder saß gut gelaunt in einem Café bei Kunstpunsch und erklärte seinem Vertreterstab, das seien eben alles Phantasiegeschäfte, die Realität käme später. Wenn sie fünftausend Versicherungen abgeschlossen hätten, ginge er damit zur Militärregierung und würde rückwirkend eine Versicherung gründen, natürlich erst nach dem Tag X.

Gustav, der sich vor allem in der Kriegswirtschaft auskannte, also im raschen, kühnen Tauschhandel, im freibeuterhaften Zugriff, der alles und jedes sofort eintauschte, umtauschte, kompensierte, erklärte die ganze Auflage einer neugedruckten Frauenzeitschrift, die in einem von ihm bewachten Holzlager auf den Verkauf am Tag X wartete, zu Remittenden und verramschte sie an einen befreundeten Altpapierhändler, der ihn mit Champagner belieferte, und erklärte dem weinend vor ihm knienden Verleger, Papier in einem Holzlager sei eine gefährliche Sache, das hätte auch alles bis zum Tag X abbrennen können, was dann?

Fin radelte auf einem dreirädrigen Fahrrad mit einer Ladefläche durch die Stadt, transportierte mehrmals am Tag für einen Unternehmer neufabrizierte Barockspiegel zum Güterbahnhof, vorbei an Menschen, die in den Spiegeln vorbeiflitzten, die ihr nachliefen, sie einholten, das Fahrrad stoppten, ihr tausend alte Mark boten, um sich für einige Minuten in einem frischvergoldeten Barockrahmen zu betrachten.

Alle Geschäfte hatten einen irrealen Zug, der aber keinem mehr auffiel. Selbst der Pfarrer der nahe gelegenen Kirche bot erfolgreich und ohne Liefersorgen tonnenweise Weihwasser für Dachpfannen und Blechplatten. In den Kneipen wurden am Tresen Grundstücke gegen bar verkauft und gekauft, Hypotheken in alter und neuer Währung gehandelt, Waren verscherbelt, die es noch gar nicht gab, die aber im neuen Goldgräberland mit absoluter Gewißheit in Extraqualität zur Verfügung stehen würden, nicht existierende Fabriken auf einen anderen Namen überschrieben, um sie nach der Gründung am Tag X mit einem Aufschlag zurückzukaufen. Alte Aktien versammelten auf der Rückseite so viele Unterschriften, daß keiner mehr wußte, wem sie wirklich gehörten, am Ende der Theke waren sie jedenfalls doppelt soviel wert als am Anfang in der ersten Ginpfütze. Vermögen wuchsen auf der flachen Hand, wechselten in einer Nacht den Besitzer, Verträge wurden geschlossen, gegen die Luftschlösser pfandbriefgesicherte Bauten waren, jeder bezeugte jedem die Richtigkeit, ein Notar war überflüssig.

Träume schwebten wie bunte Luftballons über der Stadt, die Wolken schienen aus Silber, Pläne von unerhörtem Reichtum vergoldeten den Himmel. »Gustav und Friedrich segeln bestimmt da oben mit herum«, sagte Maria, die sich um einige Zigeunerkinder kümmerte, und als eines der Kinder, die den ganzen Tag auf der Fensterbank herumturnten und manchmal mit einem erschreckten Schrei in sein Bett stürzten, wissen wollte, was ein Luftballon sei, sagte Maria: »Ein Ding, das platzt.«

In den Kellerkneipen, die oft über Nacht verschwanden, einen Häuserblock weiter unter neuem Namen wieder eröffneten, Nizza hießen oder Kairo, Tanger oder Rio, Chicago oder El Dorado, in denen Dauerklavierspieler, Dauerakkordonisten, Dauertänzer die Nacht zum Tag machten und am Tag weiterzuckend die Nacht erwarteten, fielen die Männer, gut gepolstert mit ganzen Bündeln von Geldscheinen, wie Sandsäcke die Treppe hinunter, landeten zu ihrer Verwunderung schon mal auf einem Kohlenhaufen, unveräußerlicher Schatz des Wirtes, erst dahinter lag die Theke, leuchteten die Flaschen mit dem Originaletikett im verführerischen Licht der rotbemalten Glühbirnen, die freischwebend an Kabeln hingen und Girlanden vortäuschten, und sie umarmten die Damen des Hauses und begossen gierig das neue Leben. Die Toten den Toten, das Leben den Lebenden, Prost, und Elisabeth stand auf der Straße, starrte in den Himmel und erzählte allen, Gustav und Friedrich seien da oben in den Wolken.

Bei den Totenwachen saßen Maria und die abwechselnd lachende und weinende Elisabeth mit anderen Frauen um den Sarg und prägten die erlebten Geschichten in unzähligen Wiederholungen zu schweren Münzen, die von Hand zu Hand gingen, die in jeder Hand mehrfach geprüft und gewendet ewig währten, kleine Archen gegen die Sintflut des Vergessens, die nun alles überspülte.

Immer öfter fanden wieder die Totenwachen statt, Zeremonien aus alter Zeit, die zu retten waren, die von vielen als Rückkehr in die Zivilisation empfunden wurden. In den Jahren des Krieges und auch noch nach dem Krieg hatte man die Toten mehr oder weniger weggeworfen, rasch in irgendeinem Loch verbuddelt, oder man überließ es den KZ-Gefangenen, sie in die Massengräber zu werfen. Jetzt, da ein Toter wieder wichtig wurde, begannen die Frauen sich der alten Totenrituale zu erinnern, die sich früher in diesem Quartier, je nach Herkunft des Verstorbenen, über Tage hinziehen konnten. Sie saßen auf Hockern und Kisten vor unverputzten Wänden, hielten sich gerade, wollten sich nicht an die Wand lehnen, weil sie dann erschöpft eingeschlafen wären, saßen im Rechteck um einen einfachen Sarg, aus dem ein versteinertes Gesicht mit geschlossenen Augen in eine erstarrte Dunkelheit aufblickte.

Der arme Anton wurde begraben, weil er vor den ersten Lastwagen lief, der durch die Straße fuhr, einer Straße, auf der man zuvor Tag und Nacht schlafen konnte.

Juanito wurde begraben, weil er sich bei einer Predigt gegen das neue Geld, das das alte Unheil bringen werde, von einer Mauer auf die Straße stürzte, ein Prophet, der an seine Prophezeiung glaubte, was man ihm hoch anrechnete.

Der Bombenräumer wurde begraben, weil an seinem Hochzeitstag – er hatte Julchen von seiner guten Rente überzeugt – eine Bombe entschärft werden mußte, und an dem Tag, so meinten viele, sei er in Gedanken bei Julchen statt bei der Bombe gewesen, den Sarg mußte man sofort schließen, weil er ohne Arme und Kopf dalag, und Julchen hatte wieder keine Rente.

Aus dem Schweigen um den Sarg entstanden Worte, die versteinerten Toten erzwangen mit der Gewalt, die sie über die Lebenden hatten, ein Gedenken über ihr Leben, eine Nachlassenschaft, die alle entgegennehmen mußten; und aus den Reden über den vor ihnen liegenden Leichnam erstanden die eigenen Erinnerungen, karge, unbeholfene Sätze, die Vergessenes, Vergangenes, Abgestorbenes zum eigenen Leben zurückführten, ein kreisendes Erzählen ohne Ende. Verabschiedete sich die eine oder andere, füllten Dazukommende die Lücken, schlossen die unterbrochene Kette des Erzählens, tranken echten Bohnenkaffee, extra zu diesem Anlaß besorgt, der ihnen in verschiedenen, leicht lädierten Tassen gereicht wurde, schlürften ihn in kleinen Schlucken, setzten die Geschichten fort, als wäre es ihre Aufgabe, das zu tun, bis der Sargdeckel mit einem dumpfen Schlag das Gesicht des Toten bedeckte.

Im Auseinandergehen erzählten sie weiter, kamen von dem Toten zu den drei Kindern, die gestern beim Spielen mit Granaten zerrissen wurden – zu der jungen Frau, die einer alten Frau ein Brot entriß und sie, weil sie schrie, zu Tode trat – zu dem alten Mann, der in seinem Keller erfroren wie mürbes Glas zerbrach – zu der Frau, die vornübergebeugt jeden Tag einen Mann ohne Beine durch die Straßen schleppte – zu den Betrunkenen, die nach dem Krieg die Alkoholwaggons aussoffen und tagelang ohnmächtig mit verrenkten Gliedern in den Straßen lagen, so daß sich das Gerücht verbreitete, in der Stadt herrsche die Pest – zu dem Kind, das an der Hand seiner Mutter bei einem Tieffliegerangriff getroffen wurde, von einer Sekunde auf die andere nicht mehr existierte, nur noch ein Gestank war da und die kleine Hand an der Hand der Mutter – zu der Frau, die, von einer Granate getroffen, schreiend über ihrem Fahrrad lag, während die Menschen sich auf die von ihrem Blut gefärbten Kartoffeln stürzten – zu den toten Soldaten mit ihren toten Pferden, über die alle klettern mußten, die zur Brücke wollten, über das starre, rauhe Fell der Pferde mit ihren verdrehten Augen – zu den angeschossenen verkrüppelten Kühen, die brüllend herumsprangen zwischen den Einmannlöchern mit den toten Volkssturmsoldaten, Vieh, das jeder mitten im Beschuß melken wollte, obwohl man sich durch den Gestank der seit Tagen verwesenden Volkssturmmänner übergeben mußte – zur der Plünderung der liegengebliebenen Lastwagen der deutschen Armee, die gesprengt werden sollten, während die Menschen die Lebensmittel von den Wagen herunterholten und die Soldaten sich mit dem Offizier schlugen, der die Sprengladungen anbringen ließ, obwohl die Menschen an den Wagen hingen und andere Soldaten schon ihre Pistolen und Gewehre für ein paar Mark verkauften.

Elisabeth brachte die vielen Geschichten so durcheinander, daß man denken konnte, all das sei eine einzige Geschichte, eine einzige, endlose, sich wiederholende Geschichte. Sie stand auf der Straße und sabbelte vor sich hin, wurde umgerannt von den Blinden, die jetzt mit hastig aufstoßenden Stöcken schneller liefen, umgefahren von den handgetriebenen Wagen der Beinamputierten, die wildrudernd wie Raubvögel durch die Straße schnellten.

Er hockte auf dem Boden neben den aufgebahrten Toten, hörte die Totengeschichten, sah die scharrenden Füße mit ihrem abenteuerlichen, geflickten Schuhzeug, die ineinander verknoteten oder sich auf den Knien abstützenden Hände, hörte über den roh gezimmerten Särgen die dunklen und hellen Stimmen, den Chor der allwissenden Frauen, die bei jedem Toten von hundert anderen Toten wußten.

Das war immer sehr schön. Er freute sich darauf. Die ineinanderwebenden Stimmen, die vielfach verknüpften Erzählungen, die einem Halt gaben in ihren vertrauten Wiederholungen, die die Geschichte der Welt waren. Denn die offizielle Geschichte der Welt, in vielen Bänden sortiert und abgelegt, durch alte Dokumente beglaubigt, in Bibliotheken gestapelt, sie existierte nur auf dem Papier, sie war nicht wirklich, keiner hatte sie hier einem anderen erzählt. Die Regierungszeiten und die Jahreszahlen waren hier unwichtig, man maß die Zeit in Menschenleben, hier herrschte ein immerwährender und ewiger Kalender aus Tag und Nacht, Geburt und Tod, Untergang und Neuanfang.

Er stand da in den letzten Stunden der alten Zeit, kurz vor dem auf die Sekunde festgelegten Beginn der neuen Zeit, in dem viel zu großen Mantel mit dem Fischgrätenmuster und der Trauerbinde am Arm, die festgenäht war, weil doch jeden Tag eine Beerdigung stattfand, in den viel zu großen, halbhohen Schuhen mit den harten Haken für die schwarzgefärbte Kordel, die andauernd riß und voller Knoten war. Alles wurde immer viel zu groß gegen irgend etwas eingetauscht, weil er da hineinwachsen sollte, aber man wuchs nicht so schnell in dieser Zeit, schoß nicht in die Höhe, ging nicht in die Breite, wie alle Mütter aus alter Gewohnheit befürchteten, und so waren Mäntel, Jacken, Hosen, Schuhe immer zu groß und man selbst immer zu klein. Er fror, weil die kalte Luft ungehindert in diese Verschalung eindrang, die wie ein Schildkrötenpanzer an ihm hing. Er stand am Ende der Straße, die ihm sehr lang vorkam. Vor dem Krieg war sie mit einem Wassergraben und schattenspendenden Bäumen, mit zwei Fahrbahnen, prunkvollen Gebäuden und vornehmen Läden die Prachtstraße der Stadt.

Hinter ihm lag der alte Stadtpark, in dem er kurz nach dem Krieg mit der ganzen Familie Holz holte, als der Park noch ein Irrgarten aus Laufgräben und gesprengten Bäumen, Panzersperren und Maschinengewehrnestern war. Aus dem offenen, zerbombten Gemäuer der Kunsthalle leuchteten die wandhohen Fresken in ihren prächtigen roten und goldenen Farben wie ein Altarbild über den toten Park. Seitlich sah man durch das zerlöcherte Bühnenhaus der Oper das offene Bühnenportal. Gustav war jeden Sonntagvormittag in diesen Park gegangen, in die Kunsthalle und die Theatermatineen, als er es jetzt sah, liefen ihm Tränen über das Gesicht.

Das war nun alles kahl wie ein unbestelltes Feld, die Militärregierung hatte die Wälder und alle Parks, auch die privaten, zum Abholzen freigegeben. Kein Baum rauschte im Wind, der kalt vom Fluß her wehte. Auch der Stadtkern war auseinandergerissen und weit offen, die stehengebliebenen Mauern wurden gesprengt, über diese Straßen sollten einmal andere Straßen führen, auf den Häusern andere Häuser stehen, das Alte, Darunterliegende war jetzt schon vergessen. Vielleicht kam ihm die Straße deshalb so unendlich vor, weil sie in eine offene Landschaft führte.

Der Wassergraben vor ihm war verschlammt, stank nach Fäulnis. Die wenigen stehengebliebenen Bäume ohne Rinde, mit verstümmelten Ästen, sahen aus wie nackte, hilflose Menschen. Unter den abgebrannten, schwarzen Fassaden lockten erste Läden mit einem Schaufenster, im ersten Stock hauste noch der Wind.

»Kauf dir, was du willst. Gib alles aus«, hatte die Familie ihm gesagt und ihn mit vielen Geldscheinen losgeschickt. Auch Nachbarn hatten ihm Geld geschenkt, mit dem seltsamen Rat, es wahllos unter die Menschen zu bringen, ganz egal, was er dafür bekomme. Er war langsam die endlose Straße entlanggegangen und wurde die Hemmung nicht los, daß man so viel Geld nicht einfach ausgeben könne, daß man es Mark für Mark überlegt nur gegen wichtige Dinge herausrücken dürfe, wann hatte er schon mal zehn Mark besessen, fünfzig Mark war eine bedeutende Summe, fünfhundert Mark unvorstellbar, und jetzt ging er mit einigen tausend Mark von Geschäft zu Geschäft, in der Vorstellung, daß die Verkäuferinnen und Verkäufer wie in den alten Filmen sofort heranwieselten: »Was wünschen der Herr? Was dürfen wir dem Herrn vorlegen?« Er versuchte zuerst einmal zwanzig Mark auszugeben, man schickte ihn weg. Er versuchte es mit einem Hundertmarkschein, man schickte ihn weg. Er legte einen Tausender auf den Ladentisch, man schickte ihn weg. Er versuchte, Bücher zu kaufen, Briefmarken, Stiche der Stadt, versuchte es mit einer Handtasche für seine Mutter, mit einer Brieftasche für seinen Vater, aber die Verkäuferinnen kümmerten sich nicht um ihn, sie waren hektisch damit beschäftigt, Kisten auszupacken und deren Inhalt in die Regale einzusortieren, sie verkauften nichts, sie wollten kein Geld. Der Tausendmarkschein lag auf dem Tisch, seinem Gefühl nach hätte er den ganzen Warenvorrat dafür bekommen, alle hätten sich um den Tausendmarkschein reißen müssen, aber sie drehten sich nicht einmal nach ihm um.

Er setzte sich auf die Reste einer Steinbank, die vor langer Zeit in eine helle Mauer am Ende der Straße geschlagen worden war, zur Verschönerung des Daseins, und fühlte die Scheine, die seine Taschen und den Mantel angenehm fütterten. Er sah sie sich an, saß da mit den Geldscheinen in der Hand, auf denen hochtrabend *Reichsbanknote* stand, beglaubigt durch die gezackte Unterschrift des Präsidenten der Reichsbank, der auch noch dringend davor warnte, diese Banknote zu fälschen, er würde jeden, der das wagt, ins Zuchthaus stecken, und zwar für mindestens zwei Jahre.

Es war wie in einem Zaubermärchen. Die Stadt, in der sonst nur über Geld geredet wurde, die gar kein anderes Thema kannte, wollte an diesem Tag kein Geld sehen, ekelte sich anscheinend vor diesen schmutzigen braunroten und grüngrauen Lappen, durch Tausende Hände zerknittert, eingerissen, aufgeweicht wie ein zerschlissenes Stück Tuch, mit dem man nur noch den Boden aufwischte. Bis jetzt war es aber immer noch das Geld gewesen, sicher, Zigaretten oder Dollars waren mehr wert, aber die meisten Menschen besaßen nur dieses vielfach gefaltete, zerfaserte Papier, wurden damit bezahlt und zahlten damit, legten sich dafür krumm, schufteten dafür, stritten sich darum, und jetzt sagten sie, gib es aus, bring nichts zurück. Das war schwer zu verstehen. Er hätte die Scheine auf die Straße werfen können, es hätte keinen interessiert. Er hätte sie zerreißen und wie Konfetti durch die Luft werfen können, keiner hätte hingesehen. Er steckte die Geldscheine wieder in seine Manteltaschen und gab den Versuch auf, dafür etwas zu bekommen, es überhaupt zu verstehen.

Es wurde dunkler, der Abend legte sich bleiern und erschöpft auf die Stadt, die ersten Sterne waren zu sehen, einige Vögel kreisten über den schwarzen Mauern. Auf der mit Unrat übersäten Böschung zu seinen Füßen kämpften Ratten miteinander, stießen hohe Töne aus, glitten schattenhaft in ihre Löcher in der schlammigen Erde. In den nun geschlossenen Läden, in denen immer noch gearbeitet wurde, gingen Lichter an. Über einem Geschäft wurde eine Leuchtreklame angebracht, flackerte in einem blassen Rosa. Er saß auf der kalten Bank neben einer steinernen, bemoosten Figur, die ohne Kopf und Arme in einer Bewegung erstarrt war.

Es war der Tag, an dem niemand in der Stadt Geld haben wollte.

II

Dem Traum folgen und nochmals dem Traum
folgen und so ununterbrochen bis zum Ende –
Lord Jim
JOSEPH CONRAD

In der Erinnerung war das Fenster viel größer, die Zeit viel länger, Kälte und Hunger ein andauernder Zustand.

Er sah von der anderen Straßenseite auf das geschlossene Fenster, das für ihn einmal das Fenster zur Welt gewesen war. Hinter den Scheiben bewegte sich die Gardine. Das Fenster wurde geöffnet, ein dunkelhaariges Kind lehnte sich über die Fensterbank, sah ihn, den Fremden, mißtrauisch an, fixierte ihn, wie auch er es getan hätte.

Die Haustür stand offen, eine Frau putzte den Flur, vom Hof her fiel, wie immer um diese Stunde, das Sonnenlicht in den langen Gang, das alte ausgetretene Mosaik schimmerte in dunklen Farben, dann fiel die Haustür wieder zu.

Um das Quartier toste der Verkehr, auch die Straße war mit Autos vollgestellt, vor dem Fenster parkte ein Wagen mit dem Kennzeichen von Vukovar.

Die Straße, glattgeteert, ohne Schuttberge, ohne Bombentrichter, erschien ihm so unwirklich wie eine aufgeräumte Puppenstube, nur an einigen eingedrückten Bordsteinen erkannte er noch die Gleisspuren der Trümmerbahn.

Die verwitterten Narben der Bomben- und Granatsplitter in den stehengebliebenen Fassaden erschienen als natürlicher Verfall. Einige schwarze Baumstämme waren mit wulstartigen Verdickungen überzogen, aus denen Flüssigkeit rann. Er wußte, darin steckten Splitter, die die Bäume in sich hineinwachsen ließen, um sie in schmerzhafter Verkrüppelung zu überdauern.

Die Straße hinab, in Richtung der U-Bahn-Station, leuchteten über den verrußten Dächern und Kaminen die Fenster der Hochhäuser wie eine Fata Morgana. Auch diese Häuser würde man bald abreißen, um einen Marmor- und Glaspalast mit hängenden Gärten und einem Wasserfall zu errichten, eine den leeren Himmel widerspiegelnde Glaswelt.

Die untergehende Sonne brannte in den Glasfassaden, erinnerte ihn an die Feuerstürme, an die Toten, die schreienden Verletzten, die unter einem Schock erstarrten Gesichter. Er spürte den beißenden Rauch der Brände, die Hitze der einstürzenden Häuser, und er erinnerte sich wieder an den Mann, der mit einem weißglühenden Spiegel in den Händen durch die Straßen irrte.

Eine rundliche Frau in wallenden Gewändern und mit einem Kopftuch sprach ihn, den Fremden, in einer gutturalen Sprache an, es klang ziemlich energisch. Sie wollte wohl wissen, was er hier zu suchen habe, warum er so lange in der Straße stand und auf die Häuser starrte. Er verstand die Frau nicht. Er kannte hier keinen mehr. Er war fremd in seiner Heimat.

Durch die Straßen gehend, hörte er Sprachen, deren Herkunft leichter durch die vielen Kneipen, Lebensmittelläden und Reparaturwerkstätten erraten werden konnte. Treffpunkte italienischer, spanischer, portugiesischer, türkischer, griechischer, kroatischer, serbischer, bosnischer, algerischer, marokkanischer und afrikanischer Einwanderer. So mußte es auch ausgesehen haben, als dieses Quartier durch den ständigen Zuzug von Fabriken und europäischen Einwanderern gegründet worden war.

Vor einer Kirche stand ein Brautpaar, eine spanisch-kroatische Hochzeit, mit allem Pomp zweier Nationen, den man für diesen einen Tag der Verbindung zweier Geschlechter aufbieten konnte. Unter ständigen Ausrufen, begleitet von großen Gesten und endlosen Tiraden, wurden Familiengruppen gestellt, mit der zeremoniellen Feierlichkeit von Staatsfotos, weil für die Ewigkeit fotografiert.

Überhaupt schien das öffentliche und lautstarke Erzählen längerer Geschichten immer noch zu den besonderen Merkmalen der Bewohner dieses Quartiers zu gehören. Vor den Kneipen, Läden und Haustüren standen in Gruppen ununterbrochen redende Menschen, aber er hörte nicht mehr das Echo seiner Geschichten, nicht mehr den vertrauten Klang seiner Sprache. Die Menschen, die jetzt hier wohnten, lebten in Geschichten einer anderen Welt, den Erzählungen anderer Länder, unterhielten sich in Sprachen, die er nicht verstand. Er war in seiner Heimat und war dort ein Fremder.

Ein Bagger schlug in einem gleichmäßigen, ruhigen Rhythmus wie der Perpendikel einer Standuhr eine Abrißbirne gegen ein leerstehendes Haus. Die Fassade stürzte knirschend ein, er sah die Zimmer mit den alten Tapeten, einzelne Möbelstücke; er hatte die Menschen, die in diesem Haus gelebt hatten, gekannt, war in ihren Wohnungen gewesen, hatte an ihrem Tisch gesessen.

Der Bagger arbeitete weiter, die Abrißbirne schlug Löcher in die Mauern; die Böden, Treppen, Fensterscheiben und Ziegel zerfielen mit jedem Schlag, brachen in einem betäubenden, berstenden Krachen und Splittern unwiderruflich in sich zusammen, lösten sich in eine Staubwolke auf, die bedrohlich über dem Quartier aufstieg und ihre Asche auf Straßen und Häuser verteilte.

Auf dem Friedhof lagen Tote, die seine Toten waren, Gräber, um die er sich kümmern mußte: Urnen und Särge, weil sich die beiden Familienzweige auch darin bis zum Schluß unterschieden.

Friedrich starb früh, ein vom Krieg zerstörter Mann, der in keine Existenz mehr fand, dem das geregelte Leben abhanden gekommen war. Den neuen Glauben vom *IndieHändespucken* und *Ärmelaufkrempeln* quittierte er mit einem höhnischen Grinsen. Er war in einem Krieg und in einer Nachkriegszeit aufgewachsen, hatte seine besten Jahre in einem zweiten Krieg und in einer zweiten Nachkriegszeit verloren, er war mit Worten nicht mehr zu ködern. Er arbeitete, wie er Lust hatte, trank viel, rauchte viel, bog in einem Heizungskeller Drähte für eine kleine Fabrik, röstete im gleichen Keller zusammen mit Gustav Popcorn für Kneipen, Kinos und Ausstellungsstände, versuchte, aus einer roten klebrigen Masse Bonbons herzustellen, die in Goldpapier gewickelt wurden, beteiligte sich mit einem Freund an einem Lavendelfeld in der Provence, die ganze Familie mußte die getrockneten Lavendelblüten in kleine Leinensäcke füllen, die ein Händler abholte.

Schöne Stunden waren das in dem warmen Heizungskeller neben dem riesigen Koksofen, wenn es nach Lavendel roch, nach frischen Bonbons, und die Maiskörner in der großen Pfanne aufplatzten, weißflockig auf- und abhüpften, wild herumsprangen zwischen den seltsamen Dingen, die irgendwann in einem spontanen Gedanken Friedrichs ihren Anfang, aber nie ein glückliches Ende fanden, zwischen den gebogenen Drähten, deren kreisförmige Schatten den Keller wie einen Kokon umspannten.

Er fühlte sich in dem heißen, schummrigen Lavendelkeller wie im Heizungsraum eines Steamers im indischen Ozean. Wenn Friedrich die obere Ofenklappe öffnete, den Ofen über eine Rutsche mit Koks beschickte, und die weißleuchtende Glut ein Funkengestiebe durch den Keller jagte, erinnerte er sich stets an den Tag, an dem er mit dem Herd auf dem Rücken durch das Fenster kam.

Friedrich schwieg immer mehr, trank und rauchte, und als man ihm deswegen ein Bein amputierte, stand er einbeinig in den Kneipen und trank und rauchte und schwieg. Er starb vor dem gerade gekauften Fernsehapparat während einer heftigen Schießerei in einer amerikanischen Krimiserie. Er fiel nach hinten und sah ihn ratlos an.

Elisabeth verabschiedete sich auf eine stille und vornehme Art von der Welt, in der sie sich nicht mehr zurechtfand. Sie weigerte sich, die neue Welt zur Kenntnis zu nehmen, und als ihr die belehrenden Erklärungen, was richtig und falsch sei und was man zu tun habe und was nicht, lästig wurden, vergaß sie sie einfach.

Ihr Körper saß in einem Sessel, ihr Geist durchstreifte Welten, die den anderen verschlossen blieben. Sie unterhielt sich im vertrauten Ton mit Menschen, die keiner sehen konnte, besprach alles nur noch mit diesen körperlosen Wesen, störte man sie dabei, verwies sie indigniert, ganz Dame, den Störenden auf das Ende des Gesprächs. Ihr Charakter, ihr Wesen blieb unverändert, immer noch lachte sie hell und spöttisch über die Dummheit der Menschen, mit denen sie sprach, glaubte ihnen nicht, schüttelte energisch den Kopf, wischte mit einer Handbewegung ihre Vorurteile und Redensarten weg, entlarvte die Geisterwesen als Traumtänzer, die vom Leben keine Ahnung hätten.

Kurz vor ihrem Tod erkannte sie auch ihn nicht mehr, fragte ungläubig und hartnäckig mit erstauntem Gesicht, wer er denn sei.

Gustav rebellierte weiter in immer ohnmächtigerem Zorn. Die ganze Familie mußte ihn festhalten, als er versuchte, das neue Geld, das stinkend in frisch gedruckten, steifen Scheinen fast obszön auf dem Küchentisch lag – das Kopfgeld für die neue Existenz in einem fremden, unbekannten Land voller Verheißungen und Versprechungen –, in einem Handstreich an sich zu reißen, in den Mund zu stopfen und runterzuschlucken.

Noch im hohen Alter zog er von Firma zu Firma, war Anzeigenvertreter, Zeitungswerber und Lagerverwalter, Hilfscroupier in einem der vielen Spielkasinos, Nachtportier in einem Hotel am Bahnhof. Er kündigte und wurde gekündigt, vertrat Wirte und Büdchenbesitzer an ihrem freien Tag, war Kartenabreißer auf der großen

Ausstellung *Alle sollen besser leben*, die das neue goldene Zeitalter und seine Verlockungen allen Menschen schon in ihrem Titel verkündete. Er boykottierte sie, indem er sich weigerte, die Hallen trotz freien Eintritts zu besichtigen, sagte das auch jedem an seinem Drehkreuz mit der Begründung, er habe schon zweimal das bessere Leben in einer solchen Ausstellung gesehen, danach sei jedesmal ein Krieg ausgebrochen.

Später verstrickte er sich in einen Erbschaftsstreit mit den Inhabern einer amerikanischen Autofirma, deren europäischen Familienzweig er bravourös vertrat – Anlaß für eines der letzten großen Feste der Familie, denn natürlich war die Erbschaft mit der Absendung des ersten Briefes so gut wie sicher. Die Erbschaft kam nie, die Autofirma beantwortete jede Attacke Gustavs mit freundlichen Floskeln, aber das Fest war unvergeßlich.

In seinen letzten Lebensjahren stand er entweder vor dem Radioapparat und bedrohte die Regierung Adenauer mit der Faust, oder er spazierte mitten auf der Straße, warf seinen Stock, mit dem er sein zerschossenes Bein stützte, den vorbeirasenden Autos nach; er war es nun einmal seit dem Krieg gewohnt, mitten auf der Straße zu gehen, um nicht unter einstürzende Fassaden zu geraten.

Seine letzte große Bataille – wie er es nannte – schlug er mit seinem Hausarzt, nachdem er schon mit der Gemeindeschwester ein Vorgeplänkel über Himmel, Hölle und Ewigkeit geführt hatte. Er erlitt einen Schlaganfall. Fin schleppte ihn in sein Bett, holte den Arzt, Gustav ließ sich von besorgten Nachbarn einen kräftigenden Burgunder einschenken und eine besonders dicke Zigarre anzünden, dazu balancierte er in der einen noch beweglichen Hand einen schön gebundenen Balzac. In diesem Arrangement empfing er Doktor Alvermann, trinkend, paffend, lesend und ihn vollkommen ignorierend. Der prophezeite ihm verärgert eine andauernde Lähmung, damit werde er sich abfinden müssen, das Bett werde er jedenfalls nie mehr verlassen. So Doktor Alvermann über seine Medizintasche hinweg, die er energisch zuklappte, die beiden Bügel schlugen zu wie eine Guillotine, Todesurteil. Als er ging, krächzte Gustav aus dem Mundwinkel einige unverständliche Laute hinter ihm her, wie ein alter, an seine Freiheit gewöhnter Rabe, der kundtun wollte, daß man ihm nicht so leicht die Flügel stutzen werde.

Die erste Runde in diesem Kampf gewann Gustav. Nach sechs Wochen humpelte er an seinem Stock quer durch das Wartezimmer direkt in das Sprechzimmer des Arztes, der seinerseits nahe an einem Schlag war, und nannte ihn, den Stock energisch durch die Luft wirbelnd, einen Badearzt für Frauenleiden.

Einige Monate später erlitt er einen zweiten Schlaganfall. Doktor Alvermann, der nun wieder im Vorteil war, stand triumphierend vor Gustavs Bett und wiederholte genußvoll seine Diagnose, Gustav bestand auf der Therapie mit Burgunder, Zigarren und Balzac als altbewährte Heilmittel. Er lag vergnügt in seinem Bett, erzählte den Nachbarn aus dem Mundwinkel die phantastischsten Geschichten aus seinem Leben, die bei jeder Wiederholung noch phantastischer wurden, kam wieder auf die Beine und wiederholte mit zusammengebissenen Zähnen seinen Auftritt in der Praxis des Doktor Alvermann, wobei er mit seinem Stock auf dem Schreibtisch des Arztes Réveil schlug. Ça ira, Ça ira, Ça ira!

Der dritte und tödliche Schlag traf ihn, als er, eine Weinflasche zwischen den Knien, mit einem Korkenzieher die Flasche öffnete. Er fiel vornüber und lag still im auslaufenden Burgunder.

Sie legten ihn auf sein Bett, er band ihm das Kinn hoch, sah die schmalen Lippen, den Mund, der nun für immer geschlossen blieb. Auf dem Nachttisch lag aufgeklappt ein Bändchen Lichtenberg, er nahm es und las das aufgeschlagene Kapitel laut zu Ende. Es war wohl der angemessene Trauergottesdienst für Gustav.

Acht Tage später starb Fin im Krankenhaus. Sie war so leicht und klein wie ein Kind, ihre schwarzen wilden Haare nur noch weiße dünne Strähnen, die naß vom Todeskampf um einen fast kahlen Kopf lagen. Sie winkte ihn heran, wollte ihm etwas ins Ohr flüstern, aber ihre Hand fiel kraftlos auf das Bett.

Maria beerdigte sie alle. Als die Familie ausgestorben war und nur sie übrigblieb, gründete sie neue Familien, schöpfte aus ihrer Trauer wie immer neue Hingabe, kümmerte sich um all die Annas und Irenas und Marijas, Gastarbeiterinnen, die aus Ländern kamen, von denen sie noch nie gehört hatte, Frauen, die plötzlich mit einem Kind dastanden, ohne Arbeit, ohne Wohnung.

Sie schnappte sich den dafür verantwortlichen Sizilianer oder Marokkaner, las ihm die Leviten, beutelte ihn durch, was aber auch nicht half, die Annas und Irenas und Marijas bekamen ihre Kinder.

Maria nahm sie auf, ließ die Annas und Irenas und Marijas bei sich wohnen, bis sie wieder Arbeit und ein Zimmer hatten, kümmerte sich weiter um ihre Kinder, ernährte, kleidete, betreute sie und zog sie groß. Sie ließ sie auf ihrem Teppich zu Allah beten, ließ sich das erklären, fand das in Ordnung. Stolz saß sie auf ihren Hochzeiten und betreute anschließend auch ihre Kinder, als wären es ihre eigenen Enkel. Sie wurde für viele die zweite Mutter, die die von ihr gekaufte Babyausstattung als kostbarste Erinnerung aufbewahrten, wurde im hohen Alter Großmutter zahlreicher Enkelkinder, die wieder Jussuf und Marija und Sani und Tonina hießen und die bei den Staatsfotos auf ihrem Schoß herumkrabbelten.

Auf den Festen der Ausländer in den Hinterhöfen des Quartiers nahm sie aufrecht Platz auf einem eigens für sie errichteten Thron, hochgeehrt und respektiert und geliebt, sah von ihrem Thron auf lange Tische, an denen vielsprachige Menschen aßen und tranken, Mutter, Großmutter, ja Urgroßmutter von Slowenen, Kroaten, Bosniern, Sarden, Sizilianern, Katalanen, Basken. Sie erhielt ein lebenslanges Wohnrecht in Marokko, weil sie eine kranke Marokkanerin gepflegt hatte, entschied Streitereien, stiftete Ehen, probierte neugierig und staunend Oliven und eingelegte Paprika und Schafskäse und all die unbekannten Gerichte, die man ihr immer ausführlich erklären mußte, weil sie das Rezept haben wollte, trank in kleinen Schlucken Sliwowitz oder Grappa, aber bitte immer nur ein Glas auf das Wohl des Gastgebers. Sie saß mit ihren kleiner gewordenen, blinzelnden Augen vor den vielen Menschen wie die Maria in Polen vor ihrem Haus, die Maria, die noch einmal ihr abgebranntes Haus aufbaute, obwohl die Familie schon in alle Welt zerstreut war.

Maria, vertieft in die immerwährende Arbeit für andere, konzentriert, immer mit den Gedanken bei der Sache, die sie gerade tat, oder, mit einem Lächeln um die Lippen, bei den Menschen, für die sie putzte, kochte, backte, nähte, strickte, in diesen Momenten glücklich, in sich versunken über die Arbeit gebeugt, wie Pilger im Gebet in der endlich erreichten Pilgerkirche.

Die Erfüllung eines Lebens, das ohne jede Verengung, ohne jede Verzettelung, ohne Verbitterung ein vollendeter Ablauf war, stets bei sich selbst war, sich nie verirrte und in einer unendlichen, niemals zu erschöpfenden Geduld, in der Gewißheit, alles zu ertragen und alles zu überstehen, eine unbesiegbare Stärke errang. Allein, ohne Heimat, Kinder an den Tod verloren, Verwandte für immer vermißt, das Heim zerstört, die Ersparnisse vernichtet, und nie fragte sie wie Hiob, ob das ihr zugemessene Maß voll sei. Dazu war sie zu stolz.

Am Ende ihrer Tage saß sie in einem kleinen Zimmer, sah die hereinbrechende Nacht und erzählte, denn ohne Erinnerung waren alle Tage gleich, nur in der Erinnerung war ein Tag ein Ereignis, erzählte die alten Geschichten, auch die, die er selbst miterlebt hatte, die nun zu *Weißt-du-noch-Geschichten* geworden waren: Weißt du noch, wie du dir die Zunge durchgebissen – weil du nichts sagen – mußte genäht werden – wie dir der Magen ausgepumpt – bei den Bauern das fette Essen – die ganze Arztpraxis zertrümmert.

Alles auf Stichworte reduziert, aus einer dunklen Ferne erinnert, so weit zurück, daß sie es nicht glauben konnte. Das war doch das eigene Leben, so viele Tage voller Erlebnisse und Arbeit, und kaum hatte man es erlebt, raste alles in das Land *Weißt-du-noch*, riß das eigene Leben mit, schrumpfte zu kargen, abgestorbenen Sätzen wie verwitterte Steine in einem ausgetrockneten Flußbett, verschwand wie ein schneller Sonnenuntergang, der den Tag überraschend beendet.

Aus Angst zu vergessen, wiederholte sie jede Nacht die Ereignisse der fernen Tage, auch weil sie ihr immer mehr durcheinandergerieten, obwohl sie sich sehr anstrengte, sie auseinanderzuhalten, weil sie ihm diese Geschichten, die er alle kannte, möglichst genau überliefern wollte, aber Namen und Jahre entschwanden immer mehr, und sie verirrte sich in ihren zeit- und ortlosen Geschichten, geriet von einer Erzählung in die andere, stockte, wußte nicht mehr weiter, fing von vorn an, ein ununterbrochenes Erzählen ohne Ende, das seinen Sinn verlor. Bis sie sagte: »Ich weiß nicht mehr. Ich habe es vergessen.«

Danach schwieg sie, sah ihn nur lange an, erforschte sein Gesicht, sah ihm in die Augen, als suche sie in seinem Verhalten nach dem, was sie einmal war. Manchmal fragte sie ihn noch nach einem bestimmten Menschen, nach einem bestimmten Geschehen, er erzählte ihr die dazugehörenden Geschichten, versuchte noch einmal die Verbindungen zu knüpfen, aber sie fand darin keinen Zusammenhang mehr und hatte ihre Frage wieder vergessen.

Oft saß sie stundenlang an dem kleinen Küchentisch,

an dem er seine ersten Erzählungen geschrieben hatte, und bekritzelte alle erreichbaren Blätter mit ihrem Mädchennamen Maria Lukacz; Seite um Seite Maria Lukacz, Maria Lukacz, Blätter, die vom Tisch herabfielen und sich wie ein Blütenteppich um sie herum entfalteten, Maria Lukacz, Maria Lukacz, Maria Lukacz, Zeile um Zeile jeden Buchstaben untereinander, als wolle sie sich vergewissern, wer sie war.

Dann gab sie auch das auf. Von da an sah sie nur noch aus dem Fenster auf eine ihr fremd gewordene Welt. Von ihrem Stuhl aus sah sie, wie Tag und Nacht wechselten, Sonne und Mond ihren Stand veränderten, und sie bemerkte zum erstenmal, daß sich auch die Sterne bewegten, sie war darüber sehr erstaunt, denn das Firmament hatte sie für unveränderlich gehalten. Er erklärte es ihr, sagte ihr, daß das alles in vorgegebenen Bahnen verläuft, daß alles gleichbleibt und sich alles verändert, weil die Zeit des Menschen vergeht. Sie glaubte ihm nicht. Das war nicht ihre Welt. Ihre Welt war beständig und ewig und stand unerschütterbar fest und bestand ausschließlich aus Menschen.

Nie las sie. Er hatte sie nie lesen sehen, seine Bücher waren ihr ein Rätsel. Sie trat dem Leben so gegenüber, wie es auf sie zukam, und war durchaus in der Lage, alle Ereignisse aus eigener Erfahrung zu beurteilen. Sie gehörte noch zu der Generation, die alle Dinge direkt nahm und entsprechend direkt handelte, so wie es notwendig erschien, ohne daß sie das groß besprach oder darüber nachdachte, und so beurteilte sie Menschen und Situationen oft besser als er.

Immer wieder suchte sie eine bestimmte Melodie,

die ihr so sehr gefallen hatte, die sie unbedingt noch einmal hören wollte. Er spielte ihr die alten Jazzplatten vor, sie nickte mit dem Kopf, schlug mit einer Hand ganz versonnen den Takt, lächelte, aber sie fand die Melodie nicht mehr, diese eine, die ihr so besonders gut gefallen hatte.

Wenn sie aufstand, lehnte sie den Kopf an seine Schulter, hing sich an ihn, suchte Halt, wollte sich ausruhen. Er spürte ihr Gewicht, spürte die Zerbrechlichkeit ihres zu Ende gehenden Lebens, setzte sie in einen Sessel, sie schloß die Augen, schlief ein.

Er betrachtete ihr Gesicht, das von einem ruhigen Atem überzogen wurde, die Augen geschlossen im Frieden der Stille, die Falten und Narben eines langen Lebens glätteten sich, um den Mund zuckte es manchmal, als wollten die Lippen sich öffnen und weitererzählen, denn das Erzählen war das Leben, das wußte er, aber ihr Atem wurde stiller und friedlicher.

Er verließ die Stadt mit einem Nachtzug am Tag des Martinsfestes, das zu den ersten Schreckenserinnerungen seiner Jugend gehörte und zu den ersten Schreckensgeschichten der Familie.

Laternen tanzten durch die Dunkelheit, bunte Lichter, die schwankend ihren Weg suchten, auch schon einmal aufflammten und einen erschreckten Schrei hinterließen.

Auf dem Bahnsteig standen nur wenige Menschen, jeder für sich, frierend, mit hochgeschlagenem Mantelkragen. Die Bahnhofsuhr zeigte die normale Zeit, als sei nie etwas geschehen.

Der Zug, eine Aneinanderreihung erleuchteter Spiegel, glitt ins Helldunkel des Bahnhofslichts, durch die Gegenbewegung der sich vorbeugenden Gesichter schien es, als bewegten sie sich alle in Wahrheit zurück.

Der Waggon fuhr rasch an, schob sich in die Nacht, es war schwer, durch die Scheiben etwas zu erkennen, das Quartier mit seinen erleuchteten Fensterreihen, die unbegrenzte Masse des Parks, die schwarzen Grabsteine des Friedhofs, eine vom Licht des Zuges gestreifte Schattenwelt. Dann gab es die Stadt nicht mehr, sie verschwand mit all ihren Namen und Gesichtern.

Der Zug folgte dem großen Fluß, schlängelte sich vorbei an Kurven und Schleifen, durch die der Strom in mäanderhaften Bewegungen in Jahrtausenden seinen Weg gefunden hatte.

In der Erinnerung war alles ein schwerer, ferner Traum, ohne Zusammenhang in den unausschöpfbaren Dimensionen nebeneinander existierender Augenblicke. Bilder ohne Sinn, vergessene Worte, versunkene Melodien, und doch stand alles unwandelbar fest, war Gewißheit und nicht mehr zu verändern, wurde geschaffen von Männern und Frauen, die auf alten, längst von Bäumen und Sträuchern überwachsenen Friedhöfen lagen, Asche zu Asche, Staub zu Staub, und doch blieben ihre Worte, ihre Ideen, ihr Glauben und ihr Schicksal ein undeutlicher Nachlaß; gleich in seinen alten Mustern, doch von jeder Hand neu gewebt, vorgegeben und doch verschieden, ein Bild aus Bildern, ohne Perspektive, ohne Fluchtpunkt, ohne den Ablauf der Zeit, aneinandergereiht wie verblaßte Ikonen oder vergessene

Bücher. Die Zeit war nur der Blick von einer Ikone zur anderen, das Umblättern einer Seite in einer Chronik, die Zeit war nur die Wiederholung der immer wieder erzählten Geschichten, die aus dem Nichts kamen und zur ablaufenden Zeit wurden. Denn die Zeit war in den Geschichten, ohne die Geschichten war keine Zeit, war nur die Ewigkeit des Todes, erst die Geschichten erschufen die Zeit, denn alles war bereits geschehen, alles hatte sich bereits ereignet, es mußte nur immer wieder erzählt werden.

Was er mitnahm, paßte in eine Reisetasche. Von all dem, was die Familien einmal besaßen, blieb ihm nur eine beschädigte Eisenbahneruhr und ein in der Uhrkette verwickelter Korallenrosenkranz. Zwei Dinge ohne Anfang und Ende, ohne Zeit und Ort, geblieben vom Glauben der Lukacz' und dem Können und Wissen der Fontanas. Wo man auch war, man konnte damit sein Leben beginnen und beenden. Eine Uhr ohne Zeiger, der er sich anvertrauen würde, weil die Zeit in der Vergangenheit ruhte. Ein Rosenkranz für all die Toten, die mit ihm waren.

Dann war da noch ein Paket Fotografien. Auf dunklem Karton aufgezogene, fleckig gewordene Staatsfotos von großen Familien, er kannte nicht viele davon. Einbalsamierte Totengesichter, verschlossen, unerklärt, ihr Leben verschweigend. Erstarrte Todesfigurinen in einer arrangierten Bedeutsamkeit, die keinen Sinn mehr ergab, zusammengepreßt von einem tiefsitzenden Schmerz, in sich gekrümmt wie verstümmelte, ineinander verschachtelte Sätze, gebeugt durch harte und grausame

Wahrheiten, an denen die vielen schönen Sätze der Menschen über das Leben zerbrachen.

Er selbst mit seinem Vater in Luftwaffenuniform und seiner Mutter in einer Schneelandschaft. Rückseite beschriftet: Besuch im Fliegerhorst. Er erinnerte sich nicht mehr.

Sein Vater im Waisenhaus: eine Gruppe kurzgeschorener Kinder in gestreiften Kitteln, alle gleich aussehend wie Sträflinge in einem Straflager, nur das Tintenstiftkreuz über seinem Kopf besagte, das bin ich. Das Foto sah er zum erstenmal.

Maria als junges Mädchen mit einer großen Haarschleife vor einem Zechentor, an der Hand ihrer Mutter und ihrer Großmutter neben einem Sarg. Davon hatte sie ihm nichts erzählt.

Der Großvater in der schlechtsitzenden Uniform, in Polen geboren, in Deutschland verheiratet, in Frankreich gefallen. Statt der Arbeit fand er den Tod.

Gustav mit einem Zylinder, letzter einer Dynastie von Seidenwebern, die um der Freiheit und des Glaubens willen durch Italien, Frankreich und Deutschland zogen. Sie verloren ihre Freiheit und ihren Glauben.

Die Fontanas und die Lukacz', die bis zum Ende versuchten, durch sich wandelnde Zeiten in verschiedenen Ländern mit wechselnden Sprachen ihren Traditionen und Überzeugungen treu zu bleiben, als Fremde in fremden Ländern Würde zu bewahren. Heimatlose, die immer nur für einige Jahre sagen konnten, hier bin ich zu Hause; die nie Wurzeln schlugen, nie eine Landschaft oder eine Stadt als die ihre ansahen, immer nur einige Straßen um die jeweilige Wohnung kannten, immer nur in den zufällig entstehenden, über Sprachen und Staaten hinausgreifenden Familienverbänden lebten, deren Zusammengehörigkeitsgefühl das alte Heimatgefühl ersetzte. Auf keiner Karte verzeichnete, kleine, sich immer neu bildende Inseln inmitten der alten unbeweglichen Kontinente.

Der Zug fuhr langsamer, blieb stehen, ruckte dann wieder an, Menschen standen dicht am Zug, der sich in einer Kurve dem Hochwasser führenden Fluß auf wenige Meter näherte. Der Schatten einer Burg, die unnahbar und unbeweglich auf einem Felsen saß, das Wasser schäumte weiß aufleuchtend über die Felsenriffe. Die Signallichter an den Ufern und die Positionslichter der Schiffe, irritierend wie kalte und stille Sterne. In den Kurven leuchteten rote Lichter hinter dem Zug, immer wieder von einem neuen roten Licht abgelöst.

Der Lichtstrahl eines Scheinwerfers durchschnitt die Dunkelheit, erfaßte einen flußabwärts treibenden Nachen, der sich drehend überschlug; entwurzelte Bäume zogen wie buschige Inseln vorbei, Treibgut verhakte sich am Ufer, wurde vom hochgehenden Wasser wieder losgerissen. Das Scheinwerferlicht glitt über die kahlen Baumkronen am gegenüberliegenden Ufer, die sich wie ein Nebelstreifen in einem grauen Licht verloren.

Die Schienen waren mit Wasser bedeckt, undeutliche Lichtreflexe erschwerten die Orientierung auf der dunklen, unruhigen Wasserfläche, als fahre der Zug jetzt mitten durch den Fluß, alles verlangsamte sich ins Endlose, alles schien ohne Richtung, ohne Ziel, ein Vorankommen oder Zurückgleiten auf unsichtbarem Grund.

Auf den Hügeln dämmerte die Helligkeit des neuen Tages, ein regloses Licht über kahlen Felsen, das die Nacht im Flußtal noch nicht vertrieb. Er lehnte sich zurück, sein Gesicht spiegelte sich im Fenster vor der schwarzen, schattenhaften Landschaft.

Von Luoyang nach Changang über Lou Zhou und Dun Huang nach Lop-Nor, um die Wüste Takla Makan nach Karashar, nach Khotan und Kashgar, über das Hochland von Pamir nach Tashkent, Samarkand, Hamadan, Palmyra zum Hafen von Antiochia; lange Karawanen aus fremden Ländern mit alten Geschichten von der Kaiserin Lei Zu, die, in ihren Gärten in der Ebene des Gelben Flusses von einer Schlange angegriffen, auf einen Maulbeerbaum flüchtete, auf dessen Blättern kleine häßliche Raupen durch dünne selbstgesponnene Fäden, sich in harte Kokons verwandelten, aus denen, erneut verwandelt, zarte Schmetterlinge schlüpften; mit der Geschichte des großen Kaisers im Osten, der so kostbare Seidengewänder trug, daß alle Gesandtschaften ehrfürchtig davon berichteten, der bei Strafe des Todes verbot, das Geheimnis des Maulbeerbaumes und der Seidenraupe über die Grenzen seines Reiches zu tragen, und in seiner Hauptstadt auf hohen Stangen die Köpfe derer ausstellte, die das Verbot mißachtet hatten.

Die Nacht war so schwarz wie das Wasser, durch das der flache Kahn glitt. Sie hatten lange gewartet, die mondlose Stille abgewartet, dann den Kahn ins Moor gestoßen und, mit den langen Stangen sich abdrückend, die Wasserwege gesucht, die das Moor durchzogen, mit den Händen im Wasser die leichte Strömung erfühlt, mit den Stangen das Boot weitergestoßen, wenn es im Schlick oder im Ried hängenblieb, sich nicht mehr fortbewegte, schweigende, schweißtriefende Arbeit in der kalten Nacht, in der Dunkelheit, die ohne ein Zeichen war.

Dämmerte der Morgen im Dunst des Moores, schoben sie den Kahn tiefer in das nasse Gestrüpp, warteten reglos auf die nächste Nacht, die sie weiterbringen sollte, saßen auf diesem langen, schmalen Boot, das sie selber gezimmert hatten, unter schweren, dicken Umhängen, von der Nässe vollgesogen, stumm wie Erdhügel, auf diesen Holzbrettern, die ihre Heimat waren, und warteten auf die Nächte, die ihr Schutz waren, in denen sie ihren Weg suchten.

Dieter Forte
Das Muster
Roman
Band 12373

Zwei Familien durchleben Höhen und Tiefen der Geschichte: Die Fontanas stammen aus Italien, wo sie seit der Renaissance die Kunst des Seidenwebens betreiben. Geschätzt wegen ihrer wertvollen Arbeit, aber auch verfolgt wegen Unbeugsamkeit und Freiheitsliebe, wandern sie von Lucca über Florenz und Lyon bis ins Rheinland, wo sie sich in Düsseldorf niederlassen. Dort treffen sie auf die polnische Bergarbeiterfamilie Lukacz, die Elend und Hunger gegen Ende des 19. Jahrhunderts den Rücken zugewandt hat, um im industriell aufblühenden Ruhrgebiet ein besseres Leben zu finden. Als sich im Jahr 1933 die beiden Familien schließlich durch Hochzeit verbünden, repräsentieren sie eine fürs Rheinland typische Verflechtung aus südlicher Lebensfreude und östlicher Melancholie, aus Wissen und Frömmigkeit, Unabhängigkeit und Pflichtbewußtsein. *Das Muster* ist ein Buch der großen Historie und der kleinen Geschichten – sowie der Toleranz. Denn indem es die Identität Europas als ein Netzwerk von Völkern und Sprachen, Religionen und Eigenheiten charakterisiert, ist es voller Weisheit und Wissen, aber auch voller Witz, Menschlichkeit und Vitalität.

Fischer Taschenbuch Verlag

Dieter Forte
Der Junge mit den blutigen Schuhen
Roman
Band 13793

Der Roman einer Höllenfahrt. Der Junge durchlebt den Terror der Nazis, die Kriegsjahre und die Bombennächte, die seine Welt in Trümmer legen. Anfangs fühlt er sich in seiner Familie noch geschützt vor dem Druck der Diktatur. Doch binnen weniger Monate verwandeln die Luftangriffe sein Leben in einen Alptraum voller Zerstörung und Tod. Vor seinen Augen zerfallen Häuser und Straßen zu Schutt, gehen Menschen in Flammen auf oder werden in Fetzen gerissen. Forte zeigt, wie ein Kind den Krieg erlebt. Doch vergißt er über dem Elend nicht Zusammenhalt und Überlebenswillen, die aus der nackten Not erwachsen. So ist dieses Buch, daß die Gräuel des Krieges sprachgewaltig beschwört, zugleich ein anrührender Familienroman.

Fischer Taschenbuch Verlag

Dieter Forte

Fluchtversuche
Vier Fernsehspiele mit 16 Szenenabbildungen
Band 7055

Kaspar Hausers Tod
Ein Theaterstück
Band 7050

Martin Luther & Thomas Münzer oder
Die Einführung der Buchhaltung
Ein Theaterstück
Band 7065

Jean Henry Dunant oder
Die Einführung der Zivilisation
Ein Schauspiel
Band 2301

Das Labyrinth der Träume oder
wie man den Kopf vom Körper trennt
Ein Bühnenstück
1983. 144 Seiten. Leinen. S. Fischer

Der Junge mit den blutigen Schuhen
Roman. Band 13793

Das Muster
Roman. Band 12373

Fischer Taschenbuch Verlag